KB261963

海南漂船
해남별참

해남변참 3

사초 新무협 판타지 소설

초판 1쇄 찍은 날 § 2006년 11월 20일
초판 1쇄 펴낸 날 § 2006년 11월 23일

지은이 § 사초
펴낸이 § 서경석

편집장 § 문혜영
편집책임 § 서지현
편집 § 심재영

펴낸곳 § 도서출판 청어람
등록번호 § 제1081-1-89호
등록일자 § 1999. 5. 31
어람번호 § 제2-1059호

주소 § 경기도 부천시 원미구 심곡1동 350-1 남성B/D 3F (우) 420-011
전화 § 032-656-4452 팩스 § 032-656 4453
http://www.chungeoram.com
E-mail § eoram99@chollian.net

ⓒ 사초, 2006

ISBN 89-251-0366-4 04810
ISBN 89-251-0363-X (세트)

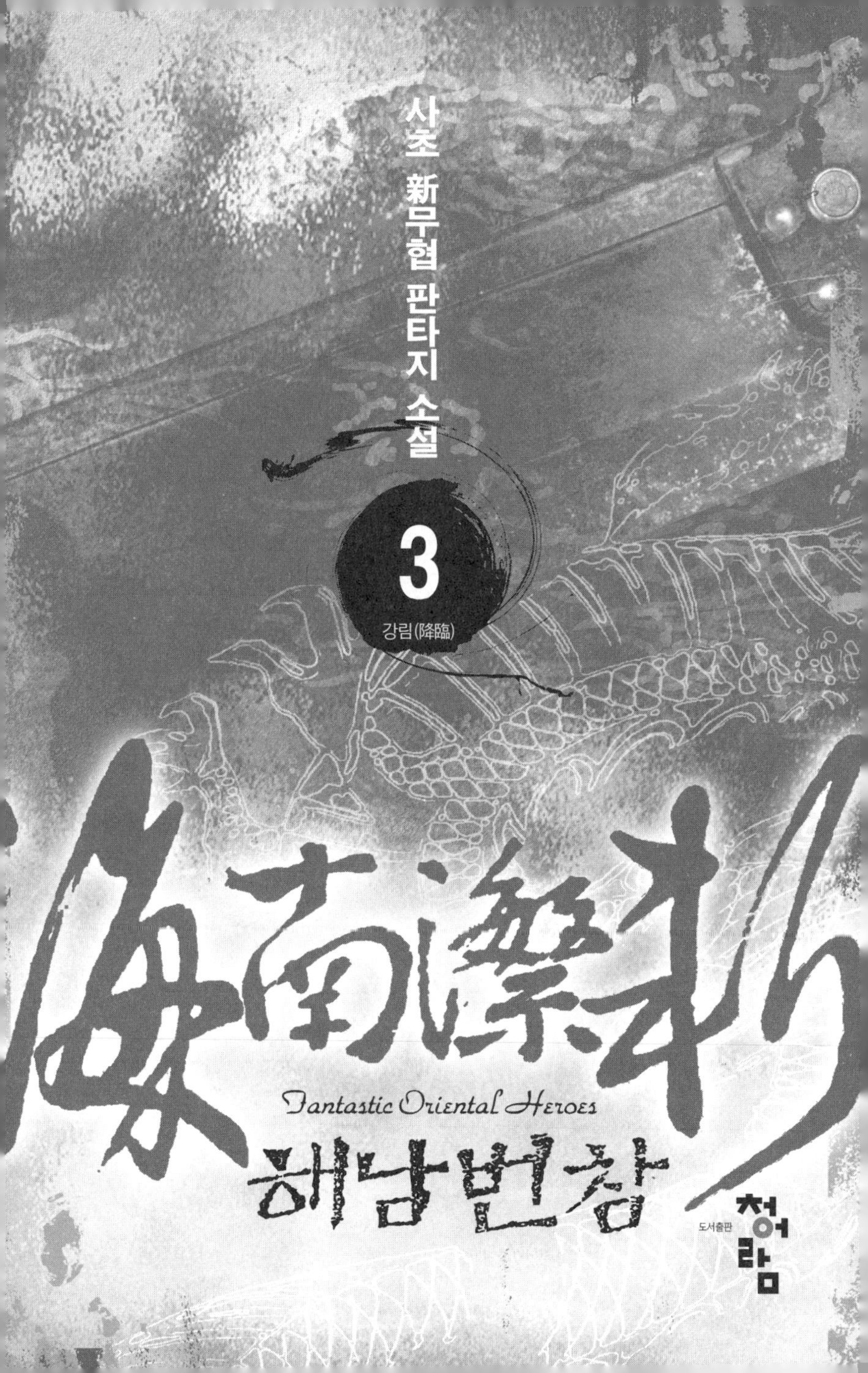
사초 新무협 판타지 소설
3
강림(降臨)
Fantastic Oriental Heroes
해남번참
도서출판 청어람

목차

第十二章

생존(生存)

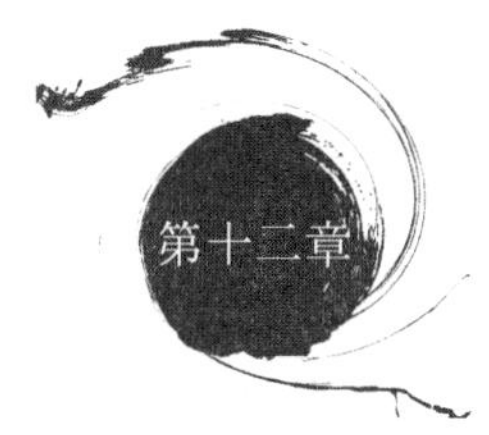

눈꺼풀이 무거웠다.

팔이 후들거렸고, 다리는 무거운 추를 단 것마냥 움직이기 힘들었다.

쉭!

바람 소리가 들렸다. 그는 거의 본능적으로 몸을 굴렸다. 방금 전 머리가 있던 부분으로 부(斧:도끼)가 지나가고 있었다.

그의 도가 부를 흔드는 사내의 팔을 잘랐다. 사내의 팔과 함께 묵직한 부가 땅으로 쿵! 하는 소리를 내며 떨어졌다. 땅을 박차며 몸을 일으켰다. 동시에 팔이 잘린 사내의 머리를 박살 냈다.

주위가 한없이 느리게 느껴졌다. 자신을 공격하는 도적놈들의 공격도, 자신의 움직임도…….

그의 눈동자가 주위를 둘러보기 시작했다. 사방에는 아군은 보이지 않았고 오로지 적들뿐이었다.

'남은 것은 나뿐인가?

팽호성은 쓰게 웃었다. 그렇게나 처절하게 창을 휘둘러대던 양위도, 미친 듯이 팔을 흔들던 황보웅 또한 이곳에 없었다. 아마 저쪽 세상에서 기다리고 있을 것이다.

그들을 막아서는 도적놈들은 강했다. 녹림의 혈랑대라 하면 그 명성이 자자했다. 목숨을 걸고 싸우기에는 부족하지 않은 상대였다.

"후후… 이렇게 싸우는 것은 아마 처음일 거다."

팽호성의 도가 춤을 추었다. 지금 그가 펼치는 도법은 더 이상 가전도법인 혼원벽력도법이 아니었다. 이미 도는 벼락같던 기세는 사라지고 허공을 누비는 춤꾼이 되어 있었다. 그런 그의 춤사위에는 피를 부르는 무언가가 있었다.

그는 지금 일류를 뛰어넘어 절정을 맛보고 있었다.

생사를 넘나드는 전투 중에서 정체되었던 그의 무공이 몇 단계나 단숨에 뛰어버린 것이다. 아마 양위나 황보웅도 죽기 전에 이와 같은 일을 겪었을 것이다.

파르르!

"크악!"

도가 다시 춤을 추었다. 혈랑대의 대원들이 속수무책 쓰러졌다. 그들 역시 고수라 할 수 있지만 절정을 향하는 팽호성의 도를 막기에는 무리였다.

어머니 뱃속에서부터 무공을 익힌 팽호성이었다. 뛰어난 기재로 강호에서는 오호라 불렸던 그였다.

여기까지 오는 동안 소지를 만났고, 부단장을 만났으며, 진산을 만났다. 그동안 그들은 녹림의 산채를 부수고, 혈랑대와 광견조의 추격을 받아 진기가 고갈될 때까지 도주도 해보았으며, 여기서 죽음을 각오하고 싸우고 있었다.

반면, 혈랑대는 무리를 지어 싸웠다. 그들 개개인의 무공도 제법 뛰어났고 목숨을 내버리는 용기 또한 가상했으나 그것이 지금의 팽호성에 비할 바가 아니었다.

"흐리—얍!"

팽호성이 기합을 내며 도를 휘둘렀다. 춤이 한층 더 사납게 움직였다. 춤의 역동적인 움직임은 한 마리의 야수를 연상케 한다. 빠르고, 강하고, 그리고 아름다운…….

콰쾅!

거친 소리가 팽호성의 도에서 들렸다. 그의 도에 연신 푸르스름한 예기가 사방으로 뻗어나간다. 그의 도에 혈랑대원들이 하나둘, 실 끊어진 꼭두각시 인형마냥 쓰러진다. 혈랑대원들이 피를 토했다.

"이, 이… 괴물 같은 놈아!"

혈랑대원이 이를 악물며 팽호성의 허리를 검으로 찔렀다. 그뿐이 아니었다. 그들은 동료들의 시체를 밟으며 팽호성의 머리를, 다리를 노리며 공격해 갔다.

팽호성이 몸을 비틀며 도를 대각선으로 그었다. 도기가 죽 늘어나며 허리를 노리는 놈의 몸을 쪼갰다. 그의 몸이 쓰러지듯 주저앉으며 몸을 빙글 돌렸다. 다리를 노리던 놈의 머리가 툭 떨어졌다.

팽호성이 메뚜기처럼 뛰어오르며 도를 내리찍었다. 머리를 노리는 놈의 몸이 쩍 갈라졌다.

"큭!"

갑작스런 그의 움직임은 몸에 상당한 부담감을 주었다. 땅에 떨어진 팽호성은 데굴데굴 굴렀다. 뒤이어 공격하는 이들을 피하려는 것이었다.

핏!

그의 얼굴에 가느다란 혈선이 그려졌다.

팽호성과 양위, 황보웅을 노리는 혈랑대의 숫자는 사십을 조금 넘겼다. 백이나 되는 숫자에서 절반 정도가 그들을 상대하기 위해 투입된 것이었다.

그들 개개인의 수준은 이미 고수에 이르렀으며, 대장들의 수준은 이미 오호삼화를 뛰어넘어 있었다.

그중 반수가 삼호에게 죽임을 당했다.

‘이 정도로 만족할 수는 없지.’

최대한 많이 죽여야만 남궁유성과 제갈청 일행의 위험이 줄어든다. 의견의 불일치로 이렇게 떨어지기는 했지만, 그들은 어려서부터 함께해 온 죽마고우였다. 죽더라도 그들을 살려야만 했다.

슈캉!

팽호성의 도가 한 번 더 움직였다. 더 이상 그의 도는 춤을 추지 않았다, 그저 무식하게 사람의 몸을 쪼개고 있을 뿐.

“물러서라!”

누군가의 외침에 혈랑대원들은 일사불란하게 팽호성과 거리를 벌렸다.

그 덕분에 잠시 소강상태에 이르렀다.

“헉, 헉!”

입에서 단내가 났다. 머리가 어지러운 것이 시야도 제대로 잡히지 않았다. 하지만 도를 잡은 손은 힘이 빠지지 않았다. 아교가 발라진 듯 도는 팽호성의 손에 단단하게 붙어 있었다.

팽호성 앞으로 냉엄한 표정을 가진 사내가 모습을 드러냈다. 아미가 살짝 찌푸려진 것이 화가 난 듯싶었다.

“네놈들……”

무슨 연유인지 사내는 말끝을 흐렸다. 단지 입만을 달싹일 뿐이었다.

그 대신 사내는 팽호성을 노려보았다. 얼굴에는 미간을 가

로지르는 상처가 있었고, 옷은 곳곳이 찢어져 너덜너덜해졌
으며, 피로 목욕한 듯 푹 젖어 있었다. 초췌한 얼굴로 가쁜 숨
을 토해내는 그의 모습은 적이 아니었다면 무척이나 안쓰러
웠을 것이다.

하지만 팽호성과 그 일당은 사십의 혈랑대원 중 절반을 부
순 이들이었다.

혈랑대와 광견조는 보통 열에서 서른까지의 인원으로 이
루어진 부대인데, 그러한 조 세 개가 붙어진 것이 지금의 일
원이었다. 그들 중 고수가 아닌 이들이 없는데, 녹림이 비천
한 도적 출신이라는 것을 감안한다면 그들은 정예라 불릴 수
있는 자들이었다.

그런 그들이 서른 가까이 박살이 났다. 그것도 이제 막 약
관을 지난 놈들에게 말이다.

'빌어먹을……'

사내는 속으로 욕지거리를 내뱉었다. 자신의 수하가 죽은
것도 그렇지만, 이렇게나 큰 피해를 입은 뒤에 녹림으로 돌아
갔을 때 총표파자나 대대장에게 무슨 일을 당할지 몰랐다.

더 이상의 피해는 없어야만 했다. 그러기 위해서는 조금 위
험하더라도 자신이 나가야 했다. 사내는 그 상황이 마음에 들
지 않았다. 피똥 싸며 무공을 익혀서 겨우 대장이 되었는데
이런 위험한 일에 나서고 싶지 않았다.

"젠장!"

결국 입 밖으로 욕이 튀어나왔다.

사내는 지친 팽호성을 향해 발걸음을 옮겼다. 그의 허리에는 도가 차여져 있었다. 일보를 내딛을 때마다 팽호성을 향해 강한 살기를 뿜어내었다. 가히 절정의 것이라 볼 수 있는 것이었다.

"그래, 이제부터는 네놈이…… 나서는 거냐?"

팽호성이 히죽 웃었다. 혈랑대원들에게 보이는 태도와 겉으로 드러나는 기세가 그가 대장이라는 것을 말하고 있었다. 팽호성은 사내와 같은 자를 기다렸다. 동료가 죽어감에도 일체의 망설임 없이 공격진을 구축하는 데 그의 존재가 컸을 것이다. 더 이상 그러한 공격은 받기 힘들었다.

사내가 나온 사실이 팽호성을 기쁘게 했다.

반면, 사내는 팽호성의 말에 인상을 찌푸렸다. 자신의 나이의 반도 차지 않은 것이 네놈이라 부르는 게 영 못마땅했다. 아니, 못마땅한 것은 그전부터 그랬지만, 기분이 상하는 것은 별개의 것이었다.

"그래, 이 몸이 친히 너를 죽여주러 왔다."

"좋다. 덤벼라."

팽호성이 도를 가슴 위로 끌어올렸다. 그러자 당장이라도 쓰러질 것 같던 그의 몸이 차돌처럼 단단하게 느껴졌다.

사내도 도를 뽑았다. 하지만 그는 팽호성과는 다르게 도극이 땅을 향하도록 축 늘어뜨렸다.

쉬익!

누가 먼저랄 것도 없이 땅을 박찼다. 이것은 비무가 아니고 촌각을 다투는 전쟁이다. 여기에 인정도 없으며 정의도 없다. 다만 누가 죽고 사는 문제만이 외롭게 있을 뿐이다.

까깡!

허공에서 불빛이 튀었다. 범인의 눈에는 보이지도 않을 속도로 서로를 공격하고, 동시에 방어했다.

혼원벽력신공을 토대로 한 팽호성의 도는 빠르고 강했다. 그의 도는 벼락같은 힘이 도에 고스란히 담겨 있는 것이다. 그래서인지 대부분의 공격은 팽호성의 것이었다.

사내의 도법은 사갈 같았다. 팽호성의 도처럼 빠름도 강함도 없었지만, 순간순간 틈을 노리는 그 감각은 매우 뛰어났다. 그가 한 번씩 드러내는 독니에 팽호성은 몸을 사려야만 했다.

쩡!

사내가 뒤로 한 걸음 물러섰다. 팽호성과 부딪친 도가 찌르르 울렸다. 그의 도는 너무 강맹하여 막기조차 쉽지 않은 것이었던 거다. 사내는 어쩔 수 없이 방법을 달리했다. 팽호성의 도를 막기보다는 피하기 시작한 것이다.

팽호성의 도를 피하면서도 사내는 쉬지 않았다. 냉철하게 주위를 훑어보며 그는 기회를 노렸다. 그의 눈은 팽호성의 다리를 노렸다.

파앗!

순간 사내가 쓰러지며 도를 휘둘렀다. 빠르고 정확한 그의 도신은 당장이라도 팽호성의 하반신을 베어버릴 것만 같았다.

그때 팽호성의 도가 땅을 찍었다. 그리고 거칠게 밀어 그의 도를 막아냈다.

깡!

불꽃이 튀었다. 그 공격이 어찌나 강했는지 팽호성이 버티지 못하고 다섯 걸음이나 뒷걸음질쳤다.

사내가 그것을 놓칠 리 없었다. 그는 팽호성의 목을 노리며 뛰어올랐다. 단숨에 거리를 좁히는 그의 신법은 사기라 말하고 싶을 정도로 빨랐다.

"젠장!"

팽호성이 양손으로 도를 강하게 부여잡았다. 너무 힘을 주어서인지 도가 부르르 떨려왔다. 혼원벽력신공이 도로 스며들었다.

사내가 개구리처럼 뛰었다. 팽호성의 목이 당장이라도 베어질 것만 같았다.

빙글!

팽호성이 오른발을 중심으로 몸을 돌렸다. 그리고 그의 도가 그 뒤를 따라왔다. 혼원벽력신공을 잔뜩 머금은 도는 태산이라도 부술 듯한 힘이 담겨 있는 것 같았다. 그것이 사내의 몸을 노렸다.

'썩을!'

팽호성이 보인 것은 동귀어진의 수였다. 그 기세를 보아 팽호성의 목이 잘리는 순간 사내의 몸 또한 이등분되어 버릴 것이다.

사내는 급히 목표를 바꾸어 밑으로 떨어졌다. 팽호성의 도는 사내의 몸이 아닌 허공을 그었고, 사내의 도는 팽호성의 목이 아닌 허리를 베었다.

생각보다 효과는 컸다.

"크악!"

팽호성이 비명을 토해내며 뒷걸음질쳤다. 허리춤에서는 피가 꾸역꾸역 토해져 나왔다. 도에 묻은 피가 제법 긴 것으로 보아, 팽호성의 몸을 깊숙하게 파고든 사실을 알 수 있었다.

그의 몸이 비틀거렸다. 신형이 당장이라도 쓰러질 듯이 흔들렸다.

'기회다!'

사내는 주저하지 않고 몸을 움직였다. 그의 도법 중 유일하게 쾌속을 자랑하는 발도술이 펼쳐졌다.

팽호성이 억지로 몸을 일으켜 뒤로 뛰었다.

쉬익!

퍽! 하며 팽호성의 가슴팍에서 피가 터졌다. 그의 허리가 급격히 꺾였다.

도가 땅속으로 푹 파고들었다. 팽호성은 자신의 도로 간신히 몸을 지탱하고 있었다.

"크악!"

팽호성의 비명 소리에 주위의 분위기가 확 바뀌었다. 수하를, 동료를 죽인 팽호성을 향한 살기가 무겁게 그를 짓눌렀다. 사내 역시 승기를 잡은 듯 득의양양한 미소를 짓고 있었다. 이대로라면 그를 죽이는 일은 그리 어렵지 않을 것 같았다. 쓰러질 듯 비척거리는 그의 모습이 사내를 더없이 기쁘게 만들었다.

터지는 웃음을 그는 굳이 참지 않았다. 패자를 비웃을 수 있는 것이 승자에게만 주어진 특권이었다.

"크하하하! 제법이다! 하나, 이 몸의 상대는 되지 않는군."

그의 입가에 맺힌 미소가 더욱 짙게 그려진다.

"아쉬워하지 마라. 억울해하지 마라. 이것은 약자가 강자에게 먹히는 것, 한없이 진리에 가까운 일이니까."

말을 미친 사내는 쾌간에 온몸을 부르ㄹ 떨었다. 비록 아직 성장이 덜된 것이라 하지만, 어찌 되었든 그는 오대세가를 눌렀다. 그 사실이 기뻤다.

"…지랄."

팽호성이 힘겹게 말을 내뱉었다. 인정할 수 없는 것은 인정하지 않는다. 사내와 자신의 차이는 그다지 없었던 것이다.

있다 해도 그것은 티끌만 한 차이다. 도리어 팽호성의 배운 무공이 그가 배운 것보다 훨씬 더 상위의 것이라 그 차이를 충분히 매울 수도 있는 것이었다. 하나, 사내의 경험이 팽호성의 무공을 눌렀고, 조금의 운이 승패를 결정했다.

사내는 팽호성의 도발에 인상을 찌푸렸지만, 이내 다시 폈다. 지금 상황이 사내에게 유리하게 돌아가고 있었기 때문이다. 속이 좁은 그도 그 정도의 아량은 베풀 줄 알았다.

"약육강식(弱肉强食)… 내가 가장 좋아하는 말이야. 그리고 지금과 같은 상황이지. 너는 약해서 졌고, 강해서 이긴 나에게 먹히는 거야."

팽호성이 벌겋게 뜬 눈으로 사내를 노려보았다.

'죽인다.'

팽가 특유의 무사 기질이 눈을 뜬 것이다. 그냥 이대로 쓰러지게 내버려 두었다면 팽호성은 죽고 말았을 게다. 하나 약자라 불린 것이 오히려 그를 오기를 내게 만들었다. 가뜩이나 지고는 못사는 성격이다. 약해서 먹힌다는 소리까지 들은 마당에 가만히 있을 성격이 되질 않았다.

팽호성은 은밀하게 기를 끌어올렸다. 외상도 그렇지만 내상이 만만치 않았다. 몸에 파고든 사내의 진기가 끊임없이 그의 기혈을 뒤틀어놓고 있었다.

'빌어먹을!'

기가 제대로 유입되질 않았다. 마음은 당장이라도 사내를 때려죽이고 싶었는데 몸은 그를 따라주질 않는다.

우웅—!

도가 나직이 울었다. 절정에 오른 뒤 도는 몇 번이나 자신에게 말을 걸어왔다. 치열한 전투 중이었고 아주 미약한 소리였지만, 그는 그것을 조금도 놓치지 않고 들었고 그를 따랐다. 그랬기에 그는 지금까지 살 수 있었던 것이다.

이번에도 도의 말을 따랐다. 몸을 도에 맡기고 마음을 깨끗이 비웠다.

"크크! 눈을 감다니, 이제 체념하는 것이냐? 그러면 내가 재미가 없잖아. 안 그래?"

사내는 끈질기게 팽호성에게 말을 걸었다. 혈랑대원들도 죽어가는 팽호성을 바라보며 긴장되었던 몸을 풀었다. 동료들을 잃었지만, 이제는 끝이라고 생각했다. 그렇게 생각하자 마음이 편해졌다.

그러나 팽호성은 움직일 수 없다고, 죽을 것만 같다고 생각한 나머지 그들은 동시에 방심했다.

'단 한 순간이면 족하다.'

사내의 몸을 쪼갤 일격이라면 만족할 수 있을 것 같았다. 그러면 죽어도 후회는 없을 것 같다. 짧은 인생이었고 해보지 못한 것이 많았지만, 그래도 눈앞의 사내를 제거하면 마음이 편해질 것 같았다.

그를 죽이는 것만으로도 다른 녀석들의 짐을 덜 수 있을 것이다.

'마지막으로… 움직여 줘!'

그러나 그의 애원과는 달리 몸은 꼼짝도 하지 않았다. 미약한 진기도 이내 끊어져 정말 죽음만을 앞둔 몸이 되어가고 있었다.

팽호성의 눈가에 진물 같은 눈물이 떨어져 내린다.

"제기… 랄."

나직이 욕지거리를 내뱉었다. 더 이상은 무리라는 것을 깨달은 것이다.

사내도 이제 팽호성을 죽일 준비를 하고 있었다. 빨리 그를 처치하고 다른 범과 꽃을 잡아야만 했다. 물론 사내는 공명심보다는 야들야들한 삼화 중 이화를 맛보고 싶었기 때문이다.

"크크크! 자, 이제 죽어야 할 시간이다."

사내가 팽호성의 머리 위로 도를 치켜들었다. 실낱같은 그림자가 그의 이마 위로 그려졌다.

휘익!

떨어졌다.

수박처럼 쪼개질 팽호성의 얼굴에는 한줄기 안도감이 어려 있었다. 더 이상 가문의 기대에 얽매일 필요도, 힘겹게 강호를 다닐 필요도 없었다. 힘들었던 짐을 덜어내는 기분이었다.

찡!

날카로운 금속음과 함께 사내의 도가 팽호성의 눈앞에서
멈춰 섰다.

부르르.

무언가 도를 막고 있었다. 상상도 못할 힘으로 사내를 막은
것이다.

"거기까지."

도를 막은 것은 시뻘건 도였다.

방금 지옥의 겁화 속에서 꺼내온 듯한 붉은 몸을 가진 도였
다. 길쭉하고 넓적한 도는 당장이라도 용암을 토해낼 것만 같
았다.

사내를 막은 자는 사자와 같은 자였다.

막 어둠 속을 갈라 나온 듯한 사내였다. 타버릴 것만 같은
붉은 머리카락과 보통 사람보다 머리 하나는 더 큰 사내의 몸
은 중원인이 가질 수 없는 우람하고도 거대한 몸이었다.

"네, 네놈은 뭐냐! 누구기에 감히 녹림의 혈랑대를 막는 것
이냐?!"

사내는 뒷걸음질치며 물었다. 갑자기 등장한 그의 모습은
너무나 기이하여 그러한 모습을 보이는 것도 무리는 아니었
다.

'사, 사자?'

팽호성은 그의 모습에서 초원 위로 우뚝 선 사자의 모습이
그려졌다. 불꽃처럼 붉은 머리에, 온몸에서 퍼져 나오는 기세

가 모든 무림인들 위에 군림이라도 할 듯한 기세였다.

사자(獅子)는 사내의 그러한 태도에 아무렇지도 않다는 듯이 미소를 짓고 있었다. 싱글벙글 웃는 그의 모습에서 그 어떤 악의도 찾아볼 수 없었다.

"나? 꼭 그런 걸 알아야 하나?"

"이놈! 정체를 말하지 않을 생각이냐!"

사자의 응대에 사내는 버럭 화를 냈다. 하지만 그러면서도 사내는 사자에 대해 조금도 긴장을 늦추지 않았다. 그의 몸에서 풍겨지는 기세가 만만치 않았던 것이다.

팽호성이 뿌옇게 흐려진 눈으로 사자를 바라보았다.

"누… 구?"

사자는 팽호성의 부름에 고개를 휙 돌리더니만 씨익 웃었다.

그의 곁으로 또 다른 사람이 다가왔다. 훤칠한 키에 쭉쭉 뻗은 팔다리를 가진 무척이나 아름다운 여인이었다. 뚜렷한 이목구비에 새하얀 피부, 푸른 보석을 박아놓은 듯한 바다색의 눈동자는 시선을 뗄 수 없는 신비한 기운을 담고 있었다.

"어이쿠! 누님! 굳이 여기까지 오실 필요는 없으신데…….
이런 피라미들 정도는 제게 맡겨주셔야죠. 오랜만에 몸 좀 풀고 싶어요."

사자가 여인을 향해 굽실거렸다. 그러한 모습이 조금 기묘했다. 여인이 부담스러울 정도로 아름답기는 하지만 그렇다고 비굴하게 굴 정도는 아니었다. 사자의 능력이 부족해 보이는 것도 아니었다. 되레 사자와 같은 사내는 짐작하기 어려울 정도로 고수가 아닌가?

여인은 사자를 한 번 훑고는 시선을 거두었다. 그녀는 조용히 팽호성을 향해 다가갔다.

"괜찮나?"

무뚝뚝한 말투였지만, 그것도 팽호성의 가슴을 설레게 만들었다. 여인은 아름다웠다. 중원인 같지 않은 새하얀 피부에 새까만 머리카락, 큰 키에 늘씬한 몸매. 여인의 미모는 삼화와 견주어도 조금도 뒤지지 않았다. 아니, 오히려 그 이상이라 볼 수 있었다.

여인은 팽호성을 상처를 간단히 응급처치한 후 근처 나무로 끌어다 눕혔다.

"네년! 무슨……."

짝!

사내가 말을 다 마치기도 전에 사자의 손이 사내의 볼기짝을 사정없이 때렸다. 사내의 입에서 하얀 옥수수가 튀어나왔다. 사내의 몸이 주춤 뒤로 몇 걸음 물러섰다.

사자가 발걸음을 옮겨 다시 사내 앞에 섰다. 그는 더 이상 웃지 않았다. 흑백이 선명한 눈동자로 사내를 사납게 노려보고 있었다. 그것은 마치 산중 왕인 범이 늑대를 보는 듯한 시선이었다.

“너, 너⋯⋯.”

사내가 몸을 부들부들 떨면서 입을 열었다. 하지만 그 역시 이어지지 않았다.

“닥쳐라.”

“⋯⋯.”

사자가 으르렁거리자 사내는 입을 단단하게 다물었다. 사자가 온몸에서 토해내는 기운이 적지 않았다.

‘저자는 과연 어떤 사람일까?

백대고수. 아니, 십대고수 중 그와 같은 기세를 내뿜을 수 있는 자가 있을지 의문이었다. 진산과 같이 왔던 부단장도 그만한 기세를 내뿜지 못할 것이다.

십대고수 위에는 구룡이 있다. 하지만 팽호성은 감히 구룡과 연계시키지는 못했다. 그들은 자신에게, 무인에게 하늘과 같은 존재였기 때문이다.

“감히 선배님께 그런 말을 내뱉다니, 그렇게 죽고 싶냐? 요즘 선배님께서 성질 좀 많이 죽었어. 몇 년 전만 해도 산적, 해적⋯⋯ 뒤에 적 자 붙은 놈들은 몽땅 갈아버렸다고!”

사자가 흥분한 듯 사내를 노려보며 목청을 높였다. 그때 팽호성은 여인이 슬며시 일어나는 것을 볼 수 있었다. 순간 사자의 얼굴이 굳어졌다. 일어서는 여인을 보았기 때문이다.

여인이 사자에게 다가가 입을 열었다.

“말이 많다.”

“헙!”

사자는 입을 굳건히 닫았다. 그의 눈에는 한없이 깊은 두려움이 박혀 있었다.

“꼴값들을 떤다! 씨발! 어쨌든 네 연놈들은 다 적이라 이거지? 다 덤벼! 이 몸이 죽여주겠어.”

사내가 무시당했다는 사실이 억울했는지 목청을 높였다. 잔뜩 풀어져 있었던 혈랑대원들도 사내의 목소리에 각자 병장기를 꺼내 들었다. 그들은 다시 사나운 맹수 무리가 되었다.

여인과 사자가 무심한 표정으로 그들을 훑었다.

“누님, 이번 일에는 역시 제가 나서야겠습니다. 겨우 이런 자들 때문에 누님이 나설 필요는 없습니다.”

“…오랜만에 날뛰고 싶은 건 아니고?”

“아, 아닙니다. 저는 대장님을 찾기 위해 이곳에 온 것입니다! 크흠! 그분을 찾는데 경건한 마음을 잃지…….”

“좋아, 그럼 내가 나설게. 그게 훨씬 더 빨리 끝나지 않겠어?”

“아!”

그녀의 말을 수긍하는 듯 사자는 할 말을 잃었다.

사내를 비롯한 혈랑대원들의 얼굴이 붉게 물들었다. 그들은 자신들을 너무도 쉽게 생각하고 있었다. 녹림의 혈랑대원이라면 마교와 팔파일방과 오대세가, 검각과 도림과 같은 거대한 문파들을 제외하면 누구든 벌벌 떨며, 대문파에서도 한 수쯤은 인정해 준다.

그러한 이들을 한 끼 식사거리처럼 바라보는 사자와 먼지를 보는 양 대하는 여인이었다.

"음… 좋아, 이번에는 너에게 맡기지. 대신 도는 쓰지 마라."

"예, 그럽죠."

사자는 간단하게 대답하고는 혈랑대를 향해 천천히 발걸음을 옮겼다.

그의 몸에서 무시무시한 투기가 치솟았다. 살기와는 이질적으로 다른 강한 기운이 피에 전 늑대를 기죽이게 만들었다.

'누님께서 보시고 있으니까 천천히 즐길 수는 없겠구만.'

사자가 힘껏 주먹을 말아 쥐었다. 그의 검은 주먹은 마치 차돌인 양 단단하게 굳어갔다.

꿀꺽!

광견조원 중 누군가 침을 삼켰다. 본능적으로 상대의 강함을 느꼈기 때문일까? 혈랑대와는 달리 얼마 남지 않은 광견조원들의 얼굴에는 하나둘 공포가 어리기 시작했다.

"덤벼라. 상대해 주지."

사자가 주먹을 쥐지 않은 손으로 그들을 불렀다. 한없이 여유로운 태도였다.

하지만 그것이 혈랑대원의 자존심에 불을 붙였다. 혈랑대원은 너나 할 것 없이 무기를 들어 사자를 향해 노렸다.

비교적 그와 가까이 있었던 혈랑대원 중 하나가 허리를 노리며 도를 휘둘렀다.

쉬이익!

매서운 도세가 사자의 몸을 단숨에 두 동강 낼 것만 같았다.

그때 그가 자세를 낮추며 땅바닥을 쓸었다. 거의 쓰러지다시피 땅바닥을 기던 사내의 몸이 혈랑대원의 품속으로 파고들어 그의 턱을 향해 주먹을 치켜들었다.

꽝!

망치로 맞은 듯한 소리와 함께 혈랑대원의 몸이 뒤로 반 바퀴 돌며 쓰러졌다. 부르르 떠는 대원의 모습을 보아 죽은 것 같지는 않았다.

파파팟—

혈랑대원들은 동료의 죽음에 아랑곳하지 않고 검과 도를 움직였다. 그들은 겨우 스물뿐이었고, 그중에서도 혈랑대원은 열다섯 명 정도였지만 그들은 진을 짜며 사자를 압박해 갔다.

한 사람의 검이 지나가면 그 뒤로 도가 들어오고, 부가 들어오고, 창이 들어오고, 다시 검이 들어오는 식이었다. 사자를 향한 열다섯의 혈랑대원의 공격은 끊임없이 이어졌다.

사자 역시 그런 혈랑대의 기세에 조금 눌렸는지 몇 걸음이나 뒤로 물러섰다.

"물러나라. 내가 나서겠다."

"네?!"

여인의 목소리에 사자가 당황스런 목소리로 되물었다. 하지만 여인은 그런 그의 대답은 무시한 채 이미 싸늘하게 식어버린 양위의 시체로 다가갔다. 그녀는 그의 손에 단단하게 쥐어진 창을 빼내어 들었다. 혈랑대와 광견조의 피로 얼룩져 있었지만 신창양가의 소가주가 다루었던 만큼 매우 뛰어난 재질의 창이었다.

창을 들고 사자를 압박하는 혈랑대의 진 앞에 나선 그녀의 모습은 마치 해일 앞에 선 작은 소녀와도 같았다.

"저 사내의 상태가 매우 위급하다. 너나 나는 의술을 할 줄 모르니 이런 녀석들은 빨리 해치우고 의원에게 데려가야 한다."

말을 마친 그녀가 창을 허공에 휘둘렀다. 딱딱하게 굳은 피가 그녀의 몇 번의 휘두름 만에 떨어져 나갔다.

그녀가 앞으로 나서자 사자가 무언가 아쉽다는 표정으로 뒤로 물러섰다. 마치 별미를 놓친 어린아이의 모습과 같았다.

파앗!

그녀의 손에서 섬광이 터져 나왔다.

빛은 순식간에 혈랑대의 진 속으로 파묻혔다. 혈랑대원들은 갑작스런 빛에 놀랐지만 이내 정신을 차리곤 다시금 여인을 노리며 진을 움직였다.

스륵!

하지만 무언가 이상했다. 움직이려고 마음을 먹었지만 그들 중 누구도 움직이는 이가 없었다. 그제야 그들은 그 빛이 무슨 일을 했다는 사실을 깨달았다.

스르륵!

천이 떨어지는 소리가 거슬렸다.

시야가 급격하게 밑으로 추락했다. 시야가 까맣게 물들 때까지 혈랑대원들은 그 어떤 것도 느낄 수 없었다.

투욱!

무언가 떨어지는 소리와 함께 혈랑대원들의 몸이 장작개비처럼 부서져 떨어졌다.

“……!”

그것을 바라보던 광견조원들은 비명조차 지르지 못했다. 같은 녹림의 전투 부대라고는 하지만, 혈랑대와 광견조를 비교하자면 손색이 많았다. 광견조가 일반적인 전투 부대라면 혈랑대는 이른바 정예라 할 수 있었다.

그런 혈랑대가 여인의 단 한 수에 처참하게 패한 것이다.

“마, 말도 안 돼!”

광견조원 중 하나가 뒷걸음질치며 비명을 질렀다. 그들은 혈랑대처럼 목숨을 걸고 적을 섬멸하려는 용기 따위는 없었다. 그들의 상대는 언제는 자신들보다 약자였고, 강한 자를 만나면 그보다 훨씬 많은 수로 싸웠다.

그런 그들이 혈랑대를 단숨에 해치운 자들 앞에서 감히 검을 들 수는 없었다.

"안 되긴 뭐가 안 돼?"

어느새 다가왔는지 그들 뒤에는 사자가 기분 나쁜 미소를 지으며 서 있었다.

그는 광견조를 향해 걸쭉한 미소를 지었다.

＊　　　＊　　　＊

"빌어먹을!"

제갈청이 욕설을 내뱉으며 산비탈을 뛰어내렸다. 그의 곁에는 남궁유성을 비롯한 남궁유미와 팽설향이 신법을 펼치고 있었다.

팔공산은 안휘에서도 상당히 큰 산이다. 하늘에는 운무가 봉우리를 가리고 있었고, 웅대한 산맥은 마치 세상을 가리는 장벽과도 같았다. 그러나 그만큼 산세는 험했다.

혈랑대와 광견조의 수는 이루어 셀 수 없을 정도로 많아졌다. 처음 백 정도로 추측했던 것이 지금은 두 배… 아니, 세 배는 족히 되어 보였다.

"녹림이 작정을 하고 나선 것 같아요!"

남궁유미가 신법을 펼치면서 입을 열었다. 그녀의 말처럼 녹림이 정말 작심하고 그들을 죽이기로 한 것이다. 아마 이들은 족히 녹림의 힘 중 십분지 일 정도는 될 것이다.

"저기다!"

"제길!"

누군가의 외침에 일행은 조금 더 내공을 끌어올려 땅을 박찼다.

십여 명의 광견조가 그들의 뒤를 쫓고 있었다. 그들은 사방으로 퍼진 녹림들 중 일 개 조였다. 하지만 그들을 상대하지도 못하고 일행은 도주를 해야만 했다. 잠시라도 지체를 한다면 그들이 쏘아 올린 폭죽을 보고 다른 녹림도들이 봇물 터지듯이 밀려오기 때문이었다.

그렇게 한참을 뛰어가던 그들은 일순 발걸음을 멈추었다. 저 멀리에서도 혈랑대로 보이는 이들이 오고 있었기 때문이다.

"이런 방식은 안 될 것 같다."

"아아, 그래. 이렇게 많은 놈들이 올 줄은 몰랐어."

남궁유성의 말에 제갈청이 고개를 끄덕이며 수긍했다. 팽호성과 갈라지며 그들을 추격하는 이들의 수도 제법 줄 것이고, 등장 밑이 어둡다 하여 조금이나마 쉽게 그들의 추격을 늦출 수 있을 것 같았는데, 그것이 예상과는 다르게 배가 넘는 지원군 때문에 역으로 몰리게 생겼다.

제갈청은 신법을 운용하면서 동시에 이 상황을 타개할 방법을 생각하고 있었다.

'무언가 답이 없는 것이냐?'

그들의 수는 많았고 지금과 같은 상황을 고려해 볼 때 적들은 천라지망을 펼친 것이 틀림없었다.

당연하게도 무림의 각 세력마다 천라지망의 수법이나 특색이 모두 다르다. 일반적으로 천라지망을 구축하는 이들이 일정한 거리를 두고 포위하고 조금씩 포위망을 좁혀 나가 사냥을 하는 방식이다.

그러나 녹림의 천라지망은 그와는 조금 달랐다. 열 명씩 짝을 지어 굉장히 유동적으로 망을 구축하고 있었다.

열 명씩 나뉜 그들은 원, 혹은 다른 도형을 그리며 주위를 돈다. 나선형으로 조금씩 포위망을 줄이는 방식이다. 그러다가 적을 발견하면 열 명 중 앞선 이는 적을 쫓고, 비교적 뒤에 있는 이가 폭죽이나 피리를 불어 적이 있는 곳을 알렸다.

산속이라는 지형의 이점을 생각하면 효율적이라고 할 수 있었다.

'하지만 이 때문에 포위망을 뚫을 수 있는 방법이 생길 수 있겠어.'

팔공산같이 거대한 산에서 일반적인 천라지망은 무리다. 계곡이 있고 절벽이 있으며 동굴도 있다. 지형의 이점 때문에 원형을 그리기 힘들었고, 그만큼 적을 놓치기도 쉬웠다. 그것은 녹림의 천라지망도 크게 다르지 않았다.

이곳에서 그들이 행하는 수법은 확실히 뛰어났지만, 팔공산은 험한 곳이었다. 몸을 숨길 만한 곳은 얼마든지 있었으며 그들의 추적을 피할 곳 역시 무수히 산재해 있다.

'먼저 뒤따라오는 이들을 잘라내야겠어.'

제갈청이 숲으로 내려가는 발걸음을 돌려 위로 올라가기 시작했다. 아래로 내려갈수록 나무들은 많아지고 그들의 시야를 가려줄 것 역시 많아질지는 몰라도 지형이 험하지는 않았다. 그렇다면 조금만 노력한다면 일행의 뒤를 쫓는 것은 어렵지 않을 것이다.

반면 위로 올라갈수록 산은 위험해진다. 또 뿌연 운무 속에라도 파묻히면 그들의 추격은 조금 더 어려워지는 것이다.

"어디로 갈 건가?"

제갈청의 뒤를 따라 발을 놀리는 남궁유성이 물었다. 산을 올라가면 도망갈 길이 없어진다고 생각했다. 산이라는 것이 위로 갈수록 좁아지니 말이다.

다른 일행도 제갈청의 대답을 기다리고 있었다.

"위로 올라가서 녀석들을 상대해야지."

그의 대답에 일행 모두가 인상을 찌푸렸다. 얼추 세어도 녹림에서 이번 일에 투입한 인원이 삼백이 넘는다. 게다가 그들은 녹림에서 정예라 불리는 이들이다. 전투에서는 오호일화란 명성을 가진 그들이라도 함부로 상대할 수 있는 이들이 아니었다.

설사 혈랑대원 개개인은 충분히 상대할 수 있더라도 그들의 대장들은 일행이 감당하기 어려운 고수들이었다.

"최후… 라는 거냐……?"

남궁유성이 슬쩍 말을 흐렸다.

최후의 싸움.

그가 말하려던 것은 명예를 걸고 그들을 상대하는 것이었다. 살기 위해서가 아니라 죽기 위해서 싸우는 일 말이다. 아마 팽호성 일행은 지금쯤 그러한 일을 하고 있을 것이다. 그들을 추격한 이들의 수도 그리 적지 않았으니 말이다.

"아니, 그것은 아니야. 다만……."

제갈청은 말끝을 흐리며 쓰게 웃었다. 그와 같은 생각을 하지 않은 것은 아니었다. 하지만 제갈청은 절대로 죽을 생각은 없었다.

뭣 때문에 제갈화린을 희생시켰는가!

다름 아닌 살아서 녹림에게 복수하기 위함이었다. 그러기 위해서는 실낱같은 희망이라도 포기할 수는 없었다.

그녀의 희생으로 탁상공론만을 일삼았던 제갈청의 머리가 비상하게 돌아가기 시작했다.

"여기다."

팔공산을 오르던 제갈청의 신형이 일순 못이 박힌 듯 멈춰서자 뒤를 따르던 일행이 당혹스러운 모습을 보이며 간신히 멈췄다.

그가 멈춘 곳은 거세게 흐르는 계곡의 상류였다. 밑으로는 까마득한 높이의 폭포가 떨어져 하얀 안개가 꽃처럼 뿌옇게 피어오르고 있었다.

무공을 익힌 그들의 몸쯤은 가볍게 박살 내고도 남을 정도로 아찔한 높이였다.

"여기서 싸운다고?"

"그래."

남궁유성의 물음에 제갈청이 딱 잘라서 말했다. 남궁유성도 어쩔 수 없다는 듯이 검을 뽑았다. 그 역시 어차피 도망갈 가능성이 없다고 생각했다.

필사적으로 달려와서인지 추적자들의 기척은 느껴지지 않았다. 하지만 곧 이곳에서 모습을 드러낼 것이다.

"우선 운기를 해. 소주천 정도는……."

제갈청의 의견은 위험천만한 것이 아닐 수 없었다. 아무리 지쳤다고는 하지만 적을 앞두고 운기에 돌입할 수는 없었던 것이다. 일행 모두가 놀란 눈으로 제갈청을 바라보았다. 팽호성의 말대로 그의 머리가 녹슨 것이 아닌지 의문이 들었다.

그러나 그러한 그들의 모습을 보고서도 제갈청은 묵묵히 움직였다. 나뭇가지를 몇 개 꺾고 그 위의 땅 위에 박아 넣었다. 순간 아지랑이가 인 듯 허공이 일그러졌다. 진을 설치하는 것일 게다.

"그들의 솜씨를 보아 이 정도는 파훼할 수 있겠지만, 소주

천하는 동안은 시간을 끌 수 있을 거야."

제갈청의 말에 일행은 고개를 끄덕이고 털썩 주저앉아 가
부좌를 틀었다. 소주천을 통해 최소한의 기력을 되찾기 위함
이었다.

일행을 지켜보던 제갈청은 진을 슬며시 빠져나갔다. 이번
일에 몇 가지 더 필요한 것이 있었던 것이다.

'만약 내가 만든 진이 통하지 않을 때를 대비해 놈들이 잠
시 동안 발걸음을 멈추게 해야 할 필요가 있어. 그러기 위해
서 놈들의 시선을 끌 만한 것이 없을까?'

제갈청이 날렵하게 몸을 놀렸다. 곧 그는 산속 깊이 잠든
뱀이나 토끼, 그리고 멧돼지와 같은 제법 큰 맹수를 하나 잡
았다.

대충 사냥을 마친 그는 일행 근처에 진을 하나 더 치고는
잡아온 짐승들의 피를 뽑아 멧돼지의 염통에다가 가득 부었
다. 염통이 팽배하게 부풀어 올랐지만, 제갈청은 짐승들의 피
를 모두 담고서야 멈췄다.

그 다음 그는 철로 된 붓을 꺼내 짐승들의 몸을 조각 냈다.
갈가리 찢긴 그것들의 몸은 멧돼지의 가죽 속에 넣었다.

'이것만으로는 부족하지.'

제갈청이 다시 은밀하게 진을 빠져나왔다. 진기가 고갈되
었을 법하지만 그는 아직까지 여유가 있다는 듯이 미소를 지
우지 않고 움직였다.

그가 조금 발걸음을 옮기자 열 명의 광견조원이 일행의 뒤를 쫓고 있었다. 그들은 매우 신중하게 흔적을 찾아가고 있었다.

'열이라……'

수도 겨우 열이었고 일반 조원이었지만 버거웠다. 혈랑대원도 아니고 광견조원들이라 무공이 그리 뛰어나지는 않겠지만, 도주하느라 지친 제갈청으로는 그들조차 상대할 수 없었다.

'하아~ 조금 무리를 해야겠군.'

제갈청의 눈이 살기로 번들거렸다. 고작 몇 개월의 시간이 그를 강하게 만들었다. 단전이 고갈될 때까지 내공을 써보았고, 폐가 터져 버릴 것만 같은 전투를 수차례 해왔다.

지금 광견조를 노리는 이는 오호삼화 시절의 제갈청이 아니었다. 일류고수를 넘어 절정을 보려는 존재의 제갈청이었다.

끼리릭!

소름 끼치는 기계음이 귓가를 어지럽혔다. 제갈청의 손에는 철필(鐵筆)이 화살처럼 당겨졌다. 다만 화살과 다른 점이 있다면 붓은 그 끝만이 강하게 꼬였다는 사실이다. 몇 번이나 거듭 꼰 철필은 나선을 그리고 있었다.

'하나, 둘……'

속으로 심호흡을 했다. 광견조들이 조심스레 몸을 움직이는 것을 보았다. 붓을 잡고 있는 팔에 핏줄이 섰다.

그들의 신형이 열에서 하나가 되는 순간 제갈청은 철필의 끄트머리를 강하게 쳤다. 웅중한 힘이 그의 손을 거쳐 붓을 밀어냈다.

펑!

강한 폭발음이 들리며 철필이 쏘아져 나갔다.

우득!

미처 방비를 하지 못한 광견조원의 몸 내부를 으깨고 부수며 꿰뚫었다. 그 앞에 서 있던 이들도 그와 같이 척추째 부서지며 철필의 희생양이 되어야만 했다.

"크아아악!"

열 명 중 다섯 명이 처절한 비명을 토하며 숨을 거두었다. 남은 다섯 명도 깜짝 놀라 입을 다물지 못하고 있었다. 제갈청은 철필을 들 생각도 하지 않고 몸을 날렸다. 그의 두 손에는 희미한 기운이 어려 있었다.

퍼펑!

"끄악!"

제갈청의 쌍장이 한 광견조원의 몸을 때렸다. 북 치는 소리가 광견조원의 몸에서 터져 나왔다. 허공으로 날아가는 조원을 무시한 채 그는 몸을 비틀며 다리를 쭉 뻗었다.

깨끗한 뒤차기였다.

"큭!"

이번에는 뒤늦게나마 방어를 시도했다. 하지만 갑작스런 공격에 내공을 채 담지 못했는지 두 손이 그대로 부서졌다.

제갈청은 그를 비껴지나 뒤에서 검을 날리는 광견조원의 손목을 우악스럽게 잡았다. 제갈청은 뒤로 크게 몸을 날리며 비틀었다. 제압된 광견조가 땅을 굴렀다.

"핫!"

남은 두 광견조원이 제갈청의 뒤를 노리며 검을 움직였다. 그들의 검은 마치 먹이를 노리는 뱀과 같아 당장이라도 제갈청의 머리를 쪼개 버릴 것만 같았다.

제갈청이 다시 신형을 움직였다. 일 보 앞으로, 일 보 옆으로…… 그다지 대단할 것 없는 간단한 움직임이었지만 그의 상체는 오뚝이처럼 크게 휘청거렸다. 신묘한 움직임이었지만 제갈청도 그 둘의 검을 미처 피하지 못하고 어깨에 한줄기 혈선을 만들어냈다.

핏!

어깨에 새겨진 붉은 선이 주르륵 흘러내렸다. 제갈청은 땅에 떨어진 검을 차올렸다.

팽그르르—

허공에 떠오른 검을 쥔 제갈청은 자세를 낮추며 크게 원을 그렸다. 깜짝 놀란 두 광견조원들은 뒷걸음질치며 검을 움직였다.

따당!

콩 볶는 소리와 함께 광견조원들은 다시 두 걸음이나 뒤로 물러섰다.

"핫!"

제갈청은 먼저 땅에 쓰러진 광견조원의 머리를 찔러 죽이고 앞으로 발걸음을 움직이며 두 팔이 부러진 광견조원의 심장을 꿰뚫었다.

두 조원이 맥없이 쓰러지고 잠시 물러난 광견들이 다시 움직였다.

그 둘은 원숭이처럼 날랜 동작으로 제갈청의 좌우를 점했다. 그들은 혈랑대처럼 몸을 사리지 않고 싸우는 방법은 모르나 상대의 약점을 집요하게 파고드는 공격법은 알고 있었다.

쉭!

바람 소리가 제갈청의 허리춤을 노렸다. 제갈청이 신형을 크게 흔들며 그 공격을 피해냈다.

사악!

반대편에서 광견이 검을 움직였다. 제갈청의 옷자락을 베어낸 검은 독사처럼 그의 다리를 노리며 떨어졌다.

제갈청이 신형을 띄우며 광견의 공격을 피해냈다. 하지만 이번에는 반대편의 광견이 다시 이빨을 드러냈다. 허공으로 치솟은 제갈청을 노리는 것이다.

"크윽!"

제갈청은 신음을 내뱉으며 검을 움직였다. 날카롭게 날이 선 검이 두 광견조원을 차례대로 노렸다.

먼저 자신을 노리는 광견조원의 검을 쳐냈다. 따당! 하는 소리와 함께 제갈청의 신형이 조금 떨렸다. 그 다음 땅을 기던 광견조원의 머리를 떨어지면서 찍어눌렀다. 검이 그의 귓속을 파고들어 뇌까지 뭉개 버렸다.

쉬익!

다시 그를 노리고 검을 들이미는 광견을 피하면서 미련없이 검을 버렸다.

잠시 뒷걸음질치던 제갈청이 단숨에 앞으로 쏘아져 나갔다. 홀로 남은 광견조원이 제갈청을 노리고 공격했지만 제갈청은 그의 공격을 가볍게 피해내고 주먹으로 그의 머리를 때렸다.

픽!

피와 함께 뇌수가 물고기처럼 뛰어올랐다. 두개골이 박살난 광견조원이 크게 휘청거리며 쓰러졌다.

사방으로 피가 날렸다. 대지는 흥건하게 젖고, 주변의 나무들은 가을날 단풍나무마냥 제 몸을 빨갛게 물들였다. 제갈청은 그 증거를 지우기 위해 땅을 뒤집었다. 강한 내공이 담긴 일격에 픽! 하는 소리와 함께 가볍게 땅속이 뒤집어졌다. 그가 몇 번 더 손을 쓰자 제법 깊숙한 구멍이 생겼다.

제갈청은 재빨리 몸을 움직여 죽은 광견조원들을 묻었다. 더불어 나무들을 몇 그루 베어내 그 속에 파묻었다. 무언가를 파묻은 흔적이 곳곳에 남아 있었다. 그러나 그런 것을 꼼꼼히 처리하기에는 시간이 너무 없었다. 제갈청은 그 위에 다시 간단한 진을 설치했다. 아지랑이가 오른 듯 주위가 잠시 일렁였다가 사라진다. 그 뒤 나타난 것은 광견조원과 싸우기 전의 모습이었다.

제갈청은 광견조를 묻기 전에 그들의 옷을 벗겨냈다. 그리고 그들의 옷을 품속에 챙겼다. 피가 묻었거나 찢어진 것을 가리지 않고 챙겼다.

이는 후에 있을 전투에서 적의 칼침을 조금이라도 덜 맞기 위한 대비책이었다. 집단전에서 상대가 구분되지 않는 상황에서 아군이 적과 같은 옷을 입었을 경우, 적의 혼란을 야기시킬 수 있었다. 군대라면 모를까, 군기가 덜 든 광견조를 상대라면 조금이나마 효과를 볼 수 있을 것이다.

피가 묻은 것도 나름대로 쓸 일이 있었다.

"크으윽!"

제갈청의 몸이 비척이다가 이내 쓰러졌다. 온몸이 저렸다. 진기가 고갈되어 더 이상 움직이는 것도 쉽지 않았다. 숨 쉬는 것조차 버거웠다. 무언가 폐를 압박하고 있는 것만 같았다. 손끝이 부들부들 떨려왔다. 눈꺼풀이 무겁게만 느껴졌다.

이대로 눈을 감고 싶었다. 영원히……

"청 오라버니는 소가주이십니다. 오라버니의 몸은 오라버니의
것만이 아닙니다."

그때 그녀의 말이 머릿속을 울렸다.
감겨가던 제갈청의 눈이 번쩍 뜨였다. 부들부들 떨리던 손
끝도 점차 안정을 찾았다. 가팠던 숨도 원래대로 돌아오기 시
작했다. 텅 비었다고 생각한 단전 안에서 조금이나마 내공이
느껴졌다.
제갈청은 그 작은 기운을 토대로 내공을 끌어 모으기 시작
했다.
파삭!
무언가 부서지는 소리와 함께 그의 몸에서 상상도 할 수 없
는 기운이 터져 나오기 시작했다. 그것은 순식간에 좁은 단전
을 몰아치기 시작했다.
그의 단전이 부풀어 오르기 시작해 당장이라도 터져 버릴
것처럼 변했다.
'크핫!'
제갈청은 속으로 비명을 질렀다.
쾅!
거대한 폭음이 그의 몸 내부를 울렸다. 제갈청이 강시처럼
벌떡 일어났다.
"후, 후우우우―"

그의 입에서 긴 숨이 토해져 나왔다. 그는 당장이라도 죽을 것 같던 모습은 더 이상 볼 수 없었다. 그의 몸은 내기로 충만했다.

그는 절정고수가 된 것이었다.

한계에 한계까지 몸을 혹사시켰던 것과 자신을 이겨냄으로써 절정에 이른 것이었다.

'죽어서까지 이 못난 오라비를 도와주는 게냐?'

제갈청은 잠시 동안 눈물을 훔쳤다. 자신이 한 단계 성장한 것이 제갈화린의 목소리 때문이라는 것을 인지했기 때문이다.

그것이 환청일 수도 있건만, 그의 영민한 머리는 그것을 원하지 않았다. 이미 죽어버린 제갈화린이 자신과 세가를 위해 다시 한 번 힘을 주었다고 생각했다.

제갈청이 일행을 향해 다시 발걸음을 옮겼다. 그의 몸에서 전과는 다른 가주의 위엄이 흘러나오고 있었다.

'반드시 살아남겠다!'

일각의 시간이 흘렀을 때쯤 그는 자신이 처놓은 진에 다가갈 수 있었다. 그는 먼저 겉에 있는 간단한 진을 풀고 안으로 들어섰다.

제갈청이 일행이 있는 곳에 도착했을 때는 이미 남궁유성이 운기를 마치고 남궁유미와 팽설향을 지키고 있었다. 제갈청은 먼저 바깥에 있는 멧돼지의 염통과 가죽을 들고 그들 곁

으로 다가갔다. 그가 다가가자 때마침 남궁유미와 팽설향도
눈을 떴다.

남궁유성이 물었다.

"어딜 갔던 건가?"

"아, 일 좀 하느라……."

제갈청이 멧돼지 염통과 가죽을 꺼내 보이며 말했다. 그 외
광견조원들의 옷이 있었지만, 굳이 그것을 드러내지 않았다.

남궁유성은 잠시 인상을 찌푸렸지만, 그다지 신경 쓰는 모
습을 보이진 않았다. 그는 제갈청을 신뢰하고 있었기 때문이
다.

"운기는 모두 마쳤어?"

"예."

"한결 나아요."

제갈청의 물음에 남궁유미와 팽설향이 나란히 대답했다.
그들의 대답을 들은 제갈청은 망설임없이 움직였다. 먼저 품
속에 있던 광견조원들의 옷가지를 꺼냈다. 혈랑대가 붉은빛
이 감도는 마의를 입는 반면, 광견조원들은 특색있는 옷을 입
지 않는다. 간단한 패 정도로 신원을 구분하는데, 지금 중요
한 것은 그것이 아니었다.

먼저 제갈청의 철필에 뚫린 광견조원들의 옷가지를 따로
구분했다. 그들의 옷은 가슴이 뻥 뚫려 있는 것이 선명했다.

'휴우, 이제부터 시작인가?

비교적 깨끗한 옷가지는 집어넣고 가슴에 구멍이 뚫린 다섯 벌의 옷을 북북 찢기 시작했다.

찌익! 찌이익!

내공이 담긴 손으로 옷을 찢자 금방 다섯 벌의 옷이 넝마가 되었다. 제갈청은 개울가에 물에 잠시 담갔다가 다시 꺼내어 하나로 묶기 시작했다. 몇 번을 잡아당기고 묶기를 반복한 결과 삼 장가량 길이의 튼튼한 줄이 만들어졌다.

제갈청은 옷으로 만든 줄을 굵직한 나무 밑동에 단단하게 묶었다.

"청 오라버니, 지금 무슨 일을 하시는 거예요?"

팽설향이 의문을 참지 못하고 제갈청에게 다가와 물었다. 그동안 제갈청은 나무에 묶은 줄의 끝에 멧돼지 염통과 가죽을 묶어 폭포 쪽으로 휙 던졌다.

"구명줄을 만드는 거다."

그 말만을 내뱉은 제갈청은 말을 아꼈다. 그들이 구명줄 끝에 매달린 것이 무엇인지 알 필요는 없었다. 오히려 이것에 대해 알게 되면 그들은 녹림과의 혈전에서 몸을 사릴 것이 분명했다. 그래서는 그들이 무언가 눈치를 챌 수도 있으며, 일이 어렵게 된다.

제갈청은 줄을 묶은 나무에 다가가 간단한 환영진을 설치하기 시작했다. 줄을 가리기 위한 목적이었다. 뛰어난 절진이라기보다는 사람의 시선이 잘 가지 않게 하는 목적의 진이었다.

"뭐, 대충 끝난 것인가?"

그는 손을 털며 자리에서 일어났다.

남궁유성은 그의 행동을 꼼꼼히 살펴보다가 이내 눈을 감았다. 제갈청이 무언가를 하려는지 고민하던 그는 결국 고개를 내저었다. 도통 제갈청이 무엇을 계획하는 것인지 알 수 없었기 때문이다.

그는 제갈청의 행동에 대한 생각을 포기하는 대신 조금이라도 더 효율적으로 혈랑대와 광견조를 상대하는 방법을 강구하기 시작했다.

"아, 진은 이와 같으면 좋겠어."

제갈청이 땅에다가 간단한 합격진을 그렸다. 부채꼴 모양의 진의 진행 방향은 빠르게 네 명을 적 사이로 산개하는 모양이었다.

이는 개개인의 무력으로 상대와 싸우라는 것과 같았다.

"무리다."

남궁유성이 제갈청이 그린 진을 보더니만 고개를 저었다. 이와 같은 진을 이용한다면 남궁유성과 제갈청은 적에게 최대한의 피해를 줄 수 있었다. 하지만 경험이나 무공이 비교적 부족한 남궁유미나 팽설향의 경우는 쉽사리 당하고 말 것이다. 그럴 바에는 검이 움직일 공간이 조금 줄어들어도 똘똘 뭉쳐서 싸우는 것이 훨씬 더 효율적이었다.

그러나 제갈청은 남궁유성의 말에 고개를 내저었다. 그와 같은 생각을 제갈청이라고 하지 않았을 리 없었다. 천하의 제갈세가의 기재라고 불리던 그였다. 지금 이 방법이 남궁유미와 팽설향에게 얼마나 불리한지 잘 알고 있었다.

'하지만 뭉치면 죽을 뿐이다.'

떨어져야만 한다. 그것도 너무 멀리도 아니고 일정 간격을 유지하면서 최대한 폭포에 가까이 있어야 한다.

이는 죽기 위한 방법이 아닌 살기 위한 방법이었다.

"부탁한다."

제갈청이 남궁유성의 눈을 바라보며 말했다. 자신 혼자 살 수는 없었다. 어렸을 때부터 함께해 온 이들과 살고 싶었다.

비록 제갈화린은 구하지 못했지만…….

"마지막 부탁인가?"

남궁유성 역시 제갈청을 똑바로 보며 말했다.

"아니, 내 인생 처음의 부탁이다."

제갈청이 단호하게 대답했다. 그의 눈에는 정기가 충만했다. 절정에 오르면서 그의 눈빛 또한 더욱 정갈하게 다듬어진 것이다.

남궁유성은 그를 뚫어지게 바라보다가 이내 고개를 끄덕였다.

"저기다!"

누군가의 외침이 들려왔다. 그에 누구라고 할 것 없이 일행 모두가 검을 뽑아 들었다. 제갈청도 철필을 버리고 광견조원의 검을 든 채 자리에서 일어났다.

그들은 제갈청이 그린 합격진과 같은 자세로 혈랑대와 광견조원들을 맞이했다.

"하하하! 드디어 포기한 것이냐!"

혈랑대의 대장을 보이는 혈의의 사내가 크게 웃으며 말했다. 그의 곁에는 이미 수십, 아니, 수백은 될 법한 혈랑대원과 광견조원들이 병장기를 꺼내 든 채 서 있었다. 그들은 흉흉한 살기를 이제는 네 명뿐인 오호삼화를 향해 내뿜고 있었다.

씨익!

일행 모두가 미소를 지었다. 셋은 생에 대한 포기로 인한 마음의 여유에서였고, 다른 하나는 자신의 계획에 대한 확신에서였다.

"그럼, 최후의 싸움을 시작하지."

남궁유성이 천천히 발걸음을 옮겼다. 제갈청은 굳이 그의 말을 수정하려 하지 않은 채 그와 같이 발걸음을 옮기기 시작했다. 뒤에 있던 남궁유미와 팽설향이 그들의 뒤를 따랐다.

쾅!

순간 땅이 깊게 파이며 사 인의 무사가 수백의 도적들을 향해 뛰어나갔다.

'강하다!'

이번 토벌대의 총대장으로 온 혈랑십삼대 대주인 기융(冀融)은 겨우 네 명뿐인 오호삼화를 주시하고 있었다. 배수진을 친 채 전투에 임하는 그들은 무척이나 강했다. 괜히 동의맹 최고의 후기지수라 하는 것이 아님을 깨닫게 해주었다.

남궁유성의 검은 무척이나 깔끔했다. 초식을 전개하는 데 있어 최단의 거리를 이동했고, 또 적을 죽이는 데 망설임 따위는 볼 수 없었다. 빠르고 강한 남궁세가의 검이 그의 손에서 제대로 펼쳐지는 것을 볼 수 있었다.

팽설향의 도는 예리하면서도 패도적인 기운이 담겨 있었다. 그녀가 쓰는 도는 일반적인 도와는 달리 도신(刀身)이 얇았다. 날카롭고 가벼웠기에 패도적인 팽가의 도술과는 조금 거리가 있어 보였다. 하지만 그녀의 도는 광견조원의 몸을 뼈째로 베어내는 강함을 보여주고 있었다.

남궁유미의 검은 조용했다. 그녀의 오라비인 남궁유성의 검이 군주(君主)의 검이라 하면, 남궁유미의 검은 수호(守護)의 검이었다. 철저하게 방어하면서도 동시에 은밀하게 움직여 하나둘 광견조원을 제거하고 있었다. 상당히 효율적인 검법이었다.

'하지만 가장 놀라운 것은 바로 제갈청이지.'

기융의 눈이 날카롭게 빛을 냈다. 그 시선의 끝에는 제갈청이 검을 휘두르고 있었다.

광견조가 가져온 정보와는 달리 그는 철필 대신 검을 사용하고 있었다. 그러나 무기가 바뀌었음에도 제갈청의 검은 조금도 머뭇거림이 없었다. 때로는 빠르고, 때로는 날카롭고, 또 때로는 강하게 혈랑대원들을 제거하고 있었다.

다른 셋의 무공과는 다르게 그만의 특색은 없었지만, 반대로 말하자면 모든 부분에서 완벽하다고 할 수 있었다.

'이번에 제거하지 못하면 더욱 괴물이 되어 나타나겠지.'

오호삼화의 실력이 이 정도일 줄은 몰랐다.

아무리 뱃속에서부터 무공을 익혔다고 하여도, 겨우 스물 남짓의 아이들이 강해봐야 얼마나 강하겠냐고 생각했었다. 그러나 그러한 생각은 이제 대폭 수정해야 할 것이다.

'왜 총표파자께서 무리하게 오호삼화들을 제거하려는지 알 것 같군.'

아직은 미숙하다고 할 수 있었지만 오 년 뒤, 십 년 뒤까지 미숙할 수는 없었다. 그때 그들은 무시무시하게 강해질 것이다. 그리고 그 무서운 힘으로 동의맹의 한 축으로서 서무림을 노릴 거다.

스릉!

기용이 검을 뽑아 들었다. 그의 검이 푸르게 빛을 내기 시작했다. 검기가 맺히기 시작한 것이다. 서늘한 기운이 순식간에 검을 타고 일어섰다.

'여기서 그들을 제거하지 않는다면 후에 큰 위험이 될 것이다!'

그는 더 이상 느긋한 모습을 보이지 않았다.

기융이 그들을 향해 무거운 발걸음을 옮기기 시작했다. 그들의 필사적인 검에 계속해서 수하들이 죽어가고 있었다. 수하들의 비명이 기융의 어깨를 무겁게 짓눌렀다.

"멈춰라! 이제 이 몸이 상대해 주마!"

쒜에엑!

"음!"

쩡!

제갈청은 갑작스런 검격에 거의 반사적으로 검을 놀렸다. 금속음이 토해져 나오고 제갈청이 두 걸음이나 밀렸다. 제갈청의 얼굴이 와락 구겨졌다.

그때 기융의 얼굴 역시 미미하게 일그러졌다. 온몸의 내력을 끌어올려 단숨에 폭발시켰다. 그것은 태산이라도 쪼갤 듯한 힘이었다. 그런데 이 사내는 겨우 두 걸음만 물러설 뿐이었다.

'절정의 반열에 든 것인가?

문득 떠오른 생각에 기융은 고개를 저었다. 이린 나이에 고수가 되는 것노 힘들다. 고수라면 최소한 검기를 끌어내어야 하는데, 검기가 내공만 모은다고 해서 나오는 것이 아니었다. 검과 기에 대한 충분한 이해가 바탕이 되어야만 하는 것이다.

거기다 절정고수라 함은 검을 자신의 수족처럼 다룰 줄 알아야만 한다. 그러기 위해서는 보다 깊은 깨달음이 필요했다.

'지식만으로 얻는 깨달음으로는 절대로 절정고수가 될 수 없다. 끊임없는 자기 성찰과 지옥을 넘나드는 경험이 필요하다!'

책으로 쌓은 지식이라면 몰라도, 겨우 스물을 간신히 넘은 이들이 무슨 경험이 있겠는가? 그래서 기융은 지금 제갈청이 자신의 공격에 큰 내상을 입고서도 억지로 태연한 모습을 보이고 있다고 생각했다.

제갈청의 잔뜩 찌푸려진 미간이 그것을 대변하고 있는 것만 같았다.

"어린 나이에 제법이군."

기융이 검을 휘휘 저어 혈랑대원들을 물렀다. 제갈청이 제법 뛰어난 후기지수라고는 하나 자신의 상대는 아니었다. 혈랑대원들이 재빠르게 움직여 다른 오호삼화를 노렸다.

제갈청이 인상을 펴고 가까스로 다시 검을 고쳐 잡았다. 검을 잡은 손이 욱신거렸다. 질척한 느낌과 함께 검이 손에 착 달라붙었다. 손 밑으로 무언가가 주르륵 미끄러져 가는 것을 느낄 수 있었다.

"그대가 대장이군요."

"아아, 그래. 현재 너희들을 제거하는 일을 맡고 있지."

기융이 느긋한 어조로 대답했다. 그는 잠깐 놀라기는 했지만, 여유가 있었다. 제갈청의 실력으로 보아 자신의 상대는 아니라 생각한 것이다.

제갈청이 주위를 둘러보았다. 기융의 등장은 혈랑대와 광견조가 제법 큰 피해를 입었다는 것이었다.

'그렇다면 이자만 제거하면 되겠군.'

머리가 나왔으니 그것을 베어내면 된다. 물론 그 머리가 상당히 강하다는 부분이 조금 거슬렸지만. 다른 선택 사항은 없었다. 그리고 머리가 없으면 이번 작전을 더욱 효과적으로 끝낼 수 있을 것이다.

제갈청의 머리가 비상하게 돌아갔다.

"후— 나는 제갈세가의 소가주, 제갈청이라 하오. 선배의 존성대명을 듣고 싶소."

제갈청은 정중하게 포권까지 취하며 말했다. 그의 몸에서 세가를 이끌어 나갈 가주의 기세가 언뜻 보였다. 난전 중이라고는 볼 수 없는 모습이었다.

그러나 기융은 그런 그의 행동을 기꺼이 받아들였다. 비록 소가주이지만 제갈세가가 자신을 인정해 주는 것 같았기 때문이다.

"반갑소. 나는 녹림칠십이채 혈랑십삼대의 대장이자 현재 오호삼화 토벌대의 총책임자인 기융이라 하오. 이것이 마지막이 될 만남이지만, 나는 그대들을 만나 기쁘오!"

기융은 마지막이라는 말을 강조하며 말했다. 그것은 제갈청 일행을 반드시 죽이겠다는 뜻이 담겨 있었다.

제갈청이 이를 모를 리 없었다. 하지만 그는 애써 무시하고 다시 입을 열었다. 조금 더 시간을 끌 필요가 있었다. 더 많은 혈랑대원이 죽어야만 했고, 일행이 더욱 처절하게 싸워야만 했다.

"조금 의문이 드는 것이 있소."

"흐음……."

기융은 제갈청이 시간을 끌려는 모습이 역력하자 신음을 내뱉었다. 제갈청은 중원에서 가장 머리 좋다는 가문의 소가주였다. 그의 행동 하나하나에 주의할 필요가 있었다.

제갈청은 기융을 향해 씨익 웃었다. 어떤 의미가 담긴지는 모르나 기융은 지금 자신의 태도가 그에게 득이 된다고 생각했다.

그는 재빨리 입을 열었다.

"물어보시오."

제갈청은 기융에게 가볍게 고개를 끄덕임으로서 예를 표했다.

"왜 우리를 노리는 거요? 녹림의 힘이 크다고는 하지만, 오대세가에 비할 바는 아니라 생각되오. 거기다 일을 이렇게 크게 벌였으니 곧 녹림은 오대세가와 전쟁을 치르게 될 것이오. 그리고 그 전쟁의 승패는 보나마나 한 것이겠지요."

기융은 제갈청의 말에 쉽게 대답할 수 없었다. 확실히 오대세가의 힘은 녹림을 압도했기 때문이다. 하지만 녹림이 이렇게 일을 벌이는 이유는 뒤에 마교를 비롯한 은서각이 있기 때

문이다. 전체적으로 보았을 때 소가주의 소실로서 일어나는
오대세가의 약화는 큰 의미가 있었기 때문이다.

제갈청 역시 그러한 사실을 알고 있었다. 그랬기에 반드시
살아남겠다는 의지를 보이는 것이었다.

"나는… 아니, 우리는 이곳에서 뼈를 묻을지도 모르지요."

마치 체념하는 듯한 그의 모습은 기융의 마음을 기쁨으로
크게 흔들었다. 자신이 미래의 오대세가 주인들을 제거한 뒤,
후에 받게 되는 명성과 권력은 막대할 것이다.

제갈청은 슬쩍 눈치를 보다가 잽싸게 기융을 향해 뛰어나
갔다.

'이미 내상은 가라앉았다. 혈랑대원과 광견조원의 피해가
적지 않다. 그리고 무엇보다 기융은 방심하고 있다!'

그는 기융을 향해 검을 움직였다. 폭발하는 듯한 검격이 그
를 향해 쏟아졌다.

기융이 제갈청의 공격에 깜짝 놀라 재빨리 뒷걸음질쳤다.
절종고수의 후퇴는 여느 고수의 전진보다 몇 배나 더 빨랐다.

쉬익! 쉭!

제갈청의 날카로운 검공이 기융의 앞섶을 베었다. 투둑! 하
는 소리와 함께 상의가 떨어져 내리며 기융의 앞가슴이 훤하
게 드러났다.

"이 노옴!"

기융이 성을 내며 검을 곧추세웠다. 그 뒤로 이어지는 것은

제갈청을 갈가리 찢어버릴 듯한 패도적인 검법이었다.

그의 반격이 이어지자 제갈청은 연신 뒤로 밀렸다. 이제 막 절정고수가 된 제갈청과 기융의 차이는 컸다. 제갈청의 검법이 완벽하다고는 하지만, 그것은 그의 또래에 비해서이지 기융에게까지는 아니었다.

기융의 검은 패도적인 기운을 토해내며 제갈청의 검을 하나둘 깨기 시작했다.

"크윽!"

제갈청은 기융의 강함을 절실히 느끼며, 그의 검을 피하기에만 급급했다. 곳곳에 빈틈이 보였지만, 막강한 기운을 가진 기융의 검은 그 틈을 노릴 시간을 주지 않았다. 덕분에 제갈청은 처음 기습을 제외하고는 변변한 공격조차 성공하지 못하고 연신 물러서야만 했다.

반대로 기융은 냉철하게 제갈청을 공략하고 있었다. 힘의 배분을 조절하면서 그를 상대했다.

"제갈세가의 소가주라는 자가 겨우 그따위 잔머리나 굴리다니……."

기융은 조롱하듯이 제갈청을 공격했다.

어깨를 노리듯 하면서도 허리를 노려 제갈청이 땅을 구르게 하였고, 미친 당나귀처럼 땅을 구르는 그의 몸을 한 박자 늦게 찔러 더욱 구르게 만들었다.

기융은 이것이 명문가의 출신인 제갈청에게 이만한 모욕

은 또 없으리라 생각했다.

"휘이이익!"

기융이 다시 검을 찌를 찰나, 제갈청 입에서 흘러나온 휘파람 소리가 팔공산을 쩌렁쩌렁하게 울렸다. 내공이 약한 광견조원들은 기절해 버렸고, 혈랑대원들은 귀에서 피를 흘리며 비틀거렸다.

그때 기다렸다는 듯이 남궁유성 등이 더욱 매섭게 몰아쳤다. 기절한 광견조원들은 가볍게 머리를 짓밟아 뭉갰고, 정신을 차리지 못하는 혈랑대원들은 검을 날려 그들의 목숨을 거두었다.

제갈청과 가장 가까이에 있던 기융도 적지 않은 피해를 입었다. 내공이 높아 광견조처럼 기절하거나 혈랑대처럼 귀에서 피가 흘러나오거나 하는 일은 없었지만, 기혈이 뒤틀리는 기분을 느꼈다.

'젠장!'

기융이 속으로 욕지거리를 내뱉었다. 제갈청 앞에서는 방심하지 않을 거라고 다짐했던 것을 잊은 것이다. 기회가 있을 때 단숨에 죽였어야만 했다.

제갈청이 오뚝이처럼 일어섰다. 그는 휘파람을 계속해서 내뱉으면서도 검법을 펼쳤다.

'이번이 기회다! 녀석의 목을 베어야만 해!'

이 휘파람은 제갈세가의 절기 중 하나로 위기 상황에 처했

을 때, 기를 폭발시켜 적의 기혈을 들끓게 만드는 음공(音功)
이었다.

제갈청의 검이 기융의 목을 노리며 달려들었다. 신속하게
쏘아진 검이 곧 피를 볼 것만 같았다.

파앗!

섬전처럼 쏘아지는 검에 기겁한 기융은 재빨리 몸을 굴렸
다. 마치 방금 전 제갈청이 그랬듯이 땅을 구른 것이다. 하지
만 전과 다를 것이 있다면, 지금 같은 상황에서 기융에게 베
풀 인정 따위는 제갈청에게 없다는 것이었다.

파파팟!

제갈청의 검이 허공에서 세 개의 잔영을 만들더니만 기융
의 몸을 꿰뚫었다.

퍼퍽!

아직 내상을 채 다스리지 못한 기융은 제갈청의 검에 꼼짝
없이 당해야만 했다. 그의 검이 기융의 허리와 머리, 그리고
허벅지 속으로 깊숙하게 파고들었다.

"끄억!"

기융의 입에서 기괴한 소리가 토해지며 숨을 거뒀다. 오호
삼화 토벌대의 대장치고는 너무나 허무한 죽음이었다.

제갈청은 기융의 죽음을 확신하고 다시 주위를 둘러보았
다. 그가 일러준 대로 혈랑대와 광견조원들을 상대하면서 일
행이 그의 곁으로 다가와 있었다.

"지금이다!"

제갈청의 외침에 남궁유미가 그의 팔을 강하게 부여잡았다. 그 뒤를 이어 남궁유성이 남궁유미의 손을, 팽설향이 남궁유성의 손을 꼭 쥐었다.

그들이 다시 음공을 펼칠까 걱정한 혈랑대와 광견조는 내공을 끌어올려 귀를 막았다.

"뛰어!"

제갈청은 말을 내뱉는 것과 동시에 폭포를 향해 몸을 던졌다. 그에 놀란 것은 비단 혈랑대와 광견조뿐이 아니었다. 갑작스레 몸이 던져진 일행은 깜짝 놀라 잡은 손을 놓을 뻔했다.

하지만 제갈청은 남궁유미의 손을 강하게 잡았고, 남궁유미는 오라비인 남궁유성의 손을 놓지 않았다. 남궁유성 역시 팽설향의 손을 꼭 잡았다.

그리고 그들의 신형이 폭포 아래로 떨어지기 시작했다.

쏴아―!

까마득한 곳으로 떨어져 내리는 폭포 소리가 서늘하게 들려왔다.

쩌정!

하얗게 얼어붙은 숲에서 한 사내가 모습을 드러냈다. 노인처럼 흰 머리색과 서늘하게 식은 눈동자가 유난히 잘 어울리는 사내였다. 그의 손에 들린 창 주위로 하얀 안개가 서려 있었다.

"늦었군."

주위를 둘러보던 사내는 이내 짧게 말을 뱉었다. 이곳엔 이미 그가 찾는 사람들은 없었다.

그의 뒤로 두 사내가 모습을 드러냈다. 하나는 비단 옷을 입고 있는 젊은 청년이었는데, 특이하게도 옷에는 지네나 전갈과 같은 섬뜩한 독충들로 자수가 새겨져 있었다. 다른 사내는 검은 복면을 뒤집어쓴 자로 텅 빈 눈동자에서 흘러나오는 살기가 예사롭지 않았다.

그들은 폭포 앞에서 제갈청을 비롯한 오호삼화의 죽음을 확인하기 위해 모인 혈랑대원들에게 다가가고 있었다.

"네놈들은 누구냐!"

혈라대원 중 하나가 그들 앞으로 나서며 물었다. 그의 손에는 어느새 뽑았는지 잘 벼린 검 한 자루가 들려 있었다.

백발의 사내는 무심한 표정으로 혈랑대원을 훑었다.

피식!

사내의 입가가 아주 작게 움직였다. 웃는 것인지 일그러뜨리는 건지도 쉽사리 구분할 수 없었다.

하지만 혈랑대원은 그것이 비웃음이라는 것을 어렴풋이 느낄 수 있었다. 낯선 사내에서 풍기는 기운이 만만치 않았지만, 죽음을 두려워하지 않는 혈랑대원의 일원으로서 당당하게 검을 들었다.

"이놈! 무엇이 우스운 것이냐!"

혈랑대원의 검이 무섭게 진동했다. 그의 손을 통해 붉은 검기가 치솟아올랐다. 그것은 진산이 보이는 피와 같은 질척한 느낌이 아닌 불꽃과 같은 기운이었다.

사내와 그 일행은 혈랑대와 광견조 따위는 가볍게 무시한 채 주위를 둘러보기 시작했다.

"이 자식! 네놈의 정체는 모르겠으나, 감히 혈랑대를 무시한 대가는 받아야겠다!"

혈랑대원이 분을 참지 못하고 검을 휘둘렀다. 어차피 혈랑대의 행사에 방해하는 이들이나 목격자는 모두 죽여야만 했기 때문에 그의 검에는 조금도 망설임이 없었다.

그러나 그의 검에만 망설임이 없다는 것이 아니라는 사실을 그는 깨달았어야만 했다.

피슉!

소음이었다. 사내의 신형이 갑작스레 나타난 운무에 가려 사라짐과 동시에 들린 아주 작은 소리, 그것이 사내를 죽게 만들었다.

사내의 가슴 위로도 안개가 꽃처럼 피었다.

"크악!"

혈랑대원의 죽음을 만든 소리와는 달리 그의 비명은 컸다.

동료의 비명 소리에 근처에 있든 녹림도들이 하나둘 모습을 드러냈다. 그들 대부분이 오대세가를 대비해 자신들의 흔적을 지우고, 남궁유성 일행의 생사를 조사하는 일을 하던 자들이었다.

"주, 죽었어!"

쓰러진 혈랑대원을 살피던 광경조원이 목청을 높였다. 그 소리에 혈랑대와 광견조가 빠르게 움직여 갑작스레 등장한 일행을 포위했다.

팽호성 일행을 따라간 것이 사십이었다. 그때는 겨우 수가 백이었는지라 그 이상을 보낼 힘이 없었다. 하지만 차례차례 모인 부대의 수가 삼백을 헤아렸다. 남궁유성과 제갈청 일행 때문에 대장과 십분지 일의 수를 잃었지만, 그 수만 이백이 훨씬 넘었다.

세 사내 주위로 혈랑대원과 광견조원이 벌 떼같이 몰려들었다. 그것은 마치 방금 전 남궁유성 일행이 포위된 것과 같은 양상을 보이고 있었다.

그리고 남궁유성을 비롯한 제갈청과 남궁유미, 팽설향은 모두 죽었다. 그 끝이 보이지 않는 폭포를 따라 떨어진 것이다.

'저들의 정체가 무엇인지는 모르나 반드시 제거해야 한다. 이번 일로 우리 녹림과 오대세가가 전쟁을 벌이면 아마 큰 피해를 모면하기는 힘들 것이야.'

혈랑대원 중 하나가 주위를 훑어보다가 사내 일행을 바라보며 살기를 피워 올렸다.

'우리 혈랑대가 강호에서 위명을 떨치기는 하지만, 단순한 전투 부대일 뿐이다. 전체적으로 녹림은 오대세가의 전력에 비해 한두 수 처지는 형편이다.

그런 생각은 그의 곁에 서 있던 다른 혈랑대원 역시 다르지 않았다. 떠도는 소문은 어쩔 수 없다. 사람의 입을 타고 다니는 그것은 그 어떤 방법으로도 죽지 않는다. 하지만 증거만은 확실하게 없애야 했다.

하물며 목격자야…….

혈랑대원들과 광견조원들이 하나둘 살기를 피우며 주위를 에워싸기 시작했다.

"흐흐흐… 형님! 이거 큰일 났습니다. 이 녀석들 우리와 싸우겠다는데요? 어떡하죠? 우리는 대장님에게서 싸우는 것을 금지당하지 않았습니까?"

자색 비단옷을 입은 사내가 백발사내를 향해 음흉한 미소를 지으며 말했다.

하나 그의 태도는 삼백의 무사들을 전혀 두려워하지 않았다. 그들의 수가 셋이니 일당백을 상대해야 할 터인데도 말이다.

"적에게는 해당되는 말이 아니다."

백발의 사내는 짧게 말했다.

그것은 마치 혈랑대와 광견조 삼백쯤은 거뜬히 상대할 수 있다는 듯한 말투였다.

"그리고 이들 모두가 죽으면 귀찮은 일은 없을 듯합니다."

뒤에 조용히 서 있던 복면의 사내가 작게 말했지만 여기 있는 자들 중 고수가 아닌 자가 없어 모두가 그의 목소리를 들을 수 있었다. 혈랑대원과 광견조원의 얼굴이 새빨갛게 물들어갔다.

하지만 그의 일행은 그의 말에 고개를 끄덕이며 긍정했다. 그것이 혈랑대와 광견조의 마음에 기름을 부었다.

"혈랑대, 광견조를 비롯한 녹림도들이여! 우리를 모욕한 저들에게 녹림의 무서움을 보여주자!"

토벌대의 대장인 기융을 대신해 부대장인 양회성(洋灰城)이 목청을 높였다.

양회성은 천연 산도적 출신으로 그 무공 실력에 비해 성격이 너무 급하여 기융보다 강한 무공을 소유했음에도 부대장이 될 수밖에 없었던 이였다. 그를 신용한…… 아니, 그의 무공을 신용한 혈랑대와 광견조가 일행을 노렸다.

"녹림이라면?"

"도적놈들입니다, 형님."

"죽일 놈들이지요."

백발사내의 물음에 두 사내가 차례로 대답했다. 수많은 칼날이 그들의 목을 노리고 날아왔지만 여전히 그들은 여유로웠다.

검과 도가 매섭게 그들의 급소를 노렸다. 잘 훈련된 병사처럼 그들의 공격은 매서웠다.

"대장의 말씀 중에는 도적놈들은 깡그리 멸하라는 것이 있었다. 그것이 중원이나 해남이나 다를 것이 없겠지."

"하하, 새로 준비한 독의 성능을 시험해 볼 수 있는 좋은 기회가 되겠군요."

"음……."

세 마리의 맹수가 이를 드러냈다.

第十三章

해남파(海南派)

휘영청 떠오른 달 하나만이 하늘을 밝히고 있었다. 별 하나 없는 하늘은 어둠이 짙게 깔려 음울해 보이기까지 했다.

달이 당장이라도 떨어질 것만 같이 느껴지는 곳에 두 사람이 조용히 앉아 있었다. 밤하늘보다도 더 어두운 동굴 속에서 그들은 침묵만을 지키고 있었다.

"……."

"……."

그들의 주위에는 벽곡단이 가득한 항아리와 술단지가 가득했다. 제법 넓은 동굴이었지만 그것들 때문에 왠지 비좁게 느껴졌다.

말없이 하늘을 바라보던 두 사람의 시선이 허공에서 마주
쳤다.

"아직도 할 말이 없으신가요?"

사내가 빙그레 미소를 지으며 말했다.

달빛에 드러난 사내의 수려한 외모는 여인이라면 당장이
라도 빠져들어 버릴 것같이 아름다웠다.

흑백이 선명한 눈동자와 우윳빛 고운 피부, 풍성한 학사풍
의 옷으로는 가릴 수 없는 단단한 몸은 미남으로서의 자질을
모두 갖추고 있다고 할 수 있었다.

그러나 사내 앞에 있는 자는 아쉽게도 두꺼운 인피면구를
뒤집어쓴 사람이었다. 남자인지 여자인지는 물론, 어떤 악의
를 품었는지조차 알 수 없는 사람이었다.

"당신이야말로 제 말에 대답해야 하는 거 아닌가요?"

그는 사내에게 토라진 듯 뾰족한 음성을 내며 말했다. 사내
는 일순 당황한 표정을 짓는 듯하더니 다시금 씩 웃었다. 하
지만 왠지 모르게 미소가 어울리지 않는 사람이었다.

"그럼 다시 한 번 소개해 드리겠습니다. 저는 해남도에서
온 진산이라고 합니다."

진산의 말에 야율령은 고개를 팩 돌렸다. 몇 번이나 그의
정체를 물었지만, 그는 한결같은 말을 내뱉었다. 진산은 해남
도 출신이라는 것 외에는 절대로 말하지 않았다.

야율령이 그것을 믿지 않는 것은 아니었다. 문제는 그것 외

에는 단 한마디도 내뱉지 않는다는 것이었다.

'뭐, 어차피 말해줄 것이라고도 생각하지 않았지만.'

오히려 쉽게 대답했다면 더욱 의구심이 들었을 것이다. 그만큼 눈앞의 사내, 진산은 호락호락한 사람이 아니었기 때문이다.

그 덕분에 적의 거점인 하남을 끝에서 끝까지 다녔으며, 혈랑대와 광견조와 싸우기도 했다. 그리고 지금은 이런 동굴에 갇히기까지 했으니, 얼마나 진산의 심계가 뛰어난지 충분히 느끼고도 남았다.

"흠, 흠! 이제 당신이 왜 이 인피면구를 가지고 있었는지 말씀해 주시지 않겠습니까?"

진산은 품속에서 진천의 얼굴을 벗겨내 만든 인피면구를 꺼내며 물었다. 그때 남궁세가 앞에서 만난 사내를 죽일 때처럼 잔인하지도, 혈랑십이대 대장 강정을 죽일 때와 같은 매정함도 보이지 않았다.

그저 물을 뿐이다. 대답을 하지 않는다면 한없이 기다릴 뿐, 고문이나 심문 같은 것을 하지도 않았다.

'이것도 나름대로 고문이지만……'

벽곡단과 술의 양을 봐서 몇 년을 족히 버틸 수 있는 양이었다. 또 다 먹는다고 해도 진산의 성격을 보아 입을 열지 않으면 굶어 죽더라도 절대로 나가지 못할 것이다.

진산이 이렇게 필사적인 이유는 아마 그가 말하는 인피면구 때문일 것이다.

"제가 인피면구를 그자에게 주었다는 증거조차 없을 텐데요? 괜히 심증만으로 사람을 범인 취급하지 않았으면 좋겠습니다."

야율령이 딱 잘라 대답했다. 마치 자신이 한 것이 아닌 것마냥 넘어가려는 수작이었다. 사실 그 사내와 만날 때 근처에 목격자도 없었으며, 증거가 될 만한 것을 남길 정도로 허술한 성격이 아니었다.

하지만 그가 간과한 것이 있었다. 증거라는 것이 꼭 목격자와 물증만으로 이루어지는 것이 아니라는 것을 말이다.

"그저 우연으로 치부하기에는 너무 교묘하지 않습니까?"

진산이 피식 미소를 흘리며 말했다.

"당신과 만난 직후 그 사내를 만났다는 사실 말입니다. 그리고 그는 고문 끝에 당신에 대해 언급을 했습니다. 또 여기까지 그대는 제 뒤를 쫓았고요. 심증뿐이라고요? 증거를 더 대볼까요?"

야율령은 뛰어난 실력을 가진 것에 비해 어렸다. 도적놈들을 상대할 때는 몰라도, 진산과 같은 사람을 대하기에는 아직 경험이 부족했다.

무공과 몸을 숨기는 능력은 뛰어났지만, 그뿐이었다. 하수에게라면 몰라도 진산에게는 통하지 않는 능력이었다.

'증거가 있다는 말인가?'

그도 사람이니 증거 하나 흘리지 않을 리 없었다. 또 남궁세가 앞에서 일을 맡긴 그 사내는 자신의 직속 수하가 아닌지라 무슨 증거를 남겼을지도 모른다.

야율령이 인상을 찌푸렸다. 만약 진산이 모든 것을 안 채 자신에게 확답을 받으려는 것이라면, 마교와 사마 군사에 대해서까지 안다면… 이라는 의문이 끊이질 않았다.

"당신이라는 사람…… 무섭군요."

진산을 바라보며 야율령이 나직이 말했다.

"아, 그 정도로 무섭다고 보기는 아직 이르다고 할 수 있습니다. 아직 더 숨겨놓은 것이 많거든요. 후후."

진산이 무언가를 더 숨기고 있었는지는 모르지만, 확실히 그는 그가 드러낸 것보다 더 많은 힘을 가지고 있다는 사실을 어렴풋이 느낄 수 있었다.

야율령이 수집한 정보만으로 진산이라는 사람을 파악하기에는 너무도 부족했기 때문이다.

"궁금하군요. 무엇이 당신을 그렇게 강하게 만들었는지……."

"하하, 소저도 그 지옥 같은 섬에서 몇 년 만 보내신다면 저보다 더 강해질 수 있습니다. 저야 우둔해서 거의 십 년 가까이 지내서야 겨우 이 정도로 강해졌지만 말입니다."

진산의 말에 야율령의 몸이 움찔거렸다. 그렇게 숨기려 했던, 심지어 자신의 직속상관조차도 몰랐던 비밀을 그는 서슴

없이 말했다.

진산을 향하는 야율령의 눈이 가늘어졌다.

"어떻게 알았죠?"

"무엇을 말입니까?"

"성… 을 말입니다."

힘겹게 말하는 야율령을 향해 진산은 뒷머리를 긁적이며 시선을 돌려 대답을 회피하려 했다. 하지만 그런 그를 야율령이 매섭게 쏘아보며 재촉했다. 자신이 여성인 것을 숨기기 위해 그… 아니, 그녀가 한 노력은 적지 않았기 때문이다.

무림에서는 조금 낫다고는 하지만, 이 중원에서 남성과 여성의 차이는 극명했기 때문이었다.

'이 사내는 너무 위험하다.'

그 어떤 힘에도 굴복하지 않는 성격이라든지, 뛰어난 심계라든지, 진산이라는 사내에 대한 위험성은 그 무엇보다 컸다.

언젠가 반드시 마교를 붕괴시켜 버릴 것만 같은 사내였다.

"다시 묻겠습니다. 어떻게 아셨습니까?"

야율령이 살기까지 피워 올리며 물었다. 그녀는 이것이 가장 중요했다. 마교에서 여인이라 해서 다를 것이 있는 것은 아니었지만, 대부분이 남성으로 이루어진 동료들이나 수하들을 다루기가 쉽지 않은 것은 분명했다.

그래서 마교에서도 여인들은 따로 부대를 만들어 모이고는 한다. 물론, 그들의 실력은 야율령이 속한 부대에 비할 수 없을 정도로 약했다.

그녀는 교에서 자신의 성별이 들켜 그러한 곳으로 가고 싶지 않았다.

"휴우— 꼭 말해야겠지요?"

"예."

진산은 크게 한숨을 토해내며 야율령을 제외하고는 아무도 없을 주위를 둘러보았다.

진산이 야율령의 귓가로 다가가 입을 열었다.

"그것이 없으면 여자가 아닌가요? 또 가슴도 나왔더군요. 제법 커서 남자의 것이라고 보기에는 어려웠습니다."

"이, 이봐요! 그것을 어떻게 알았죠?"

야율령이 인피면구 위로 드러나지 않을까 싶을 정도로 얼굴을 붉히며 물었다. 시뻘겋게 물든 야율령의 얼굴에 진산은 그녀가 모르도록 작게 실소했다.

진산의 입가에 작게 미소가 그려지자 그녀의 얼굴이 시뻘겋게 물들었다.

"만져 보지 않고서는 모르겠지요."

챙!

결국 그녀는 화를 참지 못한 채 검을 뽑아 들었다. 혈랑대와 광견조들을 단숨에 베어버린 그 검이었다.

"죽어!"

그녀는 날카롭게 외치고서는 검을 움직였다. 홧김에 휘두른 검치고는 굉장한 기운이 어려 있는 검이었다.

"이크!"

진산이 신음을 토하며 뒷걸음질쳤다. 그녀의 검에 담긴 기운에 만만치 않았다고 생각한 것이었다. 진산의 뒷걸음은 그냥 뒷걸음이 아니었다. 매우 고절한 신법인 것이다. 그녀의 검쯤은 가볍게 피하고 언제라도 반격할 수 있는 자리까지 만드는 신법이었다. 하지만 그는 그 상황에서도 공격하지 않았다.

그녀는 스스로 실력을 자신하고 있었다. 때문에 진산 앞에서 여유를 보이기도 했다. 그런데 그가 자신의 검을 여유롭게 피한 것이다. 그의 실력을, 자신의 실력을 잘못 판단한 것이 부끄러웠다. 그리고 자신을 봐주었다는 사실을 느꼈다. 그것이 그녀를 분노케 한 것이다. 그녀는 눈을 부릅뜨며 진산을 노려보았다. 수치심과 더불어 진산의 행동이 그녀를 흥분시킨 것이다.

"이, 이!"

그녀는 말까지 더듬으며 검극으로 진산을 가리켰다.

야율링은 막 휘두르던 검을 다시 갈무리하고 숨을 고르기 시작했다. 당장이라도 폭발할 것만 같았지만, 그녀는 억지로 화를 삭이고 검을 들었다.

머리는 차갑게 가슴은 뜨겁게… 라고 속으로 다지며 다시 휘두르는 그녀의 검은 생각보다 훨씬 매서웠다.

“호오~!”

진산이 연신 좁은 동굴 속에서 그녀의 검을 피하며 놀란 표정을 지었다. 그러나 야율령은 그것이 마치 자신을 조롱하는 것으로 느꼈는지 더욱 매몰차게 검을 휘둘렀다.

쉬익! 쉬이익!

퍽!

야율령의 검이 단숨에 동굴 벽을 뭉갰다.

하지만 동굴 벽을 진흙처럼 뭉개는 그녀의 검이었으나 진산을 맞히기에는 요원해 보였다.

진산은 신묘한 보법을 구사하며 좁은 동굴 안에서 야율령의 검을 모두 피해냈다. 그녀가 흥분을 완전히 삭이고 그의 보법을 보았더라면 한층 높은 깨달음을 얻을 수 있을 터였지만, 자신의 검을 귀신같이 빠져나가는 진산의 모습에 더욱 열불이 터졌다.

“크윽!”

결국 야율령의 눈에서 한줄기 눈물을 흘러내리기 시작했다. 그렇게 독한 수련 와중에도 흘리지 않았던 눈물을 지금에 와서야 흘리게 된 것이다.

그녀는 너무 억울했다. 자신은 지옥 같았던 훈련을 거쳤는데 진산의 옷깃조차 벨 수 없다는 사실이 한탄스럽기까지 했다.

“빌어먹을!”

땡강—

야율령이 결국 진산을 공격하는 것을 포기하고 검을 떨어뜨렸다. 자신이 가진 모든 수를 동원했지만 진산 하나를 잡지 못한 것이었다.

그때 진산의 눈이 매섭게 빛을 토했다.

쉭!

진산이 한 걸음 옮기는가 싶더니만 단숨에 야율령 앞에 섰다. 진산은 땅에 떨어진 그녀의 검을 가볍게 차올렸다.

야율령의 검이 진산의 손에 잡혔다. 암살자답게 검은 묵칠이 칠해져 있기는 했지만, 진산은 검을 잡자마자 이것이 상당한 명검이라는 것을 알 수 있었다.

"당신은 약한 데다가 검사의 자격마저 잃어버렸군요."

존칭을 섞었지만 진산의 말은 묘하게 차가웠다. 싸늘한 한기가 등골을 지나쳐 흘러가는 것을 그녀는 느꼈다.

검을 든 진산의 눈빛은 장난스러웠던 그와는 사뭇 달랐다. 엄중하고도 지독한…… 무언가를 그는 담고 있었다.

"상대가 아무리 강하더라도 자신의 검을 놓아버리는 자는 검사라 불릴 수 없습니다. 당연히 무인 또한 아니고요."

진산이 야율령을 차갑게 노려보며 말했다. 검을 버린 행위가 그의 마음속 어떤 부분을 건드린 것 같았다. 검사나 무인 운운하는 것을 보아 그는 새외 출신답지 않게 검에 대한 공부가 제법 깊은 것 같았다.

야율령은 무슨 짓이든 해볼 테면 해봐라 하는 식의 자포자기한 상태로 진산 앞에 드러누웠다.

검사나 무사 운운하는 그의 말에 단 한마디도 대답할 수 없었던 것은 패자무언 때문이었다.

"……."

"당신이라는 인간, 정말……."

야율령이 드러누운 채 입을 다물자 그녀를 어떻게 다뤄야 할지 모르는 것이었다.

진산의 형인 진천이 남긴 서책에는 정파인들에게는 최대한 예의를 지키라는 것 외에 수 없이 많은 글이 쓰여 있었던 것이다.

그중에는 여인을 존중하라는 것도 있었다. 이것은 뛰어난 외모를 가진 동생에게 여성을 함부로 범하는 화마(花魔)가 되지 말라는 것이었는데, 이것이 지금에 와서 걸렸던 것이다.

만약 이곳이 중원이 아닌 해남도였다면 당장이라도 그녀의 몸을 찢어 모든 정보를 끄집어냈을 것이다.

"하아, 좋습니다. 계속 입을 굳게 다무세요. 먹을 것도 넉넉하니 누가 이기나 한번 해봅시다!"

진산이 단단하게 마음을 굳혔는지 눈에서 토해져 나오려는 살기를 억지로 삼키며 말했다.

야율령의 눈썹이 꿈틀거렸다. 진산의 언사가 꽤나 불쾌했던 것이다. 그러나 그녀는 진산의 말에 조금도 반박하지 않은 채 눈을 감았다.

"……."

야율령을 바라보는 진산의 눈이 싸늘하게 식었다. 치미는 살심이 쉬이 가라앉지 않았다.

오로지 강자만을 위한 지옥도에서, 해남도에서 만들어진 그의 성격이다. 말을 듣지 않는 그녀를 찢어버리고 싶은 그의 마음은 당장이라도 폭발할 것만 같았다.

하지만 그녀가 형의 소재를 알 수 있는 단서를 가지고 있다. 여기서 단서를 놓치면 동의맹에서 몇 년이 걸릴지 모른다.

'하루라도 빨리 형을 찾아야만 하는데…….'

하지만 그것은 한없이 요원하기만 했다.

며칠이 지났는지 알 수 없었다. 보름 정도는 날짜를 셌지만 그 이상 시간이 지나자 더 이상 세는 것이 무리였다. 대충 한 달 정도는 지났을 것이라 짐작할 뿐이었다.

"……."

"……."

진산과 야율령은 입을 굳게 다문 채 서로를 노려보고 있었다.

두 사람이 침묵으로 일관하기를 벌써 한 달이 넘은 것이다.

야율령은 마교의 그림자로서 수련을 받았는지라 십오 일

은 물론 백 일이 넘게 침묵을 지킬 수 있다. 그녀는 근 보름째 허기와 갈증을 해소하기 위한 것을 제하고는 단 한 번도 입을 열지 않았다.

진산 역시 말이 많은 사람이 아니었다. 오히려 말을 아끼는 사람이라 할 수 있었다. 사람을 사귀기 위해 중원에 와서는 말을 많이 했지만, 그것 또한 일반인치고는 말수가 많은 것이 아니었다.

둘이 입을 다물자 시간이 너무 길어졌다. 말은 물론 상대에게 어떤 자극이 될까 봐 움직임 또한 무척이나 조심스러웠다. 적을 앞에 두고 운기 따위는 꿈도 못 꾸는 신세다.

조개처럼 다물어진 그들의 입 중 하나가 서서히 열렸다.

"…제가 포기하겠습니다. 더 이상 시간을 끌어봐야 저에게는 이득이 될 것이 없습니다."

진산이 고개를 저으며 말했다. 자신의 실수를 지금에서야 깨닫고 만 것이다. 이런 일에 대해 그녀는 매우 혹독한 훈련을 받은 것이다. 아마 그녀에게 고문 따위는 조금도 통하지 않을 것이다.

야율령의 행동거지를 보아 그것을 알았어야만 했다.

'휴우, 한 달을 넘게 시간을 허비하고 말았군.'

야율령은 고문 따위로 입을 열 사람이 아니었다. 또 사술 같은 것은 사용할 줄 모르니 그녀의 입에서 형의 소재를 알 만한 정보를 얻는 것은 무리였다.

차라리 그녀를 풀어주어 뒤를 캐는 것이 훨씬 더 빠를 것이
다.

"……."

야율령은 노려다보고만 있을 뿐 입을 열 생각을 하지 않고
있었다. 포기했다는 말에도 그녀가 답하지 않자 진산은 무언
가 이상하다는 생각이 들었다. 그의 시선이 야율령을 차갑게
훑었다.

마치 인형마냥 미동도 하지 않은 채 앉아 있었다. 사람이
이러한 모습을 보이니 죽어버린 것만 같았다. 또 가슴의 기복
또한 미미하여 쉬이 눈에 띄지 않을 정도였다.

진산의 미간에 골이 새겨졌다.

현재 야율령의 모습은 무인들이 귀식대법을 펼쳤을 때 보
이는 것과 같았다. 귀식대법은 스스로를 가사 상태로 만들어
놓는 것이다. 숨을 죽이고 특유의 인기척을 조금씩 덜어내는
것을 말한다. 어쩐지 그녀의 몸에서 풍기는 기운이 너무 약했
다.

"상대조차 하고 싶지 않다는 뜻입니까?"

"……."

"후우, 좋습니다. 저는 떠나겠습니다. 홀로 여기에 남아 알
아서 생각해 보십시오!"

진산이 동굴 밖으로 발걸음을 옮겼다. 밖은 안개가 뿌옇게
떠올라 시야를 가리고 있었다.

야율령이 움직이기 시작한 것은 진산의 신형이 운무 속으로 파묻혀 사라질 찰나였다. 그녀는 어느새 허리춤에 차고 있던 검을 뽑아 진산의 등을 후벼 파고 있었다.

진산의 등에 핀 붉은 꽃 한 송이가 운무에 흩어질 것만 같았다.

"남궁세가부터 여기까지. 한달이 넘게 조사한 결과, 당신은 우리 교에 있어서 너무 위험한 존재라고 생각하고 제거하기로 결론을 내렸습니다."

말을 마친 야율령의 검이 쑤욱 빠져나왔다. 먹칠을 한 검이 이제는 핏빛을 머금어 섬뜩하게 느껴졌다.

그녀는 피를 떨치기 위해 허공으로 검을 휘둘렀다.

반면 진산은 아무런 말도 없이 서 있었다.

야율령은 자신의 공격이 너무 의외라 그가 당한 것이라 생각했다. 귀식대법이라는 것이 일시적으로 가사 상태로 빠지는 것인지라 갑자기 움직이는 것이 불가능했다. 그랬기 때문에 진산이 방심했다고 생각했다.

꿀럭! 꿀럭! 진산의 등에서는 벌건 뱀 한 마리가 척추를 타고 흘러내렸다.

"교라면… 마교인가요? 혈교는 몇십 년 전에 사라졌다고 하니까 마교겠군요. 그렇다면 은서각이 형의 실종에 관여되어 있었군요."

갑작스런 형의 실종은 동의맹 때문이라고 생각했었다.

동의맹은 거대한 세력이고 그랬기 때문에 자연히 권력 다툼이 생겼을 것이다. 형은 그때 소리 소문 없이 사라진 것이라 생각했다.

그런데 그의 형은 마교에 있었다. 형의 실종에 은서각이 연루되었다는 뜻이었다.

바깥을 바라보던 그의 눈동자에 전과 다른 한기가 폭풍우쳤다.

"다, 당신, 어떻게 심장이 꿰뚫리고도……."

야율령은 태연하게 말하는 진산의 모습에 입을 다물지 못했다. 그녀의 검은 정확히 그의 심장을 꿰뚫었다. 가슴을 헤집고 뼈를 지나 심장을 찔렀다. 감촉도 확실했다.

무엇보다 마교에서 사람 죽이는 훈련을 지독하게 받은 그녀가 혼신을 다해 지른 일격이 빗나갈 일이 있을 리 없었다.

그녀의 비명에 가까운 말에 진산은 시선을 돌렸다. 어느새 폭풍 같던 기세는 갈무리된 상태였다.

"뭐, 대충 실마리는 얻었습니다. 본래 동의맹에 가려고 했는데, 마교부터 쑤셔봐야겠군요. 그리고 제가 마교에 들어가기 위해 당신은 죽어줘야겠습니다. 저를 아는 사람이 있으면 꽤나 골치가 아파지거든요."

'당신이 나에게 무언가 도움이 된다면 몰라도, 지금까지 봐서 이용가치는 별로 없어 보이거든요. 뭐, 아는 것이 더 있으면 살려둘지도 모르겠지만…….'

진산의 입에서 스산한 한기가 토해져 나왔다. 야율령은 저도 모르게 뒷걸음질쳤다. 진산이 쌍룡곤을 천천히 뽑아 들었다. 묵직해 보이는 쌍룡곤의 끝에서 날카로운 기운이 맺혔다.

마치 창의 그것처럼, 마치 그의 피처럼 검붉은 강기가 쌍룡곤을 타고 일어섰다.

꾸드득—

근육이 저절로 움직여 피가 흘러나오던 입구를 단단하게 막았다. 그는 워낙 막대한 내공을 가지고 있었기 때문에 자신의 몸을 자유자재로 놀릴 수 있었던 것이다.

야율령이 찔렸다고 생각한 심장 또한 근육을 움직여 심장을 왼편으로 끌어놓아 피해를 입지 않을 수 있었다.

“흐음!”

야율령이 작게 신음을 토했다. 진산은 더 이상 일개 서생과 같은 모습이 아니었다. 그가 더 이상 자신을 숨기지 않기로 한 것이다.

‘유인한 것인가? 내가 심장을 찌를 줄 알고? 그래서 방심하고 그 몇 마디 흘리기를 기다린 것인가?’

답이 나오질 않았다.

진산의 행동의 이유를 알 수 없었다. 그의 동작에 하나둘 의문은 쌓여간다. 하지만 그것이 결과적으로는 그가 원하는 바대로 흘러가는 것을 보면 분명 그의 행동은 치밀하게 계획되어 있다는 것을 알 수 있다.

뿌드득―

그녀가 이를 갈았다.

진산은 여전히 무심한 눈동자가 그녀의 심장을 후벼 파고 있었다.

"만약 형의 실종이 너희들과 관계되어 있다면. 나는 마교를, 은서각을 쑥대밭으로 만들겠다, 삼사십 년 뒤에는 마교나 은서각의 존재 따위는 잊혀지는 존재가 될 정도로."

해남파의 힘이 은서각이나 마교에 비할 바는 아닐 것이다. 중원처럼 거대한 곳에서 나는 양분을 먹고 자란 마교나 은서각을 치기에는 해남파는 너무 작았다. 고수의 수가 비슷하다고는 하지만, 전쟁의 승패는 고수의 수보다는 전체적인 수다.

수가 적으면 쓸 수 없는 진법도 있다. 수가 많아야만 쓸 수 있는 병법이 있다.

고수는 적의 고수를 상대하는 데 쓰일 뿐이다.

'하지만 속을 긁어내는 데 많은 수가 필요하지는 않지.'

전쟁만이 수가 아니다. 마교나 은서각처럼 서로를 믿지 못하는 놈들이 모인 곳은 골육상잔을 하게 만드는 수도 있는 법이다.

그것은 해남파가 전문이라 할 수 있다. 사술이나 은신술이 너무 뛰어났기 때문에 무림공적이 되어야 했던 이들이나 후계자가 해남파에서 숨 쉬고 있었다. 그들을 이용한다면 그 수가 적다고 하지만 중원을 노리는 일도 어렵지만은 않았다.

"그전에 몇 가지 더 털어놓는 것이 어떨까? 그러면 그대의 목숨 하나 정도는 살려줄 수 있는데."

진산이 이렇게 강하게 모는 이유는 야율령에게서 정보를 더 캐볼 심산이었기 때문이다. 조직을 위해 키워진 그녀다. 조직이 위험해진다는 사실을 안다면 조금이라도 쓸 만한 정보를 토해낼 수도 있을 것 같았다.

그녀도 귀가 있다면 해남파가 동의맹에 붙거나 하면 마교나 은서각이 위험하다는 사실을 알고 있을 것이다.

"……."

야율령은 함부로 입을 열 수 없었다. 자신의 한마디가 현 강호의 정세를 크게 바꿀 수 있다고 생각한 것이다.

만약 그녀가 진산의 말이 허풍이라고 생각했다면 일언지하에 거절하고 살기 위해 검을 들었을 것이다. 하지만 지금까지 그의 뒤를 쫓으며 봐왔던 것은 형을 위해서라면 물불을 가리지 않는 진산의 모습이었다.

교가 몰락하는 일은 있을 수 없지만 그가 적으로 나선다면 교는 끔찍할 정도의 타격을 받을 것이다.

"형의 소재가 될 만한 것이라면 나는 만족할 수 있어. 그 정도는 교의 기밀도 아니잖아? 나는 전쟁을 하러 온 것이 아니라 형을 찾으러 온 것이니 말이야."

"……."

그렇게 말하는 진산의 눈은 조금씩 붉게 물들어가기 시작했다. 그녀가 말하지 않는다면, 교의 기밀이라 거부한다면, 형의 죽음은 기정사실화되는 것이다. 그것도 흉수는 마교나 은서각이 될 터이고 말이다.

그가 하나뿐인 가족을 잃게 된다면 어떻게 될까?

그것도 남의 손에, 얼굴 가죽이 벗겨져 가며 죽어버렸다면…….

'위, 위험해!'

야율령의 온몸이 경고를 보내고 있었다. 그동안 약간이나마 가지고 있던 여유가 싹 사라졌다. 사실 그녀는 진산의 무공에 대한 약점을 어렴풋이 느끼고 있었다. 그의 거대한 내공과 더불어 신묘한 보법 때문에 이길 수는 없지만, 그에게 지지도 않을 자신이 있었다.

진산의 공격은 매우 정직했다. 공격의 길이 눈에 선명하게 보일 정도로 정직했다. 그 가늠하기 어려울 정도로 많은 내공과 그것을 바탕으로 나오는 빠른 속도 때문에 그가 강해 보일지는 몰라도, 그것은 그보다 하수에게나 통하는 수법이다. 십대고수만 되어도 그 정도는 가볍게 상대할 수 있을 것이다.

그가 도망간다면 놓치겠지만 자신 또한 그의 손에 죽지 않을 자신이 있었기에 야율령은 여유를 가질 수 있었다.

하지만 지금 분노로 가득 찬 사내는 그녀가 알고 있는 진산과는 매우 다른 사람이었다. 온몸에서 뿜어져 나오는 살기는 없었다. 무인 특유의 투기 또한 없었다. 단지 나오는 것은 음습하고도 숨 쉬기조차도 거북한 사기(邪氣)뿐이었다.

'어떻게 이런 기운을 인간이 뿜어낼 수 있다는 말인가?!'

보통 사파에서 익히는 무공 역시 이러한 기운을 뿜어내지 않는다. 보통 사기라는 것은 무척이나 기묘하고도 강한 힘을 내뿜지만, 동시에 정신을 조금씩 갉아먹는다. 때문에 절정의 벽을 뛰어넘는 고수가 사파에는 무척이나 드물었던 것이다.

그런데 진산의 토해내는 기운은 가늠조차 할 수 없는 막대한 양의 사기였다. 한낱 인간의 정신 따위는 통째로 먹어버릴 수 있는 그러한 양의 기운인 것이다.

진산의 기운에 새파랗게 질린 야율령이 비명을 지르듯이 말했다.

"그만! 말하겠어요. 그러니 기운을 거두세요. 어차피 당신이 알아야 할 것이니 말이에요."

"내가 알아야 할 것이라고?"

동굴 안을 점령하던 기운이 싹 사라졌다. 그는 그렇게 많은 내공을 가지고 있으면서도 기의 수발이 무척이나 자유로운 사람이었다.

야율령이 한결 나아진 모습으로 입을 열었다.

"예, 본 교는 당신이라는 인재를 회유하기 위해 저를 보낸 것입니다."

"그렇다면 내 뒤를 쫓은 이유는 교의 명령에 의구심이 생긴 네가 나를 가늠해 보겠다는 생각에서였겠군."

"뭐, 비슷합니다."

그녀가 퉁명스럽게 대답했다. 그녀는 진산을 끌어들인다면 교에 피해가 갈 것이라 생각했기 때문이다. 또 사마 군사를 믿지 못하는 마음 또한 있었다.

하지만 이러니저러니 해도 결국 교에 해가 될 바에는 교내에서 그를 잡아두는 편이 낫다고 생각했다.

"그 인피면구는 본 교의 군사인 사마 군사가 당신을 회유할 때 쓰라며 보낸 것입니다. 저 역시 그것을 사람을 고용해 썼던 것뿐이고요."

"눈앞에 형의 얼굴 가죽을 들이밀어 내 판단력을 흩뜨리게 할 생각이었는가? 그리고 그 틈을 타 형을 찾을 수 있게 도움을 줄 테니 함께하자고 하려 한 것인가?"

"…분명 처음에는 그럴 생각이었습니다만……."

진산의 추측은 정확하게 들어맞았다. 덕분에 그녀가 했던 그동안의 일이 소용없는 짓이 되었다. 남궁세가 내에서 그를 가늠해 보려 했던 것이 실수였다. 그때는 진산이 그 정도로 예리한 사람이라는 것을 알지 못했으니…….

"그럼 마교로, 은서각으로 간다면 형의 소재를 알 수 있겠는가?"

"그건 몰라요. 사마 군사는 본래 동의맹 출신의 사람이었으니 그 인피면구를 구한 것은 동의맹에서일지도 몰라요."

야율령이 고개를 저으며 대답했다. 이미 털어놓은 것, 굳이 숨기려 애쓰지 않았다.

진산은 고개를 푹 숙였다. 단서를 하나 찾은 것은 분명했지만 아직도 갈 길이 멀었다. 형의 실종의 원인이 동의맹인지 은서각인지 알 도리가 없었다.

하지만 야율령 정도 되는 실력자가 모르는 일이라면 사마군사가 은서각에 오기 전에 가지고 왔다는 것은 사실일 것이다. 진천의 실력은 매우 우수했다. 어떤 무공이든 한 번 보면 완벽에 가깝게 따라했고, 그것을 받쳐 주는 머리 또한 뛰어났다. 마교의 군사가 어느 정도 실력을 가지고 있는지는 모르나, 개인의 실력으로는 절대 혼자서 진천을 제압할 수 없을 것이다.

그렇다면 뒤져야 할 곳은 동의맹이라고 보는 것이 맞을 것이다.

'동의맹이라…….'

결국 처음에 계획한 대로 일은 흘러갈 것이다. 다만, 다른 점이 있다면 이번 일에서 동의맹을 상대로 전쟁을 벌인다 해도 거리낌이 없다는 것뿐.

진산의 시선이 야율령을 향해 돌아갔다. 동의맹으로 가야 하는데 그녀가 문제였다. 자신을 회유한다는 사람은 다름 아닌 형의 얼굴을 벗겨 온 사람이라는 것이라는 거다. 그것도 마교의 교주인 사람이.

아직은 자신이 이러한 이야기를 들었다는 사실을, 야율령

과 이렇게 대면하고 이야기를 나누었다는 사실을 알려서는
안 된다.

형에 대한 열쇠는 사마 군사가 쥐고 있다. 그가 입을 다물
면 일이 어려워진다.

'동의맹에서 그에 대한 정보를 얻는 것이 우선이겠지.'

나를 알고 적을 알아야 백전백승이라는 말이 있듯이 마교
깊숙한 곳에서 숨어 있는 그를 알아야만 했다.

"두 가지 부탁만 하겠소. 들어줄 수 있소? 이 부탁만 들어
주면 그대의 임무를 충실히 수행할 수 있게 도와주겠소."

진산이 다시 말투를 바꾸었다. 자신을 감추려는 것이 아닌
야율령에 대해 일종의 예를 표하는 것이었다. 그녀가 힘으로
굴복시킬 수 없는 사람이라는 것을 알았기에 그러한 태도를
보이는 것이었다.

야율령이 진산을 흘깃 쳐다보더니만 고개를 끄덕였다. 인
재를 밝히는 것은 조조보다 더한 교주였다. 진산이 심계는 물
론 무공까지 뛰어난 인재라는 사실을 아는 이상, 그를 데려가
기 위해 한두 가지 부탁 정도는 들어줄 수 있었다.

"첫째, 이제부터 나에 모든 정보를 교에 보내지 말아주길
바라오. 동굴에서 나간 뒤 나는 교에 가기 전까지 당신과 함
께할 것이오. 쓸데없는 사실이 그들에게 알려지기는 바라지
않소."

"…좋아요. 그 시간이 길지 않다면, 또 본 교에 피해가 가

지 않는다면 허락하겠어요."

야율령은 잠시 뜸을 들이다가 이내 고개를 끄덕이며 답했다. 그녀가 매우 우수한 요원이라고는 하지만, 마교의 그림자는 그녀뿐이 아니었다.

"고맙소."

진산은 가볍게 고개를 숙이며 대답했다.

"두 번째는…… 형의 죽음을 알게 되었을 때, 형의 시신을 발견했을 때에 그 적이 누구라도 나를 막지 말아주시오."

부탁이라기보다는 경고였다. 슬픈 눈으로 말하는 진산의 모습에 야율령은 쉽사리 대답할 수 없었다. 그저 그의 원수가 교와 관련되지 않기를 바랄 뿐이다.

이 사내의 분노가 어떻든 그토록 강한 힘을 가지고 있음에도 바람 앞에 선 등화처럼 흔들리는 그의 모습이 애처로워 보였기 때문이다.

'나약한 사내……'

가족의 복수에 얽매어, 또는 살아 있기에 사는 것만 같은 사내였다.

그의 형이 살아 있다면 몰라도 죽었다면 그는 자신의 모든 것을 태워가며 복수할 것이다. 또 그것이 그의 인생의 마지막이 될 것이고 말이다.

동굴 밖으로 향하는 진산의 뒷모습이 너무 외로워 보였다.

당장이라도 스러져 버릴 것만 같이…….

　　　　　*　　　　　*　　　　　*

　진산이 동굴 속으로 들어가 야율령을 상대하는 동안 해남파에는 한 장의 서찰이 전해져 왔다. 부단장이 지속적으로 보내는 서찰 중 마지막이라 할 수 있는 것이었다.

　그리고 중원으로 나간 뒤 진산에 대한 정보를 알아내기 위해 나섰던 대락조의 조원들은 팽호성과 함께 해남도로 돌아왔고, 그의 입에서 끔찍한 사실을 듣게 되었다.

　누군가의 죽음…….

　그는 어느 작은 섬의 영웅이었다.

　그 사실이 오대세가의 후계자라는 믿음 가는 자의 입으로 알려졌다.

　그리고 며칠 뒤, 해남파의 문주가 조용히 입을 열었다.

　복수를 하자……!

　그들의 몸에서 피를 뽑아내고, 그들의 몸에서 뼈를 갈라내고, 그들의 몸에서 혼을 끄집어내어 우리들의 영웅을 해한 대가를 받아내자!

　조용히 잠들어 있던 해룡이 확실하지도 않은 한 사람의 죽음으로 인해 굳게 닫혀 있던 눈을 떴다. 그리고 그들의 눈동자가 녹림을 향해 천천히 움직였다.

＊　　　＊　　　＊

쾅!

단단한 오동나무 탁자가 깊게 파였다.

"복수뿐이오!"

한 사내가 이를 갈며 외쳤다. 하북팽가의 가주인 팽영훈이었다. 그리고 주위에는 그를 비롯한 오대세가의 가주들과 명숙들이 한자리에 있었다. 그들의 얼굴은 분노로 시뻘겋게 물들어 있었다.

심지어 냉정하다고 소문난 제갈세가의 가주 제갈경 또한 자식의 죽음에 눈에 불을 켜고 있었다.

가족이 죽었다.

그렇게 애지중지했던 핏덩이들이다. 아이들의 실력이 나날이 향상되어 강호에서 오호삼화라 불렸을 때 그 누구보다 기뻐했던 그들이었나.

그런데 그 사랑하던 아이들이 가문의 이름을 떨치러 갔는데 죽어버렸다.

그들은 쉽사리 분노를 삭일 수도 없었고, 삭일 생각도 없었다.

그 시체가 여덟 중 셋이 드러났고, 그마저도 처참했다. 제갈경의 금지옥엽인 제갈화린은 도적놈들의 칼에 난자된 채 죽어 있었다. 신창양가의 양위도, 황보세가의 황보웅도 몸 성히 죽지 못했다.

남은 다섯은 흔적도 찾지 못했다. 양위, 황보웅이 나타난 곳과 팔공산 어느 계곡에서 형태를 알아볼 수 없을 정도로 뭉개진 시체가 잔뜩 나왔는데, 그 안에 적과 함께 남은 다섯 후계자의 시신이 있지 않을까 추측해 볼 뿐이었다.

"겨우 그깟 도적놈들 때문에 우리의 자식이 죽었소이다. 모두가 말린다고 해도 나는 꼭 그들에게 복수하고 말 것입니다! 그로 인해 다시 동서무림전쟁이 일어난다고 해도 말입니다!"

동의맹의 천하제일 비무대회 따위는 이제 까맣게 잊은 채 제갈경이 강경하게 자신의 의견을 몰아붙였다. 그리고 그것을 말리는 이들은 그 누구도 없었다. 오히려 그들은 그의 말에 한마디씩 거들었다.

"옳소! 이 팽 모도 오랜만에 피바람 일으켜 보렵니다!"

팽영훈이 당장 도를 뽑을 기세로 외쳤다.

그를 선두로 오대세가의 명숙들이 목청을 높였다.

"……."

기세만은 지금이라도 당장 전쟁을 시작할 것만 같았다. 다만 오대세가의 대표 격인 남궁세가주 남궁보(南宮保)가 눈을 굳게 감은 채 침묵을 지키고 있었다.

덕분에 명숙들의 마음이 하나가 되었더라도 회의는 끝나질 않았다.

그때 제갈경이 슬며시 입을 열었다.

"하지만 우리는 무작정 전쟁을 시작할 수는 없소. 녹림이 우리에 비할 수 없다고 하지만, 이렇게 본격적으로 일을 벌이는 것에는 이유가 있을 것이오."

오대세가와 녹림, 두 개의 거대 세력은 동의맹과 은서각이라는 테두리 속에 있어서 정확하게 비교되지는 않았지만, 굳이 비교를 한다면야 오대세가의 힘이 훨씬 더 강하다고 볼 수 있었다.

가족으로만 이루어진 세가가 비록 그 수가 적다고는 하지만, 그들은 뛰어난 고수가 많았다. 반면 녹림은 수는 제법 많았지만 고수의 수는 턱없이 부족했다.

그렇기 때문에 그들은 그만한 세력을 가지고 있음에도 언제나 마교의 수하 노릇이나 하고 있는 것이다.

"흐음, 그리고 보면 그들이 갑자기 이런 일을 계획한 게 궁금하군요."

남궁세가의 장로를 맡고 있는 남궁소(南宮嘯)가 제갈경의 말에 수긍하며 말했다.

"얼마 전에 녹림채를 부순 거 때문이지 않을까?"

팽영훈이 백호채와 백룡채, 옥랑채를 떠올리며 말했다. 그때 오호삼화가 나선 것은 옥랑채뿐이었지만, 소문을 내기로는 백호채와 백룡채를 부술 때도 오호삼화가 함께했다는 것이었다.

본래 진산 일행과 삼룡표국에게 갈 명성을 그들이 훔쳐 갈 때 원한까지 가져온 것이 아니냐는 것이었다.

"현재 녹림칠십이채의 총표파자를 맡고 있는 장군석이라는 자는 어리석은 사람이 아니오. 도적놈치고 머리가 제법 돌아가는 놈이지. 밥줄이 조금 잘렸다고 오대세가를 상대로 전쟁을 벌일 사람은 아닐 거라 생각되오."

제갈경이 과거 장군성과 싸웠던 때를 떠올리며 말했다. 그때 그는 뛰어난 무사임과 동시에 전쟁을 지휘하는 군사로서 뛰어난 기량을 발휘했다.

그가 총표파자가 되었기 때문에 녹림이 과거의 두 배는 강해졌다.

"그렇다면 누군가 부추겼다는 것이 더 옳겠군요."

남궁소는 말을 하면서 속으로 마교를 떠올렸다. 은서각 예하의 사파는 모두 마교의 손에 있다고 볼 수 있었다. 이는 현 마교의 교주인 동방제와 교주가 모은 기재들의 수완 때문이라고 볼 수 있었다.

이러한 생각은 남궁소뿐이 아니라 팽영훈이나 다른 명숙들 또한 마찬가지였다. 녹림과 오대세가를 통해 동서무림의 대리전을 펼치자는 속셈이 아닐까 하는 것이다.

"만약 이번 일을 꾸민 배후가 마교라면 우리가 싸우는 상대는 녹림뿐이 아니라 하오문을 비롯한 사파연합도 포함될 수 있습니다.”

명숙들의 얼굴에 그림자가 드리워졌다. 녹림 정도는 가볍게 상대할 수 있겠지만, 은서각의 사파연합과도 싸운다면 일이 쉽지 않을 것이다.

사파연합은 녹림을 비롯한 하오문, 장강수로채와 같은 사파들을 뭉뚱그려 말하는 것이다. 그들은 은서각이 세워질 때 연합을 맺었고, 과거에는 마교와 어깨는 나란히 할 정도로 강했던 이들이었다.

지금에 와서는 마교의 수하가 된 이들이지만.

그때 남궁소가 심각한 얼굴로 입을 열었다.

“문제는 사파연합에 있는 귀왕(鬼王)입니다.”

그의 말에 명숙들의 얼굴이 핼쑥해졌다. 현재 삼왕이라 불리는 이들의 무공이 얼마나 강한지는 동의맹주 단우극을 마주했던 그들이 가장 잘 알고 있었다.

더군다나 귀왕이라고 하면, 평생 무서울 것 없어 보이던 오대악인의 첫째에게 공포라는 것을 심어준 사람이었다.

공개적으로 드러내지 않고도 단숨에 강호에서 가장 강한 이들 중 하나가 된 자인 만큼 다른 삼왕에 비해 더욱 상대하기 까다롭다고 할 수 있었다.

“그가 왜 동방제의 말을 따르는지 이해할 수 없습니다만⋯ 사파연합이 나서게 되면 그 역시 나올 것이 틀림없습니다.”

그들이 이렇게 사파연합을 껄끄러워하는 이유는 귀왕은 사파연합의 인원이기 때문이다.

제갈경의 시선이 남궁보에게로 향했다. 그러자 남궁소는 물론 팽영훈이나 다른 명숙들도 남궁보를 바라보았다.

그의 결정을 기다리는 것이었다.

전쟁이냐 아니냐.

귀왕을 상대할 사람은 없다. 수많은 세가 사람들이 그를 제거하기 위해 목숨을 버려야 한다. 그를 포함한 사파연합은 매우 강하다. 만약 이긴다 하여도 그들이 입게 되는 피해는 몇십 년이 걸려서야 지금의 가세를 되찾을 수 없을 것이다. 또 이긴다 하여도 그들이 입게 되는 피해는 몇십 년이 걸려서야 지금의 가세를 되찾을 수 있을 것이다.

그리고 전쟁을 피한다면 그들의 명예는 땅에 떨어져 버릴 것이다.

이에 대한 결정권은 남궁보 한 사람에게 향했다.

"…간단한 것이오."

굳게 다물어져 있던 남궁보의 입이 열렸다.

"도적놈들에게 내 아들이, 우리의 아들딸이 죽임당했소."

무겁게 말을 떼는 남궁보의 모습에 모두가 숨을 죽였다. 몇몇은 오호삼화의 죽음에 작게 흐느끼는 이들도 있었다.

"나는 그들과 한 하늘을 이고 살 수 없소이다."

나직한 한마디이었지만, 그것은 명숙들에게 청천벽력처럼

들려왔다. 그들은 녹림을 생각하면서 이를 악물었다.

*　　　*　　　*

하남 정주. 동쪽무림의 심장부라 할 수 있는 동의맹이 있는 곳이다. 그곳에는 황궁이 부럽지 않을 정도로 으리으리한 건물들이 자리를 잡고 있었다.

동의맹의 심처. 길게 늘어진 내부는 용과 봉황이 화려하게 장식되어 있고, 금으로 수공된 상석과 은과 옥으로 만들어진 의자들이 길게 늘어져 있었다.

그 의자들에는 사람들이 빼곡하게 앉아 있다.

본래 회의 내용에 따라 사람이 모두 오기도 하고 그렇지 않기도 했다. 그러나 오늘 사항이 사항인 만큼 동의맹의 수뇌부가 한자리에 모인 것이다.

"맹주님, 오대세가는 녹림들과 일전을 치르기 전에는 천하제일대회를 불참하겠다고 표명했습니다."

상석을 중심으로 좌측에 앉은 노인이 고개를 숙이며 말했다.

맹주를 비롯해 다른 수뇌부들의 얼굴이 어두워졌다. 사실 이번 천하제일 비무대회는 숨겨진 인재를 발굴하고, 동시에 은서각이 이번 대회에 어떤 수작을 부리려는지 알기 위해 유혹하는 것이었다.

　그것 외에도 천하제일 비무대회 자체만으로도 큰 의미가 있다. 이렇게 큰 축제를 열면 구경꾼들이 몰리고, 그에 따라 상인들도 대거 몰려들게 마련이다. 자연 자금이 동의맹을 중심으로 흘러가게 된다.

　한마디로 동의맹의 주머니가 두둑해지는 일인데, 이미 하오문이라는 두둑한 주머니를 가진 은서각과의 전쟁을 위해 필요한 일이기도 했다.

　일석이조, 아니, 삼조가 될지 사조가 될지 모르는 대회였다. 그랬기에 맹주는 물론이거니와 장로를 비롯해 수뇌부들은 이번 대회에 갖은 노력을 다해왔다.

　"후우~ 이럴 바에는 차라리 천하제일 비무대회를 잠시 중단하는 것이 좋겠소."

　맹주가 한숨을 토해내며 말했다.

　"그, 그럴 수는 없습니다!"

　"절대 안 됩니다!"

　수뇌부들은 맹주의 의견에 강경하게 거부했다. 이번 대회에서 이들이 얻는 금액의 수는 감히 셀 수도 없을 정도로 거대하기 때문이다.

　하지만 오대세가와 녹림과의 전쟁으로 시간이 흐를수록 대회의 열기는 식어버릴 것이고, 그만큼 그들이 얻는 금액의 수는 줄어들 것이다.

　"하지만 본 맹에서 오대세가의 힘은 상당히 큰 부분을 차

지하고 있다오."

동의맹의 삼분지 일은 오대세가의 것이라 할 수 있었다. 그만큼 그들의 발언권은 여느 문파보다 강했다.

맹주의 명이 절대적이기는 하지만 그것은 동서무림의 전쟁 시에나 그렇지 이렇게 평화로운 나날이 계속될 때면 단지 최종 결정을 내리는 것 외에는 힘이 없다. 그런 그가 맹의 삼분지 일을 차지하는 오대세가를 함부로 할 수 없었다.

"오히려 잘된 것 아닙니까? 이번 기회에 그들의 세력이 팍 줄었으면 좋겠군요."

사대문파에서 나온 이들 중 종남의 하영군(夏塋君)이 빈정거리며 말했다.

과거 그들이 팔대문파였을 때, 그러니까 무림이 정사로 나뉘었을 때는 오대세가보다 그들의 발언권이 더 강했다. 그러나 동서로 쪼개진 팔대문파는 동의맹에서는 오대세가의 눈치를, 은서각에서는 마교의 눈치를 보는 실정이었다.

하영군의 말에 맹주는 인상을 찌푸렸다. 본디 검왕 단우극의 맹주 직은 오대세가의 바탕을 둔 바가 많다.

그는 천하제일고수로서 동서무림전쟁에서 마왕 동방제와 맞서 그 뛰어난 무공을 드러냈으나 맹주가 되기에는 무리가 있었다.

맹주가 될 수 있었던 것은 오대세가와 사대문파의 힘이 있어서인데, 그중 오대문파의 지지는 그가 맹주가 되는 데 지대한 영향을 끼쳤다.

"어차피 오대세가와 녹림의 전쟁으로 본 대회가 성황할 리는 없습니다. 동의맹의 핵심세력이 빠지고 은서각에서도 일부분 빠지니 규모는 한없이 작아질 것이 분명합니다."

맹주는 조목조목 따지며 그들을 설득하기 시작했다.

그들은 이번 기회에 맹 내에서 오대세가의 힘이 약해지는 것을 바라겠지만, 그들이 빠지면 힘겹게 벌여두었던 대회의 벌이가 시원찮아진다는 사실 때문에 어쩔 수 없이 맹주의 말에 동의했다.

회의는 이제 내용을 바꾸어 오대세가와 녹림과의 전쟁에 지원을 하느냐 마느냐에 대해 이야기하기 시작했다.

"우리가 개입되는 일도 나쁘지 않습니다. 단번에 서쪽 놈들의 코를 납작하게 만들어줄 수 있지요."

하영군이 다시 나서며 말했다.

하지만 이번에도 맹주는 고개를 저었다. 이번에 동의맹이 움직이면 은서각도 움직일 것이다. 그렇게 되면 다시 동서전쟁이 시작되는데 천하제일 비무대회를 앞두고 그런 일을 벌일 수는 없다.

아직은 때가 아니었다.

"우리는 그들을 바라보는 것만으로 충분합니다. 괜히 우리가 개입되면 전쟁이 더 커지게 됩니다. 대회 전에 그런 사건을 막아야지요."

맹주가 미소를 지으며 말했다. 회의장에 모인 수뇌부들은 맹주의 말에 고개를 끄덕였다. 이십 년이 넘게 맹주 직을 맡아온 단우극이다. 그는 무공뿐 아니라 정치 수완도 뛰어났다. 그 때문인지 그의 말은 모두 일리가 있었다.

어떻게 할지 갈등하고 있는 수뇌부들을 향해 맹주는 못을 박 듯 한마디를 내뱉었다.

"오대세가 또한 그것을 원할 것이고요."

맹주의 말에 수뇌부들이 하나둘 입을 열기 시작했다. 그들은 이미 맹주의 뜻대로 하기로 마음먹은 것이다.

"뭐, 그럼 우리는 조금 더 대회를 치밀하게 조정해야겠군요."

"비무대회뿐 아니라 군사를 뽑는 군사대회나 근처 상권 등에 대해 신경 써야 하니까요."

회의 내용이 다시 바뀌었다.

오늘도 회의는 결국 맹주의 뜻대로 굴러가고 있었다.

＊　　　＊　　　＊

마교의 깊숙한 곳, 어둠이 짙게 깔린 대청 안에서 두 사내가 있었다. 무거운 침묵만이 감돌던 이 대청 내에서 한 마리의 전서구가 날아오는 것으로 정적이 깨졌다.

푸드득!

허리를 푹 숙이고 있던 사내가 왼팔을 들자 비둘기가 날갯짓을 하며 그의 팔 위로 내려앉았다.

사내가 전서구의 다리에서 손바닥만 한 서찰을 꺼내 들었다. 서찰 안에는 깨알 같은 글씨로 이루어진 검은 장미가 요사스럽게 그려져 있었다.

서찰 위로 사내의 시선이 어지럽게 얽혀들었다.

"무슨 내용인가, 사마 군사?"

대청의 상석, 오롯이 앉아 있는 사내 동방제가 날카로운 눈빛을 뿜어내며 물었다. 살기와는 질적으로 다른 마기가 그의 몸에서 흉흉하게 피어오르고 있다.

사마 군사는 서찰을 향해 몇 번 눈을 흘기다가 고개를 들지 않은 채 입을 열었다.

"오대세가와 녹림이 전쟁을 펼칠 것이라 합니다."

"그것뿐인가?"

사마 군사의 보고에 교주는 흥미없다는 듯이 턱을 괴었다. 그러나 그의 몸에서 뿜어져 나오는 마기는 조금도 줄어들지 않았다.

등 뒤로 식은땀이 흘러내리는 것을 느꼈다. 괜히 마왕이라 불리는 게 아니다.

사마 군사는 교주가 자신을 시험한다는 사실을 알 수 있었다.

"이번 전쟁에서 녹림은 하오문과 연계해서 오대세가와 붙는다고 합니다."

"그들이 싸우는 이유는?"

"하오문은 명성을, 녹림은 재물을, 오대세가는 복수를 위해서입니다."

"결과는?"

"녹림과 하오문의 대패입니다."

사마 군사는 주저없이 대답했다.

"흐음……."

교주는 사마 군사의 대답에 작게 신음을 토했다. 그래도 녹림과 하오문은 마교와 은서각 소속이라 할 수 있었다. 오대세가와 붙어 세력이 약해진다면 그것은 크게 볼 때 마교에게도 피해가 오는 것이다.

그렇게 교주가 고개를 괸 채 사마 군사를 뚫어지게 바라보고 있다. 마기가 담긴 그의 시선은 군사가 감당하기에는 상당히 힘든 것이었다. 잠시 후 그의 시선에서 무언가 깨달았는지 사마 군사는 입을 열었다 사마 군사는 눈을 빛냈다.

"이번에 사파연합도 합세한다고 합니다. 그렇다면 승률은 녹림과 하오문 쪽으로 기울게 됩니다."

"흠, 그래?"

교주의 눈빛이 조금 누그러졌다. 아직 녹림과 하오문은 없어져선 안 된다. 녹림과 하오문은 무척이나 약했지만, 그들이 버는 돈만큼은 상당했다. 지금은 좀 더 마교를 위해 돈을 벌

어주어야 했다

사마 군사도 그러한 교주의 마음을 아는지 음흉한 미소를 지어 보였다.

"아, 그건 그렇고 진산의 일은 어떻게 되었지?"

"야율령은 연락을 끊었습니다. 하지만 걱정 마시길 바랍니다. 그.녀.의 실력이라면 조만간 연락이 올 것이라 생각되니 말입니다."

사마 군사는 야율령의 성별을 정확하게 짚어내며 말했다. 아마 그는 야율령이 누구인지에 대해 이미 자세하게 알고 있음이 틀림없었다.

'이래서 내가 사마 군사를 좋아하지 않을 수 없다니까.'

교주의 입가가 작게 말려 올라갔다. 이런 사마 군사가 극찬을 아끼지 않은 인재인 진산을 보고 싶었다.

第十四章

만목상(万目商)

第十四章

청색 빛이 감도는 방 안은 신비로운 분위기가 연출되고 있었다. 방 가운데 피워놓은 향은 무언가를 태우며 코를 간질이는 부드러운 향기가 맡아졌다.

향 앞에는 두 명의 남녀가 푹신한 의자에 몸을 맡긴 채 앉아 있었다. 남자는 깔끔한 백의 무복을 입고 있었다. 흑단처럼 흘러내린 머리카락과 뚜렷한 눈동자를 가진 그는 무복과는 어울리지 않는 미남이었다. 그 옆에 앉은 여인은 조금 때가 탄 잿빛 무복을 입고 있었다. 눈을 감은 채 상념에 빠진 그녀의 모습은 강호의 여고수를 연상시켰다.

그들 앞에는 두 명의 사내가 언월도를 든 채 서 있었는데,

그들은 꼭 닮은 외모를 가진 것으로 보아 쌍둥이인 듯싶었다. 관우를 연상케 하는 긴 수염과 거대한 장신은 상당히 위압적이었다.

두 남녀가 마주 보는 곳에는 파란 물감으로 색을 들인 발이 걸려 있었다. 발 뒤편에서 '만목상(万目商)'의 상주가 침을 꿀꺽 삼켰다. 그는 한 장의 서찰을 들고 있었는데 그 안에는 충격적인 내용이 담겨 있었기 때문이다.

곽철인(郭鐵刃), 유운상 사(死).

식은땀이 상주의 등줄기를 타고 떨어져 내리자 척추를 중심으로 서늘한 기운이 느껴졌다.

부르르 손을 떨며 서찰을 꼭 쥐던 상주는 고개를 들어 싱글벙글 미소를 짓고 있는 백의 무복의 사내를 바라보았다. 그는 마치 대나무를 촘촘하게 엮어 만든 발 뒤편의 상주가 보인다는 듯이 웃고 있었다.

'내가 결국 늑대를 쫓으려다가 범을 들이고 말았구나!'

만목상주는 이 위험한 두 남녀가 찾아오던 때를 떠올리기 시작했다.

그때는 곽철인이라는 놈 때문에 만목상이 망할 위기에 처해 있던 시기였다. 곽철인은 여러모로 꽉 막힌 사람이라 뇌물도 통하지 않아 한참 애를 먹고 있던 참이었다.

그렇게 장사가 안 된 지 벌써 반년이 되었다. 상주로서는 정말로 미칠 지경이었던 나날이었다.

'그래, 그 때문에 나는 이들에게 돈이 아닌 곽철인의 암살을 부탁했지. 절대 불가능이라고 생각하고선……'

그것이 이들을 부르게 하였다.

*   *   *

갈색 빛깔의 털을 가진 말 한 마리가 힘겹게 낡은 수레를 끌고 가고 있었다. 수레 위에는 깨끗한 백의를 입은 사내가 늘어지게 누워 있다. 그의 눈에는 파란 하늘과 함께 구름이 담겨 있었다.

그런 사내의 앞에는 잿빛 무복을 입은 여인이 불만이 가득한 표정으로 말을 몰고 있었다.

"조금 있으면 낙양이에요."

여인이 말을 몰다가 사내를 돌아보며 말하자 사내가 몸을 일으켜 멍한 눈으로 주위를 담기 시작한다. 도로 옆으로는 파랗게 물든 상수리나무들이 산들바람에 가볍게 흔들리고 뒤에는 그들이 갔던 길이 길게 굽이쳐 있었다.

사내가 고개를 획 돌렸다. 앞에는 커다란 성도가 모습을 드러내고 있었다.

"흠, 낙양이라……"

사내가 중얼거렸다. 본래는 정주로 가야 할 길이었다. 동의맹에 들러 형에 대한 정보를 캐내야만 했던 것이다. 그리고 겸사겸사 부단장 일행을 만나고 말이다.

하지만 그런 그들의 의도는 대별산을 나온 뒤 이틀이 지난 후 바뀌었다.

하오문의 암습이 시작된 때문이다.

하오문은 그 방대한 정보망과 조직력으로 야율령과 진산을 쉴 새 없이 공격했다. 점소이가 칼을 드밀고, 여관에선 독이 흘러나왔다. 정주를 향해 가는 동안 그들은 조금도 마음을 놓지 못했다. 건량을 팔던 상인은 독을 건네주었다. 그 뿐만 아니라 그들의 움직임을 속속히 아는 듯 하오문도는 시도 때도 없이 자객을 보내어 그들을 곤란케 했다.

결국 야율령은 길을 정주에서 낙양으로 바꾸면서 그들의 공격이 잠시 늦춰졌다.

"낙양에 하오문 놈들이 없다고는 생각되지는 않지만, 그래도 주의를 해야겠어."

그들의 암습이 두려운 것은 아니었다. 그들이 보낸 무인들 정도는 진산이 조금만 손을 쓰면 추풍낙엽처럼 가볍게 쓰러지는 이들이다.

문제는 진천을 찾는 데 방해가 된다는 점이다. 하오문은 개방을 누르고 정보 제일 단체가 되었다. 그들의 정보력이라면 진산이 무슨 일을 하려 하는지 이미 알고 있을 터이며, 또 그것을 방해할 힘 정도는 가지고 있을 것이다.

그들의 암습이 귀찮은 것은 둘째다.

"적들은 나를 속속히 아는데 나는 그들을 잘 모르는군."

"그야 아무래도 그대는 외지인이니까 귀가 어두운 것은 당연한 일이죠."

진산의 태평한 말에 야율령이 투덜거렸다.

"그런가? 뭐, 그럼 먼저 쓸 만한 정보 단체를 찾아야겠어."

진산이 낙양으로 말을 모는 야율령을 보며 말했다. 야율령은 슬쩍 뒤를 흘겨보았지만, 진산은 태평하게 수레에 기대 야율령을 바라보고 있었다.

'그러니 네가 찾아.'

진산의 눈동자는 분명히 그렇게 말하고 있었다. 야율령은 눈을 가늘게 뜨며 그를 노려보았지만, 진산은 입가에 맺힌 미소를 거두지 않았다. 한동안 그렇게 노려보던 야율령은 결국 포기하고는 한숨을 푹 내쉰다.

"후― 낙양에는 제가 아는 정보 상인이 하나 있습니다. 일단 그를 만나보죠."

"정보 상인이라……."

야율령의 말에 진산이 작게 중얼거렸다. 그것은 단순한 호기심 때문이었다. 해남도에는 정보 상인이라는 것이 없었다. 서로가 적인 만큼 생존을 위해 정보를 모아야만 했다. 배신이 밥 먹는 것보다 많이 일어나는 곳에서 남이 준 정보 따위는 믿을 수 없었다.

진산이 호기심이 가득한 눈빛으로 낙양을 바라보기 시작했다.

그들이 찾은 곳은 낙양의 북서쪽에 위치한 작은 주루였다. 술병이 가득한 루 내부는 끈적끈적한 공기가 느껴졌다.

야율령을 따라 들어온 진산은 그녀와 함께 자리를 잡았다. 나무를 깎아 만든 둥근 탁자는 나무결을 무시한 채 거칠게 깎여서인지 매우 투박했다.

야율령은 점소이가 내놓은 찻잔 옆에 차 뚜껑을 비스듬하게 세워두었다. 이는 정보 상인들과 거래하는 이들만 아는 암표인 듯싶었다. 그렇게 그들을 기다리던 야율령은 진산을 향해 시선을 돌렸다.

진산은 눈을 감은 채 작은 소리로 무언가를 흥얼거리고 있었다. 가벼운 음조를 기분 좋은 듯 흥얼거리는 그 모습은 이미 술을 몇 잔 걸친 사람 같았다. 그러나 진산은 그런 겉모습과는 달리 내기를 끌어올려 주위를 훑어보고 있었다.

'호오~ 역시! 그냥 평범한 주루는 아니라 이건가?

날카로운 기운이 야율령의 뒤에 있는 벽 너머로 느껴지고 있었다. 피부에 닿는 감촉이랄까? 제법 실력 있는—검기 정도는 다룰 수 있는—자의 것이었다.

진산은 흥미를 느끼고 벽을 향해 감각을 집중했지만, 시선만은 탁자 위의 찻잔을 향하고 있었다.

일각가량의 시간이 흐르고 낯선 사내가 그들 옆에 자리를 잡는다. 축 처진 눈과 두툼한 볼 살을 가진 온후해 보이는 사내였다. 야율령도 진산도 그 사내를 신경 쓰지 않았다.

"어이! 이봐, 여기 죽엽청과 간단한 안주 좀 내와 봐!"

사내는 거만한 태도로 시켰다. 진산의 눈썹이 꿈틀거렸다. 그의 눈동자가 사내를 향해 돌아갔다. 사내는 미소를 지으며 야율령과 진산을 바라보고 있었다. 사내의 축 처진 살 속에 감춰진 눈동자는 제법 날카로웠다. 그는 야율령과 진산을 관찰하고 있는 것이다.

진산이 흥미없다는 듯이 시선을 거둘 때, 점소이가 그 사내의 탁자 위에 죽엽청과 살짝 볶은 소채를 올려놓았다.

사내는 주저없이 술을 들이켰다. 목을 축이는 소리가 요란스럽게 들려왔다. 술잔을 비운 사내는 탁! 소리가 나게 탁자를 내려쳤다.

"크으~ 이것이 바로 하루를 살아가는 낙이 아니겠어?"

그러고는 동시에 소채를 집어먹기 시작한다. 거친 그의 모습에서 하층민들의 애환보다는 가식이 느껴졌다. 그러나 야율령이나 진산은 그의 행동을 무시했다. 그러나 야율령이나 진산에게는 무어라 말 한마디 건네지 않고 있다.

진산은 눈을 감았다. 그리고 감각을 끌어올렸다.

그때 뻐끔뻐끔 금붕어처럼 야율령의 입가가 움직이기 시

작했다. 그녀가 전음을 보내자 사내 역시 술잔으로 입을 가린 채 그녀에게 응답해 전음을 보내왔다.

소채 한 접시를 다 비운 사내는 조금 남은 죽엽청을 들고 자리에서 일어났다. 그는 위층으로 올라가는 계단으로 발걸음을 옮겼다. 야율령은 여전히 찻잔에서 시선을 떼지 않았다.

"그래서 어떻게 된 거지?"

진산이 야율령을 향해 얼굴을 가까이 들이밀며 물었다. 야율령은 아직 거래가 시작된 것은 아니라고 전음을 보내고는 다시 찻잔을 바라보기 시작했다.

그녀의 전음에 진산은 다시 눈을 감고 침묵했다.

시간이 조금 더 흘렀다. 손님이 다 나가고 가게 문을 닫을 때쯤에서야 좀 전에 보았던 사내가 다시 모습을 보였다. 하지만 그 온후해 보였던 모습은 온데간데없고 싸늘한 눈빛으로 그들 앞에 모습을 드러냈다.

"상주께서 부르십니다. 따라오시지요."

"그러지."

사내의 말에 진산이 천천히 자리에서 일어났다. 사내는 진산의 오만한 태도에 인상을 찌푸렸지만, 야율령이 자리에서 일어나자 그들을 이끌고 위층으로 오르기 시작했다.

위로 올라가니 조금 퇴폐적인 분위기가 펼쳐졌다. 싸구려 향내는 머리를 지끈거리게 했고 햇빛을 가리려 붉게 칠한 창문과 벽은 섬뜩한 느낌을 자아내고 있었다.

사내의 뒤를 따라 진산과 야율령은 발걸음을 옮기기 시작했다. 이층의 기루는 미로처럼 되어 있어 그들은 몇 번이나 방을 가로질러야만 했다.

그들이 마지막으로 도착한 곳은 좁은 창고였는데 그 안에는 단단하게 봉해진 상자들이 가득했다. 사내가 상자를 타고 올라 천장을 가볍게 몇 번 두드리자 한 명이 간신히 오를 정도의 작은 사다리가 내려왔다. 그 위에는 푸른 빛깔의 물감이 칠해진 철문이 굳게 닫혀 있었다.

사내가 사다리를 타고 올라 철문을 가볍게 두드렸다.

"상주님, 저 무경입니다. 그분을 모셔왔습니다."

"……."

짧은 침묵이었다. 하지만 사내는 고개를 끄덕이더니만 다시 사다리를 내려와 야율령에게 정중히 말했다.

"여깁니다. 안으로 드시지요."

야율령이 사다리 위로 오르고 진산이 그 뒤를 따라 올랐다. 파란 철문은 단단해 보였지만, 의외로 쉽게 열렸다. 방 안은 푸른빛이 가득 차 있었다.

몽환적 분위기의 방에 진산은 깜짝 놀란 표정을 지으며 주위를 두리번거리기에 급급했다. 반면 야율령은 아무것도 아니라는 듯이 발 앞에 놓인 의자에 털썩 주저앉았다.

방 내부를 살펴보던 진산도 천천히 발걸음을 옮겨 야율령 옆에 자리를 잡았다.

발 앞에는 호위로 보이는 두 사내가 언월도를 들고 서 있었다. 제법 뛰어난 무공을 지닌 이들인지 몸에서 풍겨져 나오는 기운이 예사 것이 아니었다.

예상치 못한 호위에 야율령이 인상을 찌푸렸다. 본래 정보상 거래는 이렇게 상주를 만나 거래를 하지 않는다. 보통 그 아래에서 처리되게 마련인데, 무슨 일인지 그들은 상주를 만나야만 한 것이다.

"안녕하십니까?"

발 뒤편에서 중저음의 목소리가 들려왔다.

야율령이 의자를 앞으로 끌어당겼다. 턱을 살짝 괸 채 그녀는 입을 열었다.

"후우— 인사는 필요없습니다. 지금 그것보다는 당신들이 거래 방식을 갑자기 바뀐 것에 대해 알고 싶군요."

야율령의 몸에서 서서히 살기가 피어오르기 시작했다. 서늘한 기운이 방 안에 조금씩 차 오르기 시작한다. 호위인 두 사내는 언월도를 더욱 세게 쥐었다. 그리고 언제라도 야율령과 진산의 머리를 베어낼 수 있도록 준비했다.

진산은 느긋하게 그들을 바라보고 있었다.

"만목상은 차 뚜껑의 위치와 놓는 모양으로 정보를 요하는 등급을 따집니다. 그리고 제가 아는 한 아무리 높은 등급이라 하더라도 상주와 만나는 일은 없다고 알고 있습니다."

"당신은… 제가 상주라고 생각하십니까?"

야율령의 미간이 다시 한 번 찌푸려졌다. 그녀의 살기가 한 순간 방 내부를 휩쓸었다.

"장난치지 마세요! 내가 알고 싶은 것은 그것이 아니라는 것을 잘 알 텐데요?"

"하하, 물론입니다. 그럼 본론으로 들어가지요."

발 뒤로 비춰지는 그림자는 손으로 입을 가리며 웃었다. 그에 다시 한 번 크게 흥분할 것만 같던 야율령은 침착하게 발 뒤에 있는 상주를 바라보았다.

"현재 우리 만목상은 대부분의 기능이 마비된 상태입니다. 그대와 같은 단골이며 믿을 수 있는 고객이 아니면 이렇게 모셔오지도 못할 상황이었죠."

"그렇다면 형씨는 그녀의 정체를 안다는 소리군. 그거 나한테도 가르쳐 주면 안 될까?"

진산이 건들거리며 물었다. 야율령은 잠시 갑작스럽게 바뀐 진산의 태도에 잠시 놀랐지만, 그녀는 침착하게 상주의 말에 귀를 기울였다.

진산의 질문에 상주가 눈을 반짝였다(발에 가려져 보이지는 않지만). 상주는 이미 야율령에 대해서 잘 알고 있었다. 그녀가 철저히 자신의 배경을 숨기려 했지만, 몇 년이나 동업을 하고 있었기 때문에 대충 짐작할 수 있었다. 상주가 알고 있다는 사실은 그녀 또한 알고 있을 것이다.

하지만 진산의 경우는 전혀 알 수 없는 사람이었다. 갑자기 하늘에서 뚝 떨어졌다고 할까? 비록 그들의 정보가 마비되었다고는 하지만, 야율령과 같이 다니는 이를 모를 수가 없었다.

"…고객의 정보는 함부로 발설할 수 없습니다."

"그래? 그렇다면 내가 여기를 전부 뒤집어 버린다면 어때? 그래도 대답하지 않을 건가?"

순간 진산의 몸에서 역겨운 혈향이 맡아졌다. 비릿한 냄새는 짙은 향내를 순식간에 지우고 방 안 전체를 혈향으로 물들게 하였다. 발 뒤에 있던 상주는 지독한 냄새에 코를 막았다.

그리고 그 냄새 뒤로 엄습해 온 살기는 야율령의 것에 비할 것이 아니었다.

"크윽!"

두 호위가 거대한 힘에 스스로 무릎을 꿇었다. 아마 그들에게는 만 근의 돌덩이를 이고 있는 듯한 기분일 것이다. 야율령의 얼굴 또한 하얗게 질려 있었다. 속이 뒤집어지는 기분이었다. 수천 개의 바늘이 머릿속으로 파고드는 느낌이었다.

장내의 모두가 신음을 토해낼 때 진산의 눈은 너무나 밝게 웃고 있다. 마치 그만이 다른 세계의 사람인 것처럼 말이다.

"그, 그만!"

날카로운 목소리가 진산의 고막을 울렸다. 방금 전 낮은 음과는 상반된 맑은 목소리였다. 방 안의 여자라고는 야율령뿐이었다. 그러나 그녀는 전문가다. 고통 따위에 굴복하지 않는다. 심히 의문이 갔지만, 진산은 누군가의 목소리였을까 고민하는 것보다 자신의 목적을 중요시했다.

진산이 기운을 거두자 위압적인 기운은 어느새 사라지고 달콤한 향내가 맡아졌다. 모두가 필사적으로 심호흡을 하며 정신을 가다듬었다.

조금 시간이 흐른 뒤 진산이 다시 입을 열었다.

"좋아, 좋은 자세야. 당신들은 정보를 다루고 있어. 그러니 쉬이 정보를 내줘서는 안 되지. 그것이 의뢰자의 부인이라고 해도 말이야."

"……."

아직 대답할 힘이 없는지 상주는 침묵했다. 상주의 말을 기다리던 진산이 다시 입을 열었다.

"중원에 대해 만목상이 가진 힘은 어느 정도이지?"

"…굳이 내가 그런 것에 답할 의무는 없습니다. 당신 말대로 정보를 팔고 사는 것이 우리 일이니까요."

힘겹게 말하는 상주의 목소리는 너무나 여렸다. 진산은 고개를 갸웃거리며 대답했다.

"그래? 그건 좀 곤란한데……."

진산의 입가가 기묘하게 뒤틀린다. 그의 눈은 조금도 웃지 않고 있었다. 싸늘하게 미소 짓는 그의 모습에 상주는 침을 꿀꺽 삼켰다. 그는 지금 협박을 하고 있는 것이었다.

상주는 숨이 턱 하고 막혀오는 것을 느꼈다. 방금 전 느꼈던 살기와는 다른 무언가가 느껴졌다. 순식간에 입을 통해 폐부로 스며드는 압력은 상주의 입에서 비명조차 낼 수 없게 만들었다.

"어, 어……."

"지금 이 상황에서 주둥이를 잘도 놀리는군. 하지만 내 심사가 뒤틀리면 그 주둥이조차 못 놀리는 수가 있어. 그러니까 잘 처신하라고."

섬뜩한 내용이 담긴 전음이 상주의 귀로 파고들었다. 상주는 아랫입술을 꾹 깨물었다. 그라면 두 호위 정도는 가볍게 해하고 자신을 공격할 것이라 생각되었기 때문이다.

"아, 알겠습니다."

숨이 턱턱 막히는 가운데 상주는 힘겹게 대답했다. 그러자 다시 살기는 거두어졌다. 다리에 힘이 풀린 상주는 발 뒤편에서 털썩 주저앉아 버렸다.

진산은 몸을 의자에 파묻으면서 눈을 슬며시 감았다.

"뭐, 그럼 됐어. 그대들이 곤란한 상황에 처해 있다는 사실을 알았으니까. 신경이 많이 날카로워졌겠지."

그는 마치 모든 것을 이해한다는 듯이 말했다. 그의 태도에 두 호위와 상주는 기가 찰 노릇이었지만, 그들은 아무 말 하지 않고 진산의 뒷말을 기다렸다.

진산은 자신의 말이 맞는다는 듯이 고개를 끄덕이다가 다시 몸을 일으켜 발 앞으로 다가갔다.

쨍!

두 개의 언월도가 진산의 발걸음을 막았다. 호위들이 뽑은 언월도는 십자 모양으로 그의 눈앞에 멈췄다.

"그러한 사정에도 우리를 불렀다는 것은 그만큼 사정이 나쁘다는 소리겠지."

진산은 검지를 가볍게 구부렸다. 부르르 떨리던 그 손가락이 갑자기 튕겨 오르며 두 개의 언월도를 가볍게 튕겨냈다. 땅! 하는 소리가 들리더니 허공으로 언월도가 춤을 췄다.

진산의 손에서 전해진 굉장한 내력에 호위무사들은 낮게 신음을 흘리며 비틀거렸다. 그사이 진산이 가볍게 몸을 띄우며 두 개의 언월도를 받아 들었다. 진산의 왼손에 들린 언월도가 뒤집혀 우측에 있는 호위무사를 좌측으로 밀어붙였다.

우당탕—

거구의 사내가 진산의 내력에 눌려 몸을 뒹굴었다. 그곳에는 다른 호위무사가 있던 곳이었다. 역날을 다시 뒤집은 진산은 그들의 눈앞에 위협적으로 언월도를 흔들었다.

오른손에 들린 언월도가 발 뒤로 파고들었다. 그것은 정확히 상주의 목 근처에 멈춰 섰다.

"너희들에게 원하는 일을 내가 해주겠다. 그러니 내 것이 되어라."

그것은 강제적인 회유라기보다는 협박이었다. 하지만 상주에게는 선택권이 없었다. 이만한 무력을 가진 이를 상대로 살아남을 수 있을 것 같지 않았고, 또 살아남는다고 해도 만목상은 끝내 망하고 말 것이다. 소화문(燒火門) 때문에 말이다.

소화문이 그들, 만목상의 거래를 막은 지가 벌써 반년이 넘어가고 있었다.

'유운석과 곽철인! 그들만 아니었다면……'

만목상이 약해진 이유는 곽철인과 유운석이라는 인물들 때문이다. 하나는 원수고, 다른 하나는 배신자다.

본래 소화문은 낙양에서 가장 유명한 명문정파였다. 비록 근처에 있는 소림사나 동의맹 때문에 그 세력이 낙양을 나가지 못하지만, 오랜 시간 낙양을 지배해 온 무리들이었다. 과거엔 지금처럼 문도 수가 많지는 않았다. 소수정예제였다. 그것을 현 문주가 여기까지 키운 것이다.

현 문주 곽철인은 대단히 정의감이 강한 이다. 악을 미워하고 불의를 보면 참지 못하고 나서며, 굶주린 이가 있으면 자신의 살을 떼어내서라도 그 배를 채워주는 사람이었다.

그가 문주로 취임된 이후로 낙양은 살수 조직과 소화문과의 전쟁이 일어났다. 사람의 돈을 받고 사람을 해하는 이들을 곽철인은 악이라 선포하고 대대적으로 그들을 제거한 것이다. 때문에 현재 낙양에는 살수라고는 코빼기도 보이질 않는다. 그리고 그가 한 일로 소화문은 낙양에서 뿐만 아니라 동무림에서도 제법 알려진 일류문파가 될 수 있었다.

그 일을 뒤로 그들이 노린 것은 바로 암상(暗商)이었다. 암상은 마약과 같은 은밀하고도 위험한 물건을 팔거나, 뒤에서 폭리를 취하는 이들을 말하는 것이었다. 그중 만목상의 경우는 은밀하게 정보를 파는 암상이라고 할 수 있었다.

곽철인은 점조직으로 이루어진 암상들을 하나둘 꿰어내어 제거하기 시작했다. 만목상의 경우는 반년 전까지만 해도 그동안 만들어둔 정보력으로 간신히 살아남을 수 있었는데, 배신자 때문에 곽철인에게 덜미를 잡히고 말았다.

그는 만목상을 소화문에 밀고했다. 본디 만목상은 정보를 파는 것 외에는 죄를 지은 적이 없는 곳이다. 그러나 파는 것의 특성상 어둠에 묻혀야 하는 일이 많다. 유운상은 이를 낙양 범죄의 핵심이라 말했다.

그의 배신은 타격이 컸다.

원래 소화문주 곽철인과 주루를 찾아온 배신자, 유운석은 본래 두 호위와 더불어 상주가 가장 신뢰하는 수하였다. 그 때문에 이곳 주루의 루주이기도 했고, 상주의 대리인이기도 했다.

그의 배신은 순식간에 만목상의 눈과 귀를 가렸다. 미로처럼 만들어진 기루 속은 유운석조차 알지 못했다. 곳곳에 기관과 진법이 펼쳐져 있었기 때문이다. 소화문도들도 역시 이층에서 헤매다가 이내 포기하고 주위를 차단하는 것에만 그칠 수밖에 없었다.

상주의 마음을 더욱 아프게 한 것은 눈과 귀가 가려진 것이
아니라, 상주가 소화문도들의 손에 잡히지 않자 유운석은 주
루에 불까지 지르려고 했던 것이다. 다행히 그것은 곽철인의
손에 의해 막아졌다. 그는 그럴 이유가 없다고 생각했다. 만
목상은 정보를 팔았을 뿐이지 살수나 아편쟁이처럼 남의 인
생을 망친 적이 없었기 때문이다.

그것이 반년 전의 일이었다.

그 뒤로 유운상은 증인 보호를 부탁하여 만목상이 사라지
기 전까지 소화문의 보호 하에 있다고 한다. 그는 무엇을 원
했는지는 몰라도 결국 소화문의 발을 핥는 신세를 벗을 수 없
을 것이다.

불행 중 다행이라면, 배신자는 만목상을 깊이 알지 못했다.
그것이 그들을 살리는 구명줄이 되었다. 하지만 소화문과 유
운상이 상주의 눈과 귀를 가리는 바람에 만목상은 시들어가
는 꽃처럼 서서히 말라 죽어가고 있었다.

'그들을 없애면 내 마음이 조금은 편해질까?

알 수 없었다. 그러나 한 가지 확실한 것은 그 둘이 사라지
면 만목상은 다시 되살아날 것이고, 가족들이 굶주리는 일은
없어질 것이다.

상주는 언월도를 따라 시선을 돌렸다. 그 끝에는 자신을 바
라보는 진산이 었었다.

"좋아요. 당신이 곽철인과 유운상을 제거해 주신다면 저희

만목상은 당신의 밑으로 들어가겠어요."

"곽철인? 유운상?"

진산이 고개를 갸웃거리며 되물었다.

"그들에 대한 정보는 그대가 직접 나서서 알아야 합니다. 일단 우리가 가지고 있는 정보는 모두 넘기겠지만, 지금 우리는 눈도 귀도 닫혀 있는 상황이라 그들의 근황까지는 모르니까요. 눈이 가려지고 귀가 닫힌 지 오래되었습니다. 우리가 준 정보로는 힘들지도 몰라요. 그러니……."

"그러니?"

"그것으로 그대를 시험하겠습니다. 그대가 우리의 주인이 될 수 있는 자인지 아닌지를……."

상주의 말에 진산은 피식 미소를 지을 뿐이었다. 진산은 발에서 떨어지며 언월도를 빼냈다. 그는 호위무사를 위협하던 언월도와 발에서 빼낸 언월도를 한쪽으로 던졌다.

"좋아, 이 몸의 실력을 마음껏 봐두라고. 다시 볼 기회는 흔치 않을 테니까 말이야."

진산은 뒤로 휙 돌아 방을 빠져나갔다.

야율령은 그런 진산을 바라보다가 의자에 몸을 깊숙이 파묻었다. 푹신한 솜이 그녀의 몸을 감쌌다.

천천히 눈을 감은 야율령이 입을 열었다.

"그동안 나는 여기서 당신들과 함께하겠어. 물어볼 게 조금 있거든."

야율령의 입가에 미소가 맺혔다.

그것은 진산의 뒤틀림과 상당히 닮아 있었다.

'조금만, 조금만 더 내가 강했더라면…….'

버드나무 가지가 목을 길게 빼내어 시냇물에 목을 적시고 있다. 시냇물이 서녘으로 넘어가는 태양의 붉은 옷자락 하나를 담고 있다.

그 물가에 청년이 홀로 무릎 꿇고 앉은 채 눈물을 삼켜내고 있었다.

청년은 검은 무복 뒤에는 하얗게 송(送)이라 쓰여 있다. 붉은 끈으로 허리를 졸라매고 그 위에는 팔뚝만 한 길이의 단도가 매달려 있다.

쪼르르 흘러내리는 시냇물에 청년은 천천히 왼손을 내민다. 물 위에 떠오른 청년의 일그러진 얼굴을 뭉갠다. 서늘한 감촉이 그의 손을 감싸 쥐었다.

"곽철인……."

그 이름을 부르자 입매가 부르르 떨리기 시작한다. 그 떨림은 온몸으로 이어져 시냇물에 작은 파문을 만들어내기 시작한다.

뿌드득 이를 악무는 사내의 얼굴은 분노와 동시에 두려움이 가득했다.

"두려운가?"

청년의 뒤에서 누군가의 목소리가 들려왔다. 낮으면서도 어딘가 마음을 푸근하게 만드는 음성이었다.

시냇물을 바라보는 청년은 갑작스런 음성에도 미동조차 하지 않았다. 이미 목소리의 주인의 정체를 알기 때문이기도 했지만, 그보다 그의 물음에 답해주고 싶지 않았기 때문이다.

"두려운가 물었다."

사내는 가면을 쓰고 있었다. 나무를 거칠게 깎아 만든 나무는 한쪽에만 눈이 있다. 그 안에 드러난 사내의 눈동자는 너무도 시렸다.

첨벙!

시냇물에서 손이 떠나갔다. 청년이 자리에서 일어났다. 분노와 두려움에 가득했던 눈동자는 이미 사라지고 존재하지 않았다.

스윽―

청년의 시선이 사내로 향했다.

"두렵소. 그의 강함이나, 소화문의 강함보다도 나의 증오심이 시간에 따라 식어가는 것이 두렵소."

이미 십 년의 세월이 흘렀다. 그때 곽철인은 청년이었고 청년은 소년이었다. 그리고 십 년이 흘러 곽철인은 중년이 되었고 소년은 청년이 되었다. 그리고 분노는 소년이 청년이 됨으로서 조금 잃고 말았다.

그리고 그 힘의 차이는 더욱더 커지고 말았다. 청년 때부터 고수였던 곽철인은 중년에 일류고수가 되었고, 소년은 청년이 된 지금도 이류를 넘지 못하고 있었다.

"좋아, 어설픈 자신감보다 그러한 마음이 더 좋다."

"하지만 나의 힘으로 복수를 할 수는 없소. 나는 너무… 나약하오."

청년은 아주 힘겹게 말을 내뱉는다. 그의 말 한마디에, 그 숨결에 사무치는 한이 느껴졌다.

"하지만 그 때문에 나를 부른 것이 아닌가?"

사내는 가면을 고쳐 쓰며 말했다. 서툰 솜씨로 만든 가면은 쉬이 벗겨지기 일쑤였다.

사내의 말에 청년은 고개를 끄덕였다. 힘이 없기 때문에 남의 손을 빌렸다. 청년 혼자로는 소화문은커녕 곽철인 하나 감당하기 힘드니 말이다.

청년의 시선이 다시 시냇물로 향했다. 투명한 물은 그 속내를 훤히 드러내고 있었다. 간혹 시냇물에 비춰지는 햇빛이 눈을 가리기는 했지만, 청년의 눈에 담긴 시냇물은 한없이 깨끗해 보였다.

툭!

사내의 소매에서 검은 쇠구슬 하나가 떨어졌다. 쇠구슬은 시냇물 속으로 파고들어 바닥으로 떨어졌다. 둔탁한 느낌과 함께 진흙이 뿌옇게 피어오르기 시작했다. 물이 탁해짐과 동시에 그 안에는 미꾸라지가 잽싸게 기어 나왔다.

그것을 바라보던 청년이 다시 입을 열었다.

"당신은 곽철인보다 강하오?"

"강하지. 그 녀석은 물론 그 옆에 항시 붙어 있는 위검십객(衛劍十客)도 이거 하나면 가볍게 처리할 수 있어."

사내가 그의 등에 매여진 길쭉한 천을 가리키며 말하고 있었다. 아마 그는 그 속에 담긴 내용물을 말하는 것일 게다.

더 이상 청년은 아무것도 묻지 않았다. 이제 그가 해야 할 일은 믿는 것, 그뿐이었다.

그것을 바라보며 사내가 다시 가면을 치켜 올렸다.

낙양의 북쪽에는 교동산(交憧山)이라는 야트막한 산이 하나 있다. 이곳은 사귐이 깊은 두 사람 중 하나가 그리워하는 마음에 평생을 기다리다가 바위가 되어버린 곳으로 유명하다. 이름의 유래처럼 교동산에는 사람을 닮은 바위가 하나 있는데, 그것은 위아래로는 짤막하고 옆으로는 비대하여 굉장히 우스꽝스러운 모습을 하고 있었다.

그 앞에 작은 막사 하나가 펼쳐졌다. 막사는 곳곳이 헐어 매우 허접했지만, 그 앞에 있는 사내나 청년은 조금도 신경 쓰지 않았다.

가면의 사내는 그 교동산의 유래가 되는 바위에 앉아 있었다. 그의 가면은 전날과는 다르게 눈 근처에 세심하게 문양이 새겨져 있었다. 날카로운 가시가 선 줄기와 같았는데 자세히는 알 수가 없었다.

사내는 멍하니 그 앞에서 무릎을 꿇고 앉아 있는 청년을 바라보고 있었다.

'송권문이라… 뭐, 별다를 것 없는 삼류문파군.'

청년의 사문인 송권문에 대해 사내는 냉혹하게 평가했다. 하긴 그는 곽철인의 소화문조차 삼류로 보고 있으니 그에게 망한 문파가 더 뛰어나게 보일 리는 없을 것이다.

그 삼류문파의 청년은 사내가 준 서책을 열심히 외우고 있었다. 사내가 건넨 것은 간단한 병법서로 앞으로 해야 할 일을 대비해서 꼭 숙지해야만 하는 것이었다.

사내를 단시간에 강해지게 하는 방법은 많지는 않지만 몇 가지 정도는 있다. 가면의 사내가 직접 혈도를 자극해서 내공을 끌어올리거나 초식에 대한 깨달음을 얻을 수 있도록 도와주는 일 등이 있었다.

그러나 그러한 방법들로는 곽철인과 위검십객들을 홀로 상대할 수는 없었다.

애초에 삼류무사가 일류고수들을 단시간 내로 강해져 무공으로 복수한다는 것 자체가 말이 되지 않는다.

다행히 사내는 그런 사실을 잘 알고 있었으며 청년은 사내의 말을 받아들일 수 있을 정도로 현실적인 사고방식을 가지고 있었다.

청년이 탁! 소리를 내며 책을 덮었다. 그것은 병법서를 숙지했다는 의미였다.

　사내는 기다렸다는 듯이 두툼한 책을 하나 던져 주었다. 서책의 제목부에는 '손자병법'이라 쓰여 있었다. 지금까지 그가 읽었던 것은 입문 병법서였다. 그만큼 두께도 얇았고 이해하기도 쉬웠다.

　"……."

　사내에게서 그것을 받은 청년은 펴보지도 않고 묵묵히 고개를 숙이고만 있었다.

　"왜 그러냐?"

　한동안 그 상태가 계속되자 청년을 바라보던 사내가 물었다.

　"내 복수는 언제 시작될 수 있소?"

　"그대가 어느 정도 병법에 대해 깨달으면 시작하지."

　청년의 물음에 사내는 무성의하게 대답했다. 청년은 그런 그의 말에 발끈하여 언성을 높였다.

　"기초 병법서를 끝내고 이 손자병법을 끝내면 또 병법서를 줄 것 아니오? 그리고 무책임하게 나보고 알아서 하라는 말은 아니겠지."

　청년은 이를 악물었다. 홀로 곽철인과 위검십객을 제거하는 병법을 익히려면 상당한 깨달음이 필요할 것이다. 그리고 그를 위한 세월의 무게는 결코 가볍지 않을 게다.

　가면 속에서 드러난 사내는 외눈은 청년의 눈 속을 파고들고 있었다. 처음 사내를 만났을 때 그 매처럼 예리한 눈빛은 청년의 마음에 강한 신뢰를 주었다. 그러나 그것도 약발이 다 했는지 사내는 더욱 눈을 치켜뜨며 사내를 노려보았다.

"물론 나는 너를 위해 곽철인을 죽일 수 있는 방법을 가르쳐 줄 것이다. 또 그것을 위해 어느 정도 도와줄 것이고. 하지만 곽철인을 죽이는 것은 너다. 네가 내가 낸 방법에 대한 이해를 하지 못한 채 그를 죽인다면 그것은 너의 복수가 아니고 나의 살인이 되고 만다."

"……."

청년은 입을 굳게 다문 채 앉아 있었다. 그의 말은 틀리지 않았다. 복수는 남의 손을 빌리는 것이 아니다. 자신의 손으로 이루는 것이 진정한 복수인 것이다.

가면의 사내는 자리에서 일어났다. 청년은 꾹 입을 다문 채 앉아 있다가 이내 자신 앞에 떨어진 손자병법을 들었다. 책은 의외로 두툼하고 묵직했다. 청년은 다시 집중하기 시작했다.

'그도 내 말을 알아들은 것 같고, 이제는 곽철인에 대해 알아봐야겠지.'

가면의 사내의 신형이 일순 흐려졌다. 동시에 십여 장이 넘는 곳에 모습을 드러냈다. 고수다운 신법이었다. 그는 교동산을 빠르게 내려가기 시작했다. 교동산은 낙양의 북쪽으로 가는 길로 이용되는 곳인지라 그만큼 길이 잘 닦여 있었다.

빠르게 신형을 날린 사내는 반 시진 정도 지나서야 낙양에

도착했다.

어둠이 새벽의 안개처럼 짙게 깔려 있는 낙양에는 곳곳에 홍등이 걸려 있었다. 사내는 뒷골목을 향해 발걸음을 옮겼다.

홍등가 이면의 뒷골목, 그곳에는 으레 파락호들이 있게 마련이다. 하지만 낙양의 뒷골목은 그런 이들은 보이지 않았다. 뒷골목은 그 흔한 거지 하나 모습을 보이지 않았고, 깨끗하게 정리되어 있다.

'이게 소화문이 했던 일인가?

사내는 주위를 둘러보며 생각했다. 너무 깨끗했다. 파락호나 거지가 있는 것이 좋은 것은 아니다. 하지만 너무 깨끗한 곳에는 물고기가 살 수 없는 법이다.

곽철인은 분명 파락호나 사파, 그리고 어둠에 종사하는 이들을 낙양에서 제거했다. 하나 죄의 경중은 상관하지 않고 모조리 없애는 바람에 송권문의 청년 같은 이들도 생겼고, 상업 또한 과거에 비해 많이 쇠퇴하고 말았다.

"답답한 곳이군."

가면의 사내는 그렇게 중얼거리고는 발걸음을 돌렸다. 현재 낙양이 완벽하게 소화문 위에 있는 이상 그가 얻을 수 있는 정보는 없었다.

바스락!

누군가의 기척이 느껴졌다. 사내의 발걸음을 우뚝 멈춰졌다. 그의 시선이 천천히 뒤로 향하기 시작했다.

"그대는 누구신가?"

낮게 깔린 목소리. 거기에는 살기가 깔려 있었다. 인기척 따위는 조금도 느껴지지 않았다.

거적때기에서 몸을 일으키는 것은 거지였다. 며칠을 닦지 않았는지 꾀죄죄한 몰골에 곳곳이 찢어지고 기워진 옷차림을 한 사내였다. 머리는 봉두난발을 하고 있었다.

사내의 말에 고개를 휘휘 저어본다. 주위를 둘러보려는 것 같았다.

"나를 말하는 거요?"

거지가 손가락으로 자신을 가리켰다. 그는 마치 아무것도 모른다는 것처럼 행동하고 있었다. 그런 거지의 행동은 사내에게 가증스럽게만 느껴졌다.

사내는 등에 매달린 자신의 애병을 향해 손을 움직였다. 거지를 마주하는 그의 감각이 부르르 떨려왔다.

"그렇다. 그대는 누군가?"

"글쎄, 누굴까?"

거지는 씨익 웃으며 반문했다. 그의 조롱에 사내의 가면 아래 드러난 눈빛이 더욱 매섭게 빛을 토한다. 하지만 매섭게 빛나는 눈동자에 거지는 그저 빙긋 미소만을 지을 뿐이었다.

주르륵 사내의 등으로 식은땀이 흘러나오기 시작했다. 상대에게서는 아무런 기운도, 기세도 느껴지지 않는다. 고수의 풍모도 보이지 않았으며, 걸음걸이 또한 무공을 익힌 자의 것이 아니었다.

'반박귀진? 설마 서른도 채 되지 않은 것 같은데……'

가면의 사내는 갑작스런 거지의 등장에 바싹 긴장했다. 반면 거지는 처음 모습을 드러낸 것처럼 태연했다.

"나는 낙양에 남은 마지막 거지요. 그거면 되었소?"

거지는 고개를 획 돌리며 말했다. 그는 거적때기를 둘둘 말기 시작했다. 아마 이 뒷골목에서 떠나려는 듯했다. 아니면 잠시 몸을 추스르려는 것이던가. 거지는 자리를 옮기기 위해 뒷골목에서 더 깊은 곳으로 걷기 시작했다.

낙양은 매우 발달된 도시이며 그것은 꽤 오래전부터 그래왔다. 살기 좋은 곳일수록 어둠은 쉽게 스며든다. 그것은 낙양도 예외가 아니었다. 낙양의 역사가 긴 만큼 이들 어둠의 세월도 길었다.

소화문이 낙양제일의 문파라고는 하지만 파락호, 암상들 모두를 처리할 수는 없었다. 사람 사는 데 필요악이라는 것이 있어야 할 때도 있기 때문이다.

'어디로 가는 거지?'

가면의 사내는 거지의 뒤를 따라 발걸음을 옮겼다. 거지는 뒷골목에서 조금 더 더러운 구역으로 가고 있었다. 그곳에는 사내가 원하는 곳이 있었다.

낙양 구석에 있는 큰 창고를 우회하자 드러난 거리는 굉장히 큰 뒷골목이었다. 입구에서부터 약에 절어 쓰러진 사람들이 보였고, 쇠못을 박은 몽둥이나 피가 덕지덕지 묻은 톱 등을 든 사내들이 보이기도 했다.

그리고 그들 중에는 간혹 거지의 모습도 보였다.

'마지막 거지라고 하지 않았나? 빈곤층은 물론, 뒷골목도 아직 죽지 않은 듯한데……'

낙양을 지배하는 소화문이 이러한 곳이 있다는 사실을 모를 리 없었다. 하지만 그들이 말한 사상과 다르게 이렇게 방치한다는 것은 무언가 받아먹고 있다는 사실이 틀림없었다.

가면의 사내는 뒷골목을 훑어보았다. 겉으로 드러난 거리와는 전혀 다른, 쓰레기 같은 뒷골목이었다. 달콤한 향기와 동시에 역겨운 냄새가 속을 거북하게 만들었다.

'곽철인은 병에 가까운 결벽증이 있다. 그가 알았더라면 여기도 깨끗이 치워졌겠지.'

그렇다는 것은 누군가가 뇌물을 받고 곽철인의 귀를 가렸다는 것이다. 아마 이 정도의 뒷골목이 형성되게 할 정도라면 소화문 내에서도 제법 지위가 있는 사람일 게다.

거지는 길가에 쓰러져 있는 사람들을 이리저리 피해 어딘가로 가고 있었다.

'이크! 이러다가 놓치겠군.'

지저분한 거리를 능숙하게 걸어가는 거지의 뒤를 따라가기 위해 가면의 사내는 신법을 펼쳤다.

거지는 부서져 가는 집 앞에서 발걸음을 멈췄다. 거미줄처

럼 금 간 진흙 벽에, 곳곳에 헐어버린 짚으로 만든 지붕은 폐
가라고 하는 것이 어울릴 정도로 초라했다.

사내는 거지가 집 안으로 들어갈 때 지붕 위로 살짝 올라섰
다. 신법이 절정에 이르렀는지 짚 위에 올라서는데도 그의 움
직임은 흔들림이 없었다. 군데군데 떨어져 나간 지붕 아래로
집의 내부가 훤히 들여다보였다.

집 안은 폐가나 다름없었다. 거미줄이 곳곳에 쳐져 있었으
며 침상도 부서져 있었고, 안에 있는 물건들은 먼지가 수북하
게 쌓여 있었다.

그러나 그곳에는 반드시 있어야 할 것이 없었다.

'사라졌다!'

분명 거지가 집 안으로 들어가는 것을 보았건만 집 안에는
사람이 없었다. 가면의 사내는 잽싸게 집 안으로 떨어져 내렸
다. 집 안에 비밀 통로라도 있어서 거지가 그곳으로 몸으로
숨겼을지 모른다는 생각이 든 것이다.

그런 그의 생각을 여지없이 부수며 거지의 목소리가 들려
왔다.

"이 몸의 뒤를 쥐새끼마냥 쫓아온 그대는 누구신가?"

그 거지는 전과 다른 기운을 뿜어내고 있었다. 사내는 자신
의 기운을 가볍게 짓눌러 버리는 거지의 기운에 압도되어 그
를 돌아보지도 못했다. 그는 산발한 머리를 하나로 틀어 올렸
다. 머리에 가려졌던 그의 얼굴이 드러나자 사내는 크게 놀랐

다. 깨끗한 옥면에 흑백이 선명한 눈동자, 짙고 잘 정리된 눈
썹에 적당히 도톰한 입술은 같은 사내가 보아도 뛰어난 미색
임이 틀림없었다.

전체적으로 거지를 할 사람의 분위기는 아니었다.

"거지라는 말은 거짓이었소?"

가면의 사내가 조심스럽게 물었다.

"아니, 지금은 거지야."

그가 싱긋 웃으며 대답했다. 입가가 부드러운 호선을 그리
며 웃는 그의 모습은 사람을 단숨에 빨아들이는 묘한 매력이
있었다.

가면의 사내는 한쪽 눈동자로 매섭게 사내를 노려보았다.
그 안에는 진득한 살기가 담겨 있었다.

"나를 놀리지 마시오."

지금은 거지라는 것은 무슨 소린가? 그리고 최후의 거지라
는 좀 전의 말은 또 어떤 의미를 가지고 있는 것인가?

그러한 의문을 뒤로한 채 가면의 사내는 등 뒤에 매인 천
을, 그 안에 들어 있는 것을 강하게 쥐었다.

"빼면 죽는다."

서늘한 무언가가 목에 닿는 동시에 섬뜩한 목소리가 그의
귓가로 들려왔다. 가면의 사내가 살기를 거두며 손을 머리 위
로 올렸다.

"하하, 이거 지금 이 상황을 누가 설명해 주지 않겠어?"

사내가 어색한 미소를 띠며 물었다. 그가 들은 것은 지금의 상황과는 달리 아름다운 미성이었다.

진산이 먼저 만목상을 나가서 한 일은 유운상을 찾는 일이었다. 곽철인과 소화문은 겉으로 훤히 드러나 있었기 때문에 굳이 그에 대한 정보를 따로 입수할 필요는 없었다. 하나 유운상을 달랐다. 소화문의 보호 아래 철저하게 몸을 숨긴 그를 찾는 일은 쉽지 않았다.

그 때문에 진산은 조금 다른 방향으로 일을 시작했다. 머리를 산발하고 대별곡에서 이미 더럽혀진 학사풍 옷에 진흙을 묻히고 북북 찢어냈다.

거지 차림을 한 진산은 낙양의 거리를 누볐다. 머리를 내려 얼굴을 가리고 혈도를 격하여 가끔씩 피를 토하며 한바탕 연기를 선보이면 사람들은 너나할 것 없이 동정하며 동냥을 해주었다.

낙양의 사람들은 돈이나 밥만 동냥해 준 것은 아니다. 그들은 거지가 된 진산에게 정보도 건네주었다.

사흘이 지났을 무렵에 진산은 낙양의 뒷골목에 대해 알 수 있었다.

"그리고 나는 기다렸지."

진산은 며칠 전의 일들을 떠올리며 허공을 바라보고 있

었다.

“무엇을 말입니까?”

어느새 의자까지 가져와 앉은 가면의 사내는 편한 자세로 진산의 이야기를 듣고 있었다. 그의 바로 옆에 야율령이 검을 빼 들고 서 있었지만, 그는 조금도 긴장하는 모습을 보이지 않았다.

그런 그의 모습이 마음에 들었는지 진산은 미소를 씨익 지으며 입을 열었다.

“자네를 말이야.”

진산의 말에 가면의 사내가 인상을 굳혔다. 그는 아직 무림에 나선 지 몇 년 되지 않았다. 그런 와중 사내를 기다렸다는 소리는 자신을 ‘노리고 있었다’ 라는 생각밖에 들지 않았다.

사내는 무림에 들어오기 전에도, 이후에도 적이 많았다.

“무슨 소리를 하시는지 모르겠습니다마는…….”

가면의 사내가 슬쩍 빼기 시작했다. 진산의 말이 허세인지를 알아보기 위함이었다.

“독안(獨眼)의 청부사(請負士), 한원.”

그의 뒤에서 야율령의 목소리에 사내는, 아니, 한원은 다시 한 번 인상을 찌푸렸다.

“당신에 대한 것은 제법 알아. 출신도 짐작되는 바가 있고.”

진산은 여전히 싱글벙글 웃으며 말하고 있었다. 그러나 지금 그의 명백히 허세였다. 사내의 뒷조사는 불가능했다. 그가 했던 일은 세상에 남지 않는 일들이었으니까 말이다.

그럼에도 불구하고 사내는 사내는 깊은 한숨을 토해냈다. 과거가 문제가 아니다. 그들은 이미 현재 자신의 모습을 알고 있는 것이 문제다. 청부사의 일은 위험하다. 게다가 그가 일하는 방식은 자신이 직접 움직이는 것이 아니라 의뢰자가 원하는 일을 할 수 있도록 돕는 것이다. 이름이 멋대로 알려지면 신용할 수 있는 의뢰인을 찾는 것은 힘들다.

"아아~ 이런, 벌써 제 이름이 그렇게 유명해졌나요?"

"……."

야율령은 대답하지 않았다. 진산 또한 미소를 지우지 않은 채 한원을 바라보고만 있었다.

"하하, 이거 어쩔 수 없군요."

한원은 고개를 내저으며 가면을 벗었다.

"뭐야, 평범하잖아."

가면 아래 드러난 그의 얼굴에 진산이 실망스럽다는 듯이 내뱉었다.

한원의 얼굴은 전체적으로 평범했다. 자신이 대충 자른 듯한 머리에 귀밑에서 턱까지 이어진 수염은 덥수룩했다. 전체적으로 평범한 인상이었다.

다만 오른쪽 눈은 크게 다쳐 안대를 하고 있었으나 그 반대쪽 눈은 마치 매의 그것처럼 날카롭기 그지없었다.

그런 그가 굳이 가면을 쓰려는 이유는 얼굴이 흉해서도 아니었고 신분을 감추려는 것이 아니었다. 현재 이 일을 하는 자신 스스로가 떳떳하지 못했기 때문이다.

곽철인은 대협이다. 조금 지나치기는 하지만 악을 미워하여 그들을 단죄하고 불의를 참지 못한다. 그뿐만 아니라 힘없는 양민들을 위해 불철주야 노력하는 이였다. 죽이는 이가 그가 아니라 해도 이런 일은 꺼림칙하게 마련이었다.

그가 가면을 쓴 이유는 그러한 이유 때문이었다.

"흠흠……."

진산이 가볍게 헛기침을 토해냈다. 한원의 시선이 다시 그를 향해 돌아갔다.

"어쨌든 나는 자네를 기다렸지. 거지 생활을 하면서 제법 힘들었다네."

진산이 허공을 향해 시선을 던지며 말했다. 마치 그는 며칠간의 추억을 되짚어보는 듯했다.

"실제로 정보를 모으고 발품을 팔았던 것은 저지만요."

야율령이 퉁명스럽게 대답했다. 그녀의 말대로 진산이 거지 행세를 하는 동안 그에게 열심히 정보를 물어다 나른 것은 그녀였다. 진산이 하는 일은 그저 낙양 거리를 쏘다니며 동냥질한 것밖에 없었다. 그리고 그렇게 나온 정보 중에서 쓸 만한 것은 별로 없었다.

그녀가 만목상을 대신할 정보처가 몇 군데 더 있기는 했지만, 한원에 대한 정보는 쉬이 얻을 수 있는 것은 아니었다. 한원이 특별히 어디에 연고가 있는 사람도 아니었고, 강호에 나선 지 채 일 년도 되지 않은 자였다. 또 그는 자신의 무공을 되도록 드러내지 않았기에 그가 눈에 띄는 일은 없었다.

그런 한원의 존재가 표면 위로 드러나게 된 것도 겨우 삼개월 전 그가 중경제일고수인 육검주를 제거했기 때문이다.

육검자와 겨룰 때의 그의 창은 마치 대지를 꿰뚫는 번개같다고들 했다. 그의 의해 단숨에 꼬챙이 신세가 되어버린 육검자의 성격은 편협하여 조금만 심기가 뒤틀려도 횡포를 부리고는 했다. 그 일례로 과거 그는 그의 편협을 말하는 중경의 작은 문파 하나를 단숨에 날려 버린 적이 있다고 한다.

사람들은 한원이 육검자가 무너뜨린 그 문파의 마지막 후계자라고 조심스레 추측하지만, 중경이 아닌 북동쪽 지방의 사투리를 간혹 쓰는 것을 보아 그것도 아닌 듯싶었다.

어쨌든 육검자를 제거한 이후 직접적으로 무공을 쓰는 것을 드러내지는 않았지만, 상대적으로 훨씬 약한 이들을 도와 그들의 복수를 성공리에 이루어주었다고 한다.

근래에 들어 암중으로 그의 이름이 제법 들려왔다. 이를 야율령이 진산에게 언급했고 진산은 그가 오기를 기다렸던 것이다.

"원하는 것이 뭡니까? 나는 꽤 비싸답니다."

한원은 한껏 거드름을 피워 보이며 말했다. 가면을 벗은 그는 방금 전 날카로운 면모는 사라지고 마치 한량과 같은 모습을 보여주었다.

진산은 난해하다는 듯이 고개를 저으며 말했다.

"우리는 돈이 그리 많지 않다네. 내 지갑이 조금 떨어진 곳에 있어서 말이야."

진산의 돈주머니는 부단장이 가지고 있다. 그 때문에 진산에게는 땡전 한 푼 없었다. 지금 여기까지 오는 과정에서의 지출은 모두 야율령의 품에서 나온 것이었다.

한원의 손이 야율령의 가슴으로 향했다.

"그럼, 이 아름다운 여인과 하룻밤을 보내게 해주신다면 도와드리지요."

한원이 능글맞은 표정으로 입을 놀렸다. 야율령은 정색하며 뒷걸음질쳤다. 그리고는 진산을 향해 노려보았다. 한원의 말에는 대답할 가치도 없다는 듯한 태도였다.

그러니 의외는 진산의 입에서 나왔다.

"그녀의 대해서는 마음대로 해. 그럼 거래가 성사되는 건가?"

마치 다 쓰고 버리는 쓰레기마냥 말하는 그의 입가에는 한 줄기 미소가 그려져 있었다. 그것은 사람 좋은 미소와는 전혀 다른 것이었다. 비틀려 올라간 입매는 어째 웃는 것보다는 시비 거는 것만 같았다.

한원의 얼굴이 일그러졌다. 가벼운 농담조인 말이 이런 식으로 풀어져 되돌아올 줄은 몰랐다. 기분이 상한 것보다는 화가 났다. 여자는 그런 식으로 다뤄서는 안 되는 것이었다. 특히나 아름다운 여성은 말이다.

그것은 한원의 신념이라 할 수 있는 것이었다.

"분위기를 가볍게 풀기 위한 농담이었습니다만…… 실망입니다. 자신의 여자를 함부로 넘기다니, 당신 상당히 재수 없는 놈이군요."

빠드득— 한원의 이가 갈렸다. 그의 몸에서는 섬뜩한 살기가 뿜어져 나오기 시작했다. 낭인무사라는 것을 인정하기 힘들 정도로 강대한 기세였다. 그 때문에 옆에 있던 야율령도 긴장할 수밖에 없었다.

그 와중에서도 진산은 턱을 쓰다듬으며 한원을 바라보았다. 지금 상황에서도 그에게선 여유가 흐르고 있었다.

"뭔가 오해한 모양인데… 먼저 그녀는 내 여자도 아니고, 내 여자라고 해도 나의 목적을 이룰 수만 있다면 언제든지 이용할 수 있다."

마지막을 마치는 진산의 말투는 사뭇 한기가 느껴졌다. 사뭇 모든 것을 베어버릴 것만 같은 느낌이 한원의 목젖을 간질였다.

"윽!"

이를 꽉 문 채 한원은 진산을 노려보았다. 그는 진산 앞에서 조금도 살기를 거두지 않았다. 그의 눈동자 흰자위 위로 시뻘건 핏줄이 하나둘 불거져 나오기 시작했다.

진산은 한원의 그러한 모습에 뒷머리를 긁적였다. 결국 그는 크게 한숨을 토해내더니만 입을 열었다.

"후후, 나 역시 농담이야. 자네가 장난치기에 나도 한번 해 보았지."

"하아? 그런 것입니까?"

그제야 한원은 인상을 풀었다. 그는 안도한 듯이 살기를 거두어들였다.

하지만 야율령은 여전히 진산을 노려보고 있었다. 그녀만은 진산의 말이 농담이 아니었다는 사실을 알 수 있었기 때문이다. 적지만 진산을 조사하고 겪어본 야율령이었다. 그는 원하는 것을 얻기 위해서라면 남들뿐 아니라 자신마저 희생할 인간이었다.

다양한 표정과 인격을 드러내지만 그 속은 극히 무정한 사내였다.

그는 만목상을 무척이나 가지고 싶어했다. 해남파의 내부 충돌이 길어지는 바람에 중원에 정보 조직 하나 만들지 못했기 때문일 것이다. 그럴 때 만목상의 거대한 몸을 단숨에 집어삼킬 수 있는 기회가 찾아온 것이다.

지금 그는 당장이라도 곽철인과 유운상을 때려죽이고 싶을 것이다.

"그래서, 제게 원하는 것이 무엇입니까?"

야율령이 곰곰이 생각하고 있는 와중에 한원이 입을 열었다. 그는 진산과 자신의 성격이 꽤나 맞는다고 생각하고 있을 것이다. 그리고 진산을 마주하는 대부분의 사람들은 그렇게 생각하고 있을 것이다. 진산은 사람에 따라 대하는 행동이 다른 사람이니 말이다.

"원하는 것은 송권문의 청년이 곽철인을 제거하는 것뿐이야. 그러니까 지금 자네가 하는 일을 조금 더 열심해 주길 바라는 것뿐이지."

진산은 웃음을 지우지 않은 채 대답했다. 여인 같은 섬세한 외모는 미소를 짓자 더욱 빛을 발하는 것 같았다. 하지만…….

'역겹군.'

진산을 바라보며 한원은 쓰게 웃었다.

第十五章
살인청부업자(殺人請負業者)

산속에 모닥불 하나가 바싹 타오르고 있었다. 눈을 떠도 어둠이 스며드는 가운데 빨간 불빛 하나만이 외롭게 서 있다. 모닥불 옆에는 그림자 하나가 일렁이고 있었다.

한원은 신법을 펼쳐서 단숨에 산을 올랐다. 어둠을 가로지르는 그의 신형은 한 마리의 수리와 같은 느낌을 주었다. 그의 한쪽 눈이 매섭게 빛을 토하고 있었다.

일각 정도 시간이 지나 산 정상 부근에 있는 모닥불 근처에 다가갈 수 있었다. 모닥불 앞에는 송권문의 청년이 한원이 건네준 손자병법을 다 읽어가고 있었다.

"아직도 읽고 있는 건가?"

"아니, 세 번째 읽는 것이오."

송권문의 청년은 한원의 물음에 솔직하게 대답했다. 하지만 병법서는 읽는 것만으로 끝이 아니다. 그것을 이해하고 또 자신의 것으로 만들기 위해서는 하루 이틀로 끝나지 않는 작업이었다. 그것을 하기에는 청년이나 한원에게 시간은 너무 빠듯했다.

한원이 머리를 긁적이고는 모닥불 앞에 앉았을 때, 송권문의 청년이 슬쩍 손자병법을 덮었다.

"가서 한 일은 잘되셨소?"

"아, 그건……."

한원은 무언가를 말하려다 금붕어처럼 뻐금거리기만 하고는 이내 입을 다물었다. 송권문의 청년은 낙양에서 무슨 일이 있었다고 짐작했지만, 크게 신경 쓰지는 않았다.

그가 아는 가면의 사내, 한원은 일류고수이면서 동시에 치밀한 성격을 가진 자였다. 낙양에서 어지간한 일로 당할 사람은 절대 아니었다.

반면 한원은 진산과 야율령의 말을 떠올리기 시작했다.

'역겹군.'

한원은 당장 이곳을 뛰쳐나가고 싶었다. 기분 나쁜 사람들의 등장, 영문을 알 수 없는 이야기들…… 그 모든 것에 음모의 냄새가 짙게 깔려 있었다.

그의 마음만은 이미 뒤에 있는 야율령을 때려눕히고 문을 박차고 뛰어나가고 있었다. 그러나 눈앞에 거지 차림을 한 자는 자신의 그러한 행동을 가만히 두고 볼 것 같지 않았다.

처음에는 무공 하나 익히지 않은 것 같더니, 지금은 마치 절정고수인 듯 감히 범접치 못할 고고한 위세를 보이고 있었다.

'한원아, 초장부터 겁을 먹어서 어떡하겠다는 거냐!'

한원은 스스로를 다독였다. 진산이 무언가 있어 보이기는 했지만, 단순히 그렇게 보일 뿐이다. 또 도망가는 일에서 자신은 그 누구보다 뛰어나다고 할 수 있지 않은가?

그렇게 한원은 몇 번이나 마음을 먹으며 도주로를 살폈다.

먼저 단숨에 땅을 박차고 뛰어올라 지붕을 따라 골목을 나서는 방법이 있다. 하지만 이 방법은 앞에선 진산이, 뒤에서는 야율령이 합공을 하게 되면 뛰기도 전에 꼼짝없이 당하고 만다.

두 번째는 야율령을 밀어젖히고 문을 부수고 나가는 방법이 있다. 자신이 인기척도 느끼기 전에 다가온 야율령의 실력은 제법 뛰어나다. 아마 그녀는 자신보다 두어 수 정도 높은 고수일 것이다. 하지만 한원은 자신보다 고수를 제압하는 방법을 십여 가지 정도 알고 있다. 그녀 정도는 잡을 수 있었다.

'문제는 역시 이자다.'

고운 얼굴로 웃고 있다. 그러나 조금만 그의 눈동자를 자세히 보면 조금도 웃고 있지 않다는 것을 파악할 수 있었다. 지독히 탁한 눈동자는 웃기는커녕 아무런 감정도 담고 있지 않았다.

"무슨 생각을 그리 오래 하는 거지?"

진산의 물음에 한원은 퍼뜩 상념에서 깨어났다.

"아, 뭐…… 그런 이야기를 해서 제게 이익이 될 만한 것이 뭡니까?"

또한 그들에게 이익이 되는 것은 무엇일까? 그러한 말은 목구멍에 삼킨 채 한원은 진산을 바라보았다.

진산은 한원의 말을 듣고 턱을 괴었다. 그를 이곳으로 유인해 내기는 했지만, 어떻게 회유할지는 생각한 바가 없었다. 해남도에서 그가 했던 회유책은 죽음 아니면 삶을 기로에 둔 강제적인 회유였으니 딱히 방법이 떠오르는 것은 없었다.

야율령의 경우는 그녀가 배운 수십 가지의 방법을 떠올렸으나 굳이 말하지는 않았다.

"없는 건가요? 그럼 내가 더 이상 여기에 있을 이유도 없습니다."

말을 마친 한원은 왼발을 가볍게 쳐올렸다. 길게 늘어진 봉이 천 속에서 쑥 하고 솟구쳐 올랐다.

두 사람의 시선이 허공에 떠오른 봉을 바라보는 사이 한원은 품속에서 회백색의 창날을 꺼냈다. 예리한 비수처럼 보이는 창날은 달빛에 비춰지지도 않은 상황에서도 예리하게 빛을 토해내고 있었다.

스윽.

그의 왼손이 땅을 짚으며 오른손에 들린 비수로 야율령의 발목을 노렸다. 깜짝 놀란 야율령은 땅을 박차고 신형을 띄웠으나 그것은 오히려 한원이 노리는 바였다. 야율령을 향해 깊게 한 걸음을 내딛은 그는 그녀의 뒤로 빠르게 돌아섰다.

그 순간 먹잇감을 노리는 사자처럼 진산이 움직였다. 자리에서 용수철처럼 튀어 오른 그는 단숨에 거리를 좁혀 한원의 뒤를 잡기 위해 날아갔다.

딱!

콩 볶는 소리와 함께 봉이 거칠게 선회했다. 한원의 단전을 통해 흘러나온 강력한 경력이 봉의 끝부분을 가격한 것이다.

일순 진산의 발걸음이 멈춰지는 듯싶더니만 그 역시 하나의 봉을 꺼내 들었다. 두 마리의 용이 승천하고 추락하는 음각이 새겨진 쌍룡곤이었다.

쩡!

한원의 봉 역시 금속이었는지 쌍룡곤과 부딪치는 순간 소란스럽게 금속음이 터져 나왔다. 제법 강력한 내력이 담겨 있었는지 진산은 한 걸음 뒤로 물러섰다. 그 대신 그는 패도적인 힘을 담은 지풍을 한원과 봉을 향해 하나씩 쏘았다.

탕탕!

한원은 갑작스런 지풍에 깜짝 놀라 전신의 내력을 끌어올

려 창날에 모았다. 땅— 하는 소리와 함께 두어 걸음 물러섰
다.

반면 한원의 봉은 소리없이 박살 나며 땅으로 비산했다.

탁!

그 모든 것이 야율령의 신형이 땅에 착지할 무렵까지의 일
이었다.

"크윽!"

한원이 낮은 신음을 토해냈다. 그가 쏜 지풍이 생각보다 강
력했던 것이다. 창날에는 아무런 이상이 보이지 않았지만 그
의 입가에는 피가 흘러내리고 있었다.

야율령이 한원을 향해 고개를 돌렸다. 무심한 표정은 마치
인형과도 같았다.

"빌어먹을."

한원의 시선은 부서진 봉에 가 있었다. 쇠보다 강하다는 백
단목(魄單木)이라는 나무로 만들어진 봉이었다. 봉처럼 모양
을 만드는 것도 힘들지만, 한 번 잘라내어 가공한 것은 좀처
럼 부서지지 않는다. 어지간한 강철보다도 단단하고 가벼워
창대로 쓰는 일이 많은데, 진산의 지풍에 아예 박살이 나고
만 것이다.

가볍게 쏘아낸 지풍이 이 정도라면 그의 봉에서 나오는 힘
은 과연 얼마나 강할지 의문이었다.

"하지만 강한 것만이 세상의 전부는 아니지!"

한원은 몸을 뒤로 던졌다. 그의 등 뒤에는 낡아빠진 문이 힘겹게 서 있을 뿐이었다.

쾅! 하는 폭음과 함께 문이 먼지와 함께 제 몸을 토해냈다. 그 사이로 한원이 모습을 드러냈다. 골목으로 나온 한원은 재빨리 폐가 반대편의 지붕 위로 몸을 날렸다. 땅을 격하고 두어 번 벽을 차자 사층 건물의 지붕 위로 올라설 수 있었다.

지붕 위에 오른 한원은 다시 한 번 신법을 펼쳤다. 화살처럼 쏘아져 가는 그의 신형은 이내 낙양 뒷골목에서 사라졌다.

초겨울에 내린 눈처럼 바닥에 가라앉은 먼지들이 뿌옇게 연기를 피워냈다. 먼지 속 바닥 위로 한원의 발걸음이 어지럽게 남아있다. 그의 흔적 위로 달빛을 받은 먼지들이 반짝이며 떨어져 내린다.

후우웅—

진산의 손이 허공을 짚어갔다. 그의 손은 마치 도예가가 진흙을 주무르듯 섬세한 동작으로 춤을 춘다. 안개를 피운 먼지가 그의 손을 따라 구석으로 모이기 시작했다

먼지가 모두 걷히면서 천으로 입을 가린 야율령과 빠르게 손을 놀리고 있는 진산의 모습이 드러났다.

이제는 보이지 않는 한원의 뒤를 진산이 바라보고 있었다. 그의 뒤를 쫓던 시선은 얇은 눈꺼풀에 가려지고 진산의 신형은 홀연히 사라졌다.

한원은 더 이상 입을 열지 않은 채 모닥불만 바라만 보고 있다. 그저 멍하니 모닥불을 바라보던 그는 퍼뜩 고개를 치켜들었다.

"조용하군."

"밤이잖소."

몸을 피해야 하는 그들이 있는 곳은 인적이 드문 산길이었다. 밤이라 그런지 인적은 더욱 없었다.

"그렇다고 벌레 소리 하나 들리지 않다니… 어제도 이러했던가?"

한원의 말에 청년은 자리에서 벌떡 일어나며 주위를 살폈다. 그의 말대로 밤중의 산속이라 인기척이 느껴지지 않을지는 몰라도 인간 외의 것에게까지 그것이 통용될 리가 없었다.

인기척은 여전히 느껴지지 않았다. 청년은 다시 자리에 털썩 주저앉았다. 자신이 인기척조차 느끼지 못하는 고수라면 어떻게 대비를 하든 상대할 수 없음을 알고 있기 때문이다.

그렇다고 죽을 생각도 없었다. 그는 눈앞의 가면의 사내, 한원의 무공 실력을 믿고 있었다.

"여기까지 쫓아오셨군요. 뭐, 더 이상 몸을 숨길 필요가 있겠습니까?"

부스럭!

한원의 말에 청년의 바로 뒤의 수풀에서 한 인영이 모습을 드러냈다. 듬직한 몸과 매끈하게 밀어버린 머릴 가진 사내렸다.

그의 뒤로 또 다른 사람이 모습을 드러냈다.

"현상금 사냥꾼이더군."

진산이 사내를 그들 앞에 휙 던져 주고는 말했다. 자세히 보니 사내의 눈은 완전히 풀린 채 기절한 것 같았다. 마치 죽은 듯이 기절한 것을 보아 혈도를 몇 개 짚어둔 듯싶었다.

한원은 시선을 슬쩍 현상금 사냥꾼에게로 향했다가 이내 거두었다. 기절한 사내의 몸만 보고 그 실력을 알아낸 것이다. 그는 자신보다 명백히 하수였다, 손을 섞을 가치도 없는.

"누구요?"

청년이 진산을 바라보며 물었다. 그는 한원과 서로 아는 사람인 것을 감안해 매우 조심스럽게 물은 것이다.

진산은 한원을 향한 시선을 거두고 청년을 향해 고개를 돌렸다.

"너를 도와줄 사람."

"하아?"

청년이 인상을 찌푸리며 한원을 바라보았다. 가면을 쓴 덕분에 한원의 당황한 표정이 보이지는 않았지만, 그의 눈은 확실히 동요하고 있었다.

한원이 말을 하기 전에 진산이 다시 입을 열었다.

"너, 소화문의 문주를 죽이려고 하잖아? 그걸 도와줄 사람이라고."

장난스레 내뱉는 말처럼 가벼웠지만, 그것을 들은 청년의 얼굴은 종잇장처럼 와락 일그러졌다.

청년은 진산과 한원을 번갈아 보며 살기를 일으켰다. 송권문의 무공이 삼류 사파 무공이라고는 하지만 십 년간 자신을 죽이고 익힌 무공이었다. 비록 곽철인을 상대할 실력은 아니지만, 제 한 몸 빼는 것은 문제없을 것이라 생각했다.

그것은 진산이 그리 강해 보이지 않았기 때문이기도 했다. 그를 인질로 잡는다면 한원을 상대로 피할 수 있을 것이라 생각했다.

'병신같이! 사람을 너무 믿었어!'

눈 하나 드러난 가면을 쓰고 있다고 해서 그가 독안의 청부사라는 증거가 되질 않았다. 그의 대한 이야기를 들은 것도 주루에서 귀동냥한 것뿐이니 신빙성이 있는 것은 아니었다.

청년은 차분히 기수식을 취하기 시작했다. 그 스스로가 한원보다 약하다는 사실은 알지만, 산속에서 십 년간 연마해 온 송권문의 권법이 있었다. 설령 패배는 있어도 그의 주먹에 실패는 없다. 그리고 그의 주먹이 적을 가격하는 순간 목표는 반드시 죽을 것이다.

그가 연마해 온 주먹은 그런 것이다. 살을 내놓고 뼈를 깎는 것이 아닌, 목숨을 내놓고 목숨을 앗아가는 동귀어진의 권술.

"아아, 쓸데없는 짓은 하지 않는 것이 좋아."

그의 의도를 읽었는지 진산이 말했다. 수라장을 헤쳐 나온 진산에게 청년이 보이는 눈빛만으로 그 심중을 짐작할 수 있었다.

청년은 산속에서 십 년 동안 필살의 주먹을 다듬어왔지만 진산은 십여 년간 지옥 속에서 철저히 남을 죽이는 법만을 터득해 왔다.

"웃기지 마!"

팟!

청년이 땅을 박찼다. 마치 맹수의 그것처럼 그는 단숨에 진산을 향해 몸을 날렸다. 사자가, 그리고 호랑이가 막강한 이빨을 가지고 있듯 청년에게도 십 년 동안 갈고닦은 두 주먹이 있었다.

진산이 일 보 뒤로 물러섰다.

부우―웅!

육중한 소리와 함께 그의 주먹은 허공을 갈랐다.

그때 한원이 청년의 품으로 파고들었다.

퍽! 소리와 함께 한원의 팔꿈치가 청년의 복부 깊숙이 틀어박혔다. 그는 청년의 뒤로 돌며 왼쪽 팔을 뒤로 꺾었다. 한 치의 군더더기도 없는 동작이었다.

뿌드득!

섬뜩한 소리가 청년의 귓가에 천둥과 같이 울려왔다.

"끄아악!"

청년이 부러진 팔을 붙잡으며 땅을 굴렀다. 기이하게 구부러진 팔에 자신이 했음에도 한원은 인상을 찌푸리고 말았다. 하지만 그가 이렇게까지 하지 않았더라면 청년은 필히 죽었을 것이다.

그의 바로 옆에 묵직한 봉이 부르르 떨고 있었다. 한원 그 자신에게 무지막지한 공격을 퍼붓던 쌍룡곤이었다.

"죽일 셈인가?"

"쓸모없는 말은 버린다. 반하는 말은 제거한다."

한원의 물음에 진산은 딱딱한 말투로 대답했다. 그의 몸에서는 살기가 여러 겹 뭉쳐 청년을 죽일 듯이 쏘아내고 있었다.

한원은 그의 말에 쓰게 웃을 뿐 더 이상 그의 말에 답하지 않았다. 어떤 인생을 살아왔는지 몰라도 자신과는 전혀 다른 세계관을 가진 이다. 그와의 대화는 그야말로 무의미했다.

"다, 당신들, 정체가 뭐야?"

청년이 부러진 팔을 부여잡으며 물었다. 잔뜩 찌푸린 인상에서 그 고통이 느껴졌다. 하지만 그 고통 때문인지 청년은 지금 자신의 상황을 인지할 수 있을 만큼 조금쯤 침착해졌다.

한원은 그에 대한 대답을 거부하고 진산을 향해 시선을 돌렸다.

"조력자."

"하아?! 뭘 믿고 조력자라고 말하는지 궁금하군. 의심스럽기 짝이 없는 주제에 말이지."

태연스럽게 대답하는 진산의 말에 청년이 차갑게 웃으며 말한다. 지금 그는 지금 이러한 상황에서 한원을 순순히 믿어버린 스스로의 어리석음을 곱씹고 있다.

"믿고 싶지 않으면 믿지 마."

진산이 청년 앞에 쭈그려 앉았다. 입가에는 미소를 띠고 있지만 그의 눈동자는 조금도 웃지 않고 있다.

"뭐, 뭐라고?"

"나도 그 누구도 믿지 않는다. 심지어 내 자신조차도……."

말끝을 흐리는 그의 말에서 조금 서글픈 듯한 느낌이 들었다.

"……."

결국 청년은 무어라 대답하지 못하고 입을 다물었다. 그의 말처럼 믿을 필요는 없었다. 그가 소화문의 사람이라면 조금 더 곽철인과 다가갈 수 있을 것이고, 아니라면 또 복수를 위해 이용하면 되는 것뿐이다.

지금 자신이 믿어야 할 것은 십 년을 갈고닦은 주먹. 하나는 부러져 박살이 났지만 다른 하나는 살아 있다. 어차피 일격필살의 권법이니 두 개는 필요없다.

"나는 나의 목적을 위해 너를 돕는 것이다. 곽철인을 제거할 힘을 원한다면 협조해라."

"……."

진산은 청년을 향해 손을 뻗었다.

청년은 잠시 머뭇거리다가 이내 그의 손을 꽉 쥐었다.

"곽철인만큼은 반드시 내 손으로 없앤다!"

청년이 이를 악물었다.

"아아, 그래야지."

진산이 의미를 알 수 없는 미소를 지으며 청년을 일으켰다. 청년 또한 진산을 닮은 웃음을 입에 걸기 시작했다.

그때 한원이 가면을 벗어냈다. 가면 그 안에서 외눈을 한 그의 얼굴이 드러났다. 눈에 난 상처만 아니면 매우 평범해 보이는 사내의 모습이었다.

"언제까지 가면을 쓸 수는 없지."

화려한 가면의 모습과는 다른 그의 내면을 보고 청년은 허탈한 표정을 지어 보였다. 그것을 본 한원 역시 어색하게 웃기 시작했다.

교동산 위로 세 사내가 손을 잡았다.

야객의 토사물과 밤도둑이 이리저리 흘려둔 음식물 찌꺼기들, 예나 지금이나 낙양의 뒷골목은 언제나 더러웠다. 그리고 조금 외진 곳, 최근에는 생존한 유일한 뒷골목이 된 곳에 쓰레기로 뒤덮인 낡은 폐가 하나가 서 있다.

거지도 쉬이 다가가지 않는 이곳에는 세 명의 사내와 여인 하나가 있었다.

폐가 내부는 겉과 다를 바 없이 무언가로 가득 차 있다. 외부와 다른 점을 보자면 그것이 쓰레기가 아닌 글이 빼곡히 찬 서찰과 정밀하게 그려진 지도 등이었다.

종이 숲 사이에서 수려한 외모를 가진 사내가 입을 열었다.

"작전의 개요는 간단하다. 내가 위검십객을 맡고 가면이 소화문을, 그리고 네가 곽철인을 맡는 거다."

사내는 진지했다. 그러나 그의 말을 들은 외눈의 사내는 결코 그렇게 들리지 않았다.

"너무 단순하잖아!"

진산의 말에 한원이 대뜸 외쳤다. 깜짝 놀란 진산과 청년의 시선이 한원을 향해 돌아갔다.

"무엇이 문제인가?"

진산이 진지하게 물어왔다.

그 순간 한원의 머리에서 뿌직! 하고 무언가가 부서지는 소리가 들려왔다. 그들 사이에는 섬세하게 그려진 낙양 전체 지도와 소화문의 조감도 등이 널브러져 있었다. 한원이 낙양 지도에 있는 소화문을 가리키며 다시금 외쳤다.

"나 혼자서 문파 하나, 그것도 낙양제일문파인 소화문을 어떻게 상대하냔 말이야!"

"못하나? 그럼 내가 하지."

진산은 종이 위에 자신의 이름을 지우고 그 위에 한원의 이름을 적었다. 그리고 소화문 옆에는 한원의 이름을 지우고 자신의 이름을 기록했다.

옆에서 그것을 바라보던 청년은 크게 한숨을 토해냈다. 진산이라는 자가 어떤 자인지는 잘 알지 못한다. 그러나 지금까지의 태도만을 보자면 삼왕쯤 되는 엄청난 고수로 보였다.

'하아~ 그럴 리는 없겠지.'

소화문은 팔대문파나 오대세가에 비해 작은 중소문파라고는 하지만 낙양에서 제일가는 문파다. 문도 수가 천을 넘고, 그들의 실력 또한 매우 뛰어난 정예들로 이루어져 있다. 홀로 상대할 것이 아니었다.

당연하듯이 말하는 것을 보아 정면 대결은 아닌 듯싶었다. 사실 이들 중 하나가 소화문을 상대하는 이유는 밖으로 나간 곽철인의 시선을 조금이나마 소홀히 하기 위해서이다. 자신의 문파가 위험하다면, 주위를 제대로 보지도 못하고 서둘러 달려올 것을 알기 때문이다.

그 뒤 위검십객은 한원이 잠시 맡아두고 곽철인을 함정으로 유인해 청년 자신이 제거한다.

표면적으로는 간단한 작전이다. 그러나 곽철인이 외출을 하는 시간과 소화문에서 일을 벌이는 시간, 그리고 곽철인이 소화문으로 가는 길목과 시간을 계산해야 하는 등 복잡한 일들이 많다.

하나라도 실수한다면 모든 계획은 수포로 돌아간다.

"곽철인의 외출은 어떻게 확인하지? 그것부터 알지 못하면

이 작전은 완전 무효야."

한원이 퉁명스럽게 말했다. 진산은 그의 말에 지도 한 장을 펼쳐 보였다. 낙양의 지도기는 한데 붉은 선이 거미줄처럼 종횡으로 그려져 있었다.

"곽철인은 보름에 한 번씩 순찰을 한다. 이 선은 그의 순찰 경로지."

"복잡하군. 아, 이 숫자는 무슨 의미지?"

선 위에는 일에서부터 십까지의 수가 적혀 있었다. 한원은 그것을 가리켰다.

"그의 행동 유형이다. 그는 순찰 시 매번 다른 방법으로 다닌다. 하지만 거기에도 일정한 유형이 있는데 그 유형을 정리한 것이 바로 이것이다. 그리고 수는 십까지 기록했으나 임의로 적은 것일 뿐, 그가 다니는 유형은 결코 순차적이지 않다."

이를테면 곽철인이 순찰하는 날 일로 갈지 십으로 갈지 알 수 없다는 것이다. 아마 수많은 사파들과 살수들의 원한에 대비한 것인 듯싶었다.

한원의 비간에 싶은 골이 패었다. 이렇게 되면 수가 셋으로, 아니, 야율령이 껴 넷이 된다 해도 부족하다. 최소 열다섯은 있어야 곽철인을 제거할 수 있다.

"자세히 봐라. 그는 순찰을 마치고 소화문을 가는 길에 반드시 거치는 길이 있다."

진산의 손가락이 선을 따라 움직인다. 그의 손이 멈춘 곳은 붉은 선들이 하나로 겹치는 곳이었다.

소화문과의 거리는 그리 멀지 않았다. 아마 육안으로 확인할 수 있는 거리, 그리고 일류고수가 신법을 발휘한다면 일각도 채 걸리지 않는 곳에 위치하고 있었다.

"이곳에서도 멀지 않군."

"아아, 그래. 이곳은 현재 최후에 남은 뒷골목의 끝자락이다."

"하지만 대협인 곽철인이 자주 다닐 만한 길이 아니야. 만약 그가 다닌다면 이 근처의 뒷골목이 깨끗하게 청소가 된 뒤겠지. 정말 이 정보가 아직도 유효한 것인가?"

한원은 지도를 바라보며 물었다. 그의 말처럼 곽철인은 현재 진산 일행이 숨은 하나를 제외하고 뒷골목을 완전히 없애 버렸다. 그것이 그의 신념에 의한 것이라면 근처의 이곳도 가만히 놔둘 리 없었다.

한원의 지적에 진산은 마치 기다렸다는 듯이 미소를 지었다.

"꽤나 유명한 정보 조직에서 얻은 것이니 믿을 만하다. 제법 시간이 흐른 것이기는 하지만, 낙양은 오랜 시간 동안 곽철인의 손에 의해 시간이 멈춰 버린 곳이다. 이 지도는 유효하다."

"걱정하지 마세요. 제가 보증할게요."

뒤에서 그들의 말을 듣고 있던 야율령이 가지런한 치아를 드러내며 미소를 지었다. 청년이라면 미인의 미소에 단숨에 빠질지 모르겠지만, 전에 그녀의 무공을 보았던 한원으로서는 속으로 깊은 한숨을 토할 뿐이었다.

'하아~ 이 인간이나 저 인간이나 겉과 속이 너무 다르단 말이야.'

진산 같은 사람이 둘은 있는 것 같았다, 그것도 짝으로.

"일을 크게 벌이려면 장비가 필요한데…… 그것에 대해서는 네가 상당히 우수하다고 들었다."

진산의 말에 한원은 다시 한 번 인상을 찌푸렸다. 그는 자신에 대해 속속들이 알고 있었다. 다행히 아직까지 자신의 배경까지 알지 못하는 듯하지만 더 이상 드러내면 자신의 정체에 대해 알게 되는 것은 시간문제인 듯싶었다.

강호에 나선 지 반년도 채 되지 않은 자를 어찌 이리 잘 알 수 있는 걸까? 한원의 등줄기를 타고 식은땀이 흘러내렸다.

"아, 물론 네가 무엇을 원하든 만족시켜 줄 수 있어."

"좋아. 그럼 이것들을 준비해 주길 바란다."

진산이 한 장의 서찰을 건네주었다. 그 안에는 화약과 그에 준하는 고가의 암기들이 빼곡히 적혀 있었다. 그 안에 적혀 있는 무기들의 대부분이 나라에서 금지된 것들이었다. 그 때문에 가격 또한 무척이나 고가인 것들이었다.

한원의 얼굴이 새파랗게 변했다. 쉽게 구할 수 있는 내용의

것들이 아니었다. 나라의 눈을 피하는 것이 문제가 아니다. 이만한 물건들을 한꺼번에 움직일 자금이 문제였다.

"알지는 모르지만, 이것들은 무척이나 비싸. 나에게는 이를 맡을 만한 돈은 없어."

"걱정 마라. 가지고 있다."

"저, 정말로? 족히 중소문파의 십 년 유지비에 준하는 돈이다. 그런 돈을 개인이 가지고 있단 말이야?"

"아아, 물론. 조금 후면 가지고 있을 것이다. 후불도 되겠지?"

"하아?!"

한원이 진산의 말을 이해할 수 없다는 듯 바라보았다. 이는 곁에 있는 청년도, 야율령도 같은 행동을 취하고 있었다.

"후불은 안 되는 건가?"

진산이 머리를 긁적이며 되물었다. 한원이 거래를 하는 곳은 일명 죽음의 상인이라 불리는 무기 상인들이다. 무기를 받고 바로 자신들에게 무기를 들이밀 수도 있는 상대와 거래를 하는 것이 바로 그들이었다. 후불과 같은 제도는 없을지도 몰랐다.

"아, 아니…… 그에 대한 문제는 없어. 후, 후불도 돼. 다만 확실히 지불해야 하지만."

"그것에 대해서는 문제없다. 나는 돈이 많아질 거니까."

현재 진산의 말은, 한원이나 그를 포함한 진산 이외들에게 그가 전하려는 말의 뜻이 쉽게 이해가 가지 않았다.

"무슨 소리인지 잘 모르겠습니다만 어째서 지금은 돈이 없는 거죠? 한데 도대체 그만한 돈이 어떻게 생긴다는 건지……."

청년은 의문을 참지 못하고 결국 묻고 말았다. 한원이나 야율령 또한 그에 대해 궁금했으나 진산의 무력에 지레 겁먹어 차마 묻지 못한 참이었다.

진산은 그에 대해 간단히 대답했다.

"소화문은 중소문파 중에서도 일류라며? 깨끗하게 살았다고 해도 돈이 제법 많겠지? 오 년 정도의 비축분이 있다면 이것에 대한 수수료는 충분할 것 같은데?"

너무 간단한 대답이었을까? 청년 외 한원과 야율령이 하얗게 굳어가고 있었다.

낙양의 뒷골목 폐가 속 작전 회의가 그렇게 끝나가고 있었다.

*　　　　*　　　　*

그것은 회백색의 괴물이었다.

두 개의 머리, 네 개의 팔, 강철 같은 회백색의 피부, 그리고 자신의 동생을 먹잇감을 보는 듯이 바라보는 흑백이 뒤바뀐 눈동자. 벌거벗은 그녀의 몸은 기괴하고 흉측했다.

‘처음 그녀를 보았을 때 그 이상의 충격도 없었지.’

사내는 깊은 어둠 속에 파묻힌 채 우리에 갇힌 여인을 겨울의 서릿발 같은 시선으로 바라보고 있다. 하지만 그런 사내의 눈동자에서도 한줄기 서글픔을 담고 있었다.

천연의 금강불괴의 신체. 내공을 지니지 않았음에도 천 근을 들어내는 힘, 그리고 야수와 같은 순발력. 만년한철로 만든 우리가 아니었으면 그녀는 이미 강호를 한 번 쑥대밭으로 만들었을 것이다.

‘그리고 결국에는 강호의 동도들에게 잡혀 죽임을 당하겠지.’

사내는 쓰게 웃는다. 싸늘한 눈동자와 사뭇 닮은 그의 냉소는 그녀보다는 그녀를 가둔 자신에게 향하는 듯싶다.

그녀의 시선이 천천히 돌아가 사내를 향한다. 그중 하나의 머리는 이를 드러낸 채 사내를 경계하고 있다. 다른 하나는 먹잇감을 발견한 맹수처럼 침을 질질 흘리며 사내를 바라보고 있다.

그녀는 적으로 인식하는 머리와 먹이로 인식하는 머리 둘이 공존하고 있다. 두 개의 머리가 서로 다른 의식을 가졌을 때 그녀는 어떤 행동을 취할 것인가?

그러한 의문을 가졌던 때도 있었다. 하지만 결과는 쉽게 나왔다.

“움직이지 않아.”

그녀는 돌처럼 굳은 채 서 있다. 적에게서 도망가지도, 먹이를 잡으려는 행동도 하지 않는다. 두 개의 마음 사이에서 끊임없이 갈등하고 있을 뿐이었다.

말을 배운 적이 없으니 서로가 의사를 나눌 능력도 없다. 몇십 년 동안 욕구만을 위해 이 어둠 속에 갇혀 있었기에 같은 몸을 가진 동료에게 양보할 마음 따위는 그녀들에게는 없었다.

그저 서로의 욕심을 앞세워 행동하려는 것뿐이었다.

"추해. 너무나 추해!"

그의 머리가 허수아비처럼 푹 숙여진다. 흐느끼는 소리와 함께 그의 몸이 작게 떨리기 시작했다.

"…크크크. 하지만 그 때문에 나는 누이를 버릴 수 없는 걸지도 몰라."

사내의 손에 술잔 하나가 나타난다. 그것은 마치 고도의 허공섭물로 보였다.

술을 한 모금 마시는 사내는 마치 그녀의 몸을 아름다운 예술 작품을 보는 듯 감상했다. 그의 발치에서 고깃덩이 하나가 그녀 곁으로 날아갔다. 일종의 각법의 응용이었다.

철퍽! 하는 소리와 함께 그녀의 앞에 떨어진 고기는 널브러졌다. 어떤 고기인지 모를 그것은 핏덩이를 사방으로 튀어냈다.

"나는 언제까지 이 사실을 숨길 수 있을까?"

사내의 눈가에 습기가 차 올랐다. 주르륵 흘러내리는 눈물. 그 안에 정신없이 고기를 뜯어 먹는 괴물의 모습이 비춰졌다.

사내는 그렇게 그녀를 한없이 바라보고 있었다.

"문주님!"

어둠 속에서 누군가의 목소리가 울려 퍼졌다. 문주라 불린 사내는 자리에서 일어났다.

"벌써 시간이 되었는가?"

"예, 순찰을 나가실 시간입니다."

사내의 뒤로 열 명의 검객이 모습을 드러냈다. 중원의 의상과는 사뭇 다른 옷을 걸치고 있었다. 사막에서나 볼 수 있는 피풍의와 머리에는 두건을, 눈 아래로는 천으로 얼굴을 가리고 있었다. 그들의 검조차 두툼한 천으로 가려져 그 형태가 제대로 보이지 않았다.

이들이 바로 문주의 호위이자 최측근인 위검십객들이었다.

"순찰이라… 후후. 보고라고 하는 것이 더 알맞은 표현이 아닌가?"

문주는 비릿한 표정을 지으며 말했다. 그가 낙양 시내를 도는 이유는 순찰 따위가 아니다. 이미 낙양 내에 사파 따위는 없고, 심지어 거지조차 몇 남지 않았다. 뒷골목도 깨끗하게 정리하여 자신의 손안에 넣은 것이 벌써 수년전. 그러한 가운데 순찰은 의미가 없다.

단지 그것은 변명일 뿐이다.

"좋아, 가지. 준비해라."

"존명!"

위검십객들이 순식간에 어둠 속으로 스며들었다.

곽철인은 술잔을 내려놓고 밖으로 향해 발걸음을 옮기기 시작했다.

'언제쯤 이러한 일도 끝날 수 있는 건가?'

쓸쓸하게 사라져 가는 그의 뒷모습은 대외적으로 알려진 대협 곽철인과는 사뭇 다른 모습이었다.

*　　　*　　　*

소화문.

대문짝 위에 걸어놓은 현판이 제법 멋져 보였다. 용사비등한 필체니 뭐니 그런 것은 모르겠거니와 큰 것은 어찌 되었든 으리으리하세 그고 반짝이는 것이 멋져 보이는 법이다.

좌우로나 담장 너머로나 너무 길어서 그 뒤편은 보이지도 않는다. 뽈록 드러난 전각의 머리만 간신히 보일랑 말랑 하다.

햇빛을 잘 받았는지 아니면 뭘 더 칠했는지 그 머리는 열심히 반짝이고 있었다.

건너편 거리에 두 남녀가 거적때기를 펼쳐 낸 채 널브러져 있다.

"정파는 다 저런 건가?"

남쪽 조금 먼 곳에서 지 나름대로 제법 소박하게 살아온 섬것이 중얼거렸다.

"아니오. 사파연합도 저것보다 훨씬 화려하지요. 아니, 녹림의 총본산만 해도 저만큼은 될걸요?"

심산유곡 중에서도 아주 깊은 곳에서 조금 험하게 자랐던 촌것이 대답했다.

"그럼 마교는?"

섬것인 사내가 촌것인 여인에게 물었다.

"십만대산이라고 아세요?"

섬것이 고개를 끄덕였다.

"그게 마교예요."

"응?"

섬것의 눈이 촌것에게 무슨 소리냐고 묻는다. 촌것의 눈은 그냥 그대로 알아들으라고 말한다. 사내는 알았다고 눈동자를 위아래로 움직인다.

촌것이, 아니, 야율령이 고개를 돌려 뒤에 있는 마차로 시선을 돌린다. 말 없는 사두마차 다섯 대가 몸에 흙칠을 한 채 서 있다. 곳곳이 부서져 그 속살을 보이고 있었다.

화약, 무형지독, 뇌궁, 화포…… 거기엔 보고도 눈 돌릴 만한 무시무시한 것들이 담겨 있다.

"주문한 양보다 많이 부족하군. 마차도 부실하고."

진산이 투덜거렸다. 그는 마치 음식을 조금 많이 시켰다는 듯한 표정이었다.

"이 정도면 충분히 소화문을 공격할 수 있지 않나요?"

야율령의 눈에 다섯 대의 마차가 모두 담겼다. 그리고 다시 그 속에 담긴 내용물까지도 담았다. 이건 소화문을 치는 것이 아니라 아예 오대세가 중 하나를 쳐도 부족하지 않을 화력이다, 물론 병사가 둘뿐이면 어찌할 도리가 없을 테지만.

야율령에게는 진산이 아예 소화문을 뿌리째 뽑아 불태워 버리는 것은 물론이거니와 그 곁에 달라붙은 잡초까지도 모두 제거할 심산으로 보였다. 마차 안의 내용물로 보아 아주 싸질러 버릴 것 같았다.

"아니, 싸울 때 이것들의 사용은 최소한으로 한다."

진산이 짐짓 위엄있는 표정을 지으며 말했다.

"예?"

야율령의 표정이 일그러졌다. 정면 대결은 불가능하다. 적의 수는 두 배도 아니고 이십 배도 아닌 이백오십 배다. 오백 대 이. 이건 고수 하수 따질 수가 아니다. 그런 상황에서 진산은 태연했다.

모든 것이 의뭉스러운 그녀에게 진산은 한마디 더 말을 붙였다. 하지만 그것은 하나도 도움이 되지 않았다.

"나를 믿지? 그럼 따라라."

믿지 않아도 따라야 할 입장이건만, 그는 언제나 잔인하게 이런 식으로 말한다.

하지만 야율령이 본 진산의 눈은 확신하고 있었다. 다른 건 못 믿어도 그것만은 믿을 수 있었다. 그것이 홀로 오백 명을 상대한다고 해도 말이다.

야율령은 자신의 실력을 알고 있었다. 그녀는 홀로 백 명의 무인을 상대할 수는 있을지 몰라도 오백 명은 무리다. 백 명도 최대로 잡은 상황이다. 지형적인 이점이나 적의 혼란, 그리고 최고의 상태로 나섰을 때 백 명이라는 것이었다. 그 이상은 체력적으로나 정신적으로나 무리였다.

그녀는 진산의 실력 또한 잘 알고 있다. 빠르고 강한 힘을 단시간에 뿜어낼 수 있는 내공을 가진 사내다. 그리고 체력적인 면도 충분하다. 어느 멍청이가 그를 군사로 데려가려 하는지 모를 정도로 그는 무식하게 강했다.

그러나 그뿐이었다. 그는 전투 시 섬세한 기술을 사용하지 않는다. 아니, 기술 자체를 사용하지 않는다고 볼 수 있다. 그저 초식을 지를 뿐이다. 그것도 그 근본은 삼재검법이나 육합권을 기초로 한 것들이 다이다. 위력이 너무 강하니까 다른 잡다한 것은 필요도 없었다. 사실 그렇게 싸우면서 초식을 쓰는 이유도 알 수 없다.

다행인 점은 오백 명 전부가 무인이 아니라는 것이다. 소화문은 단시간에 명성과 인력을 얻은 만큼 고수의 수와 전력이 되는 무사의 수도 매우 적다.

"아! 저것들 가지고 소화문 뒤쪽으로 가서 신호를 보내. 신호는 화탄 하나 던져도 상관없고 내공을 잔뜩 담은 사자후도 상관없어. 그럼 내가 들어갈 테니까. 그 뒤로 적당히 시간이 흐르면 들어오고."

"그냥 휘파람을 불게요."

그녀가 가진 은신술은 뛰어났다. 남궁세가를 제집처럼 드나들던 그녀가 겨우 소화문 정도에서 힘겨워할 이유는 없었다. 진산은 야율령에게 소화문의 조감도를 건네주었다. 거기에는 빨간 줄로 그녀가 가야 할 길이 그려져 있었다.

"참!"

"뭐?"

"정말로 당신은 바보예요. 어째서 사마 군사가 당신을 바라는지 이해할 수 없을 정도로요."

마차를 하나로 엮으며 야율령은 작게 중얼거렸다. 소리가 너부 작아 모깃소리마냥 앵앵거렸지만 진산만큼은 확실하게 들을 수 있었다.

"사마 군사라… 그가 누구인지는 몰라. 그러나 사람 보는 눈 하나만큼은 정확하군. 나는 누구나 탐내야 할 인재임이 틀림없거든."

삐죽 입을 내미는 야율령의 모습에 진산이 씨익 웃어 보였
다.

포장되지 않은 도로 때문인지 마차는 요란스레 소리를 내
며 야율령의 뒤를 따라가기 시작했다. 마차 때문에 그녀의 뛰
어난 은신술도 하등 필요없는 것 같다.

그늘이 조금씩 제 키를 늘려가기 시작했다. 태양이 무겁게
머리를 떨구고 있을 무렵 진산은 거적때기에 몸을 숨긴 채 소
화문의 문을 하염없이 바라보고 있다. 동그랗게 뜬 눈이 길쭉
한 창을 들고 있는 두 문지기를 바라보고 있다.

악어처럼 거대한 입을 가진 소화문 앞에 선 두 문지기는 문
지기라기보다는 단지 이를 청소하는 악어새같이 보였다.

진산의 그림자가 자꾸 길어지기 시작했다. 동쪽으로 기울
어진 그림자는 시계추처럼 바람에 흔들거린다.

그의 얼굴은 어느새 벗겨져 거칠게 깎인 나무가 대신하고
있었다. 나무 얼굴의 한쪽밖에 뚫리지 않은 눈동자는 언제 또
다른 눈을 만들었는지 한 쌍의 시퍼런 눈빛을 쏟아내고 있었
다.

진산의 몸 위로 어둠이 내려앉기 시작했다. 강철의 검은 어
둠은 몸 바깥 쪽에서부터 그의 몸을 단단히 감싸 안기 시작했
다.

찰카찰칵! 쇳소리가 그의 귀를 흥겹게 해주고 있다. 어둠의
무게에 묵직하게 처진 몸이면서도 그는 즐거운 듯 쇠사슬로

된 망토를 걸친다.

"이로써 전신 흉기가 전신 방패가 되는 건가."

두터운 나무에 얼굴을 빼앗기고 어둠에 몸을 짓눌려도 그는 즐겁다는 듯 웃으며 말하고 있다.

주위가 보랏빛으로 물들어가기 시작한다. 제아무리 황혼의 붉음과 어둠의 검음이 섞여도 피처럼 매력적인 검붉은색을 만들지는 못하는 듯싶다.

그것이 아쉬운 듯 진산은 작게 한탄하고 만다.

그렇게 진산이 어둠과 함께 물들여갈 무렵이었다.

삐이익!

높고도 날카로운 음이 거칠게 고막을 때려댔다. 내공이 담긴 그것은 소화문 인근을 제법 요란스레 울려댔을 것이다. 그것으로 무뚝뚝하게 서 있던 검은 인영이 천천히 발걸음을 옮기기 시작한다.

악어가 입을 앙다물고 있다. 악어새가 그 주위를 어슬렁거리며 먹잇감을 찾고 있다.

그 사이로 그가 걸어가고 있었다.

지붕이 붉게 물들어가고 있다. 주인 모를 창고들이 줄지어 서 있는 가운데 두 사내가 지붕 위에 고개를 삐죽 내민 채 자리 잡고 있었다.

이 거리는 뒷골목과 인접했고 또 창고들뿐인지라 사람들

이 지나다니는 곳은 아니었다. 덕분에 오래된 창고들이 제법 있어 을씨년스런 분위기를 만들고 있었다.

지붕 위에 늘어져 있는 한원의 모습이 보였다. 그 옆으로 잔뜩 긴장한 채 서 있는 청년의 모습도 보인다. 그는 힘겨운 표정으로 붕대로 칭칭 감은 왼팔을 잡고 있었다. 팔이 부러져 부목을 덧대고 있지만 아직도 찌릿한 통증이 느껴지고 있었다.

"이곳에 무슨 의미가 있는 걸까요?"

청년이 한원을 향해 물었다. 뒷골목과 인접한 곳이지만 사람이 지나다닐 만한 곳은 아니었다. 창고가 즐비해 있는 곳, 인적 따위는 보기 힘들다. 가끔 마차나 수레를 끌고 오는 이들 외에는 그 누구도 오지 않는 곳이었다.

대협이든 아니든 간에 소화문 정도의 문파를 이끄는 문주가 올 곳은 아니라는 것이다.

"글쎄…… 무엇을 위해서일까? 잘 모르겠지만, 여기서밖에 만날 수 없는 사람? 아니면 물건? 그러한 것이 있는 거겠지."

"도대체 어떤 사람, 아니, 도대체 어떤 일을 벌이기에 문주가 직접 가는 걸까요?"

위험하거나 소중한, 아니면 그 둘 다 일 수도 있다. 확실한 것은 대협이라는 것에도 그림자가 있다는 것이다.

"그림자가 없는 태양 같은 사람이 있으면 얼마나 좋을까? 그에게는 슬픔도 절망도 없겠지?"

한원은 곽철인을 생각하며 중얼거렸다.

그는 사마외도를 증오하고 악을 멸하려 하며 힘없고 배고픈 자를 도와주는…… 정의의 영웅이다. 그리고 소화문은 그런 그를 대변하는 단체이다. 힘없고 소외된 이들에게는 그와 같은 존재는 거의 신이나 다름없게 느껴질 것이다.

"하지만 그 대신 그의 근처에 있는 사람에게는 더욱 짙은 그림자를 가지겠죠."

청년은 조금 울적한 표정으로 대답했다. 누구인지는 모르나 그러한 이와 만난 적이 있는 것 같았다.

"온다."

골목 어귀에서 덩치 큰 그림자 하나가 그 모습을 붉은 노을 아래 드러냈다. 유난히 반짝이는 것을 많이 단 그것은 터덜터덜 창고를 향해 발걸음을 옮기고 있다. 그 머리 위에는 휘황찬란한 기 하나가 머리를 삐죽 세우고 있다. 소화라 쓰여 있는 빨간 깃발은 황혼에 젖어 더욱 벌겋게 물들어 당장이라도 주룩— 흘러내릴 것만 같은 핏덩이 같았다.

푸르륵거리며 말 두 마리가 땀에 흠뻑 전 채로 앞서거니 뒤서거니 하고 있다. 마차를 모는 마부도 꾸벅꾸벅 졸고 있다.

'이두마차인가?'

금붙이를 잔뜩 붙였다고는 하지만 문주가 타고 다니기에는 너무 초라하다. 적어도 사두나 육두는 되어야 낙양제일의 문주가 타고 다니는 마차라 하지 않을까?

청년이 지붕 사이로 숨을 죽였고, 한원은 하나밖에 없는 눈으로 지그시 마차를 노려보고 있다.

'함정이다.'

먹음직했다. 더덕더덕 붙은 금붙이와 값비싼 돌덩이는 물론이거니와 그 안에 담긴 것은 얼마나 가치가 클까? 그것이 물건이든 사람이든 단순한 도적들로서는 군침 돌게 만드는 것임에 틀림없다.

물론 상대가 문주를 노리는 자가 아니라면 말이다.

욕심을 조금 덜어내고 다시 보니 마차에는 위험한 냄새가 풀풀 났다. 그 안에 담긴 내용물이 보물(宝物)보다는 괴물(怪物)일 것 같다. 하지만 그 냄새가 더욱 식욕을 자극했다.

"도적놈들을 노리는 함정이다. 너라면 먹겠느냐?"

한원의 말이 청년의 고막을 뚫고 머릿속으로 파고든다. 벼락에 비껴 맞으면 이런 느낌일가? 그가 보낸 전음은 짜릿한 느낌이다.

청년은 고개를 휘휘 내저었다. 그의 무기는 일회성이다. 폭탄마냥 한 번 터뜨리면 다시는 사용할 수 없다. 그 때문에 청년은 신중해야만 한다. 함정이라면 몸을 숨겨야만 한다.

달그락달그락 무엇이 들었는지 모를 마차는 열심이 몸을 옮긴다. 마부는 꾸벅꾸벅 고개를 떨어뜨리면서도 마차를 몰고 있다.

그런 그의 허리에 어른 팔꿈치 정도의 도가 매여 있다. 손질을 잘 안 했는지 손잡이가 기름때로 반들반들하다. 도를 뽑은 경험도 없는지 칼집에는 상처투성이에 피투성이다.

'젠장할.'

한원은 속으로 작게 욕지거리를 내뱉었다.

마차는 벌써 그들이 몸을 숨긴 창고 아래로 다가왔다. 가까이에서 보니 그 속도는 더욱 느렸다. 나귀라 해도 그처럼 늦지는 않을 듯했다.

'까볼까?'

청년은 냅두고 그 마차 속을 확 뒤집어 보고 싶었다. 위험은 때로는 쾌락으로도 오는 법이다. 그의 머리는 그것에 반응했고 순간 충동이 뇌를 지배했다.

그러나 몸은 움직이지 않았다. 제법 험난한 곳을 돌다 보니 머리보다 몸이 현명해졌는가 보다. 그리고 그 덕분에 바다도 아닌 내륙 깊은 곳에서 비릿한 냄새를 한껏 들이마실 수 있었다.

지독한 혈향 때문인지 온몸이 물먹은 솜마냥 축 처져 간다.

"무엇이…… 담겼을… 까요?"

잡음 가득한 전음이 한원의 귓밥을 긁어냈다. 일격필살인지 뭔지는 잘 연마했는지 몰라도 전음은 십 년쯤은 더 공부해야 될 것 같았다.

한원은 귀를 파며 금붕어마냥 입을 뻐끔거렸다.

"이렇게 비리고 오싹한 냄새는 가축은 아니고 인간의 것이

겠지. 그것도 얼마 멀지 않은 곳에서 잡아온 것이니 사냥보다
는 사육한 것을 잡아왔을 것 같고.”

“사육… 이요?”

청년이 눈을 똥그랗게 뜨며 물었다.

한원이 잠시 청년을 바라보았다. 독한 마음을 먹었다고는
하지만 어린 나이부터 십 년이나 산에서 지냈으니 아직 때가
덜 탔나 보다. 하긴, 차라리 이 정도가 좋다. 만약 때가 많이
탄 놈이라면 복수 따윈 생각도 안 하고 자신의 이익만을 밝혔
을 테니까.

“아! 창고에 들어가려나 봐요.”

그가 속으로 결론으로 짓고 고개를 끄덕일 때 청년의 전음
이 다시 들려왔다.

“냅둬.”

그는 짐까지 데리고서 함정에 뛰어들 정도로 바보는 아니
었다. 귀찮다는 듯 전음을 내뱉고는 다시 지붕에 드러누웠다.
창고에 들어가든 말든, 함정을 치든 말든 그로서는 이제 상관
없었다.

어차피 진짜 목표는 이곳으로 올 것이니까.

콰—앙!

그리고 그때 가볍게 울려 퍼진 폭음 하나가 낙양 전체를 울
렸다.

하늘 가운데 뜬 놈은 끈질기게도 줄기차게 빛을 쏘아 보내고 있다. 그 덕인지 통풍도 제대로 되지 않는 창고는 있는 대로 열을 받아 그 속은 찜통이나 다름없었다. 후끈한 열기가 창고 속을 가득 메우고 있어 신기루라도 볼 수 있을 것 같을 참이었다.

휘익 하고 퀴퀴한 냄새가 담긴 바람 한줄기가 뜨끈했던 창고를 조금이나마 식혀준다.

"창고 안에 그런 것이 있을 줄은 상상도 못했습니다."

지하실 문을 나서며 위검십객 중 막내인 십호가 입을 열었다. 강철로 된 문은 한 번 닫히면 특별한 열쇠 없이는 밖에서 열 수 없는 구조로 되어 있다. 이는 외부의 침입자를 경계하기보다는 비밀을 지키기 위한 구조로 설계된 것이다.

십호의 뒤를 이어 구호가 위로 올라왔다.

"창고 안뿐이 아니라 이 세상에서 그러한 존재가 있을 리 없겠지."

두 개의 머리, 두 쌍의 팔, 잿빛 피부 색 등. 그녀의 모습은 마치 신화나 전설 속에서나 볼 법한 괴수를 연상케 하였다. 더욱이 끔찍한 것은 먹이를 구해오는 오호의 말에 의하면 그녀가 먹는 고기가 바로 인육이라는 것이다.

물론 그들이 그러한 소문에 현혹될 정도로 어리지는 않지만, 그녀의 존재가 위험한 것만큼은 사실이었다. 단단한 피부는 어지간한 검으로는 흠집조차 낼 수 없으며, 네 개의 팔에서 나오는 강인한 힘은 사람의 몸을 통째로 찢어버릴 만큼 강했다.

"선배, 대협이라 불리는 자가 무엇 때문에 그런 괴물을 기르는 걸까요?"

십호가 결국 의문을 참지 못하고 구호에게 물었다. 구호는 조금 난처한 듯한 표정을 짓다가 이내 마음을 굳힌 듯 입을 열었다.

"대장에게 들은 바로는 그 대협이라는 분의 누이라고 하더군."

"그녀가요?!"

구호의 말에 깜짝 놀란 듯 십호가 되물었다. 구호는 담담한 표정으로 고개를 끄덕였다. 그 역시 일호에게 그 말을 듣고 그렇게 놀란 표정을 지었으니 말이다.

십호는 곽철인 또한 대단한 괴물이 아닌가 상상하기 시작했다. 하지만 그가 오랜 시간 동안 모셔온 곽철인은 평범한 인간이었다. 다만, 그 속이 다른 인간보다 너무 시커멨을 뿐 그녀와 같은 괴물은 아니었다.

"이해가 가질 않아요. 그녀는 인간이라기보다는……."

십호가 말하기 곤란한 듯 말끝을 흐렸다. 곽철인의 누이라는 사실을 알고는 괴물이라고 말할 용기가 없는 듯했다.

그의 고민을 구호가 한마디의 말로 간단히 정리하였다.

"괴물이지."

"서, 선배!"

십호가 놀란 듯 외쳤지만, 그에 반해 구호는 태연했다.

"아, 문주님께서 들으셔도 문제없어. 그분 역시 그렇게 생각하고 있으니까. 아니, 그분은 오히려 우리가 그녀를 괴물이라고 생각하는 것을 즐기는 듯싶다."

"예?"

구호의 말에 십호가 인상을 찌푸렸다.

달그락!

창고 내에서는 후끈 달아오른 열기가 느껴진다. 철 지난 매미가 요란스레 우는 것이 귀를 간질였다. 잠시 십호와 구호는 대화를 끊은 채 지하실 문 근처에 자리를 잡았다. 시간이 지나도 다른 객들은 모습을 드러내지 않았다.

십호와 구호과 어느 순간 바람처럼 사라져 버렸다.

창고 안이 다시 후끈해지기 시작했다. 한참 더 달아오를 무렵 굳게 닫힌 문이 다시 입을 열었다. 차례로 위검십객이 그 모습을 허공에 녹여갔다. 마지막으로 곽철인이 모습을 드러내고서야 지하실 문은 단단히 잠겼다.

"사라져라."

"존명!"

사람은 곽철인뿐인데 열 개의 목소리가 창고 안에서 메아리쳤다. 그리고 꽉 막힌 창고 내에서 부드러운 바람 한줄기가 느껴졌다.

눅눅한 곰팡내가 코를 간질인다. 창고 안에 쌓인 것들은 대체로 썩을 일 없는 금속류다. 이곳엔 무기도 있고 제련된 철도 있었다. 이 곰팡내는 오래된 창고 자체에서 나는 것이었다.

'또 냄새를 없앤다는 핑계로 무의미한 순찰을 하게 되는군.'

그것은 그녀의 냄새와 닮았다. 코를 자극한 곰팡내는 두 사람이되 하나의 몸을 가진 그녀의 것과 매우 흡사한 것이다.

창고의 문은 강철로 되어 있다. 높이는 일 장을 조금 넘고 두께는 어른 손의 두 뼘 정도 되는지라 굉장히 무거웠다. 어지간한 무인이라 해도 쉬이 열 수 없었다.

곽철인의 오른손이 문의 손잡이를 잡았다. 뚜둑! 하는 소리가 그의 관절 부근에서 들려왔다. 문의 무게는 어림잡아 천 근. 그그궁! 무거운 소리를 내며 그 아래로 문은 시커먼 먼지를 토해낸다.

뿌옇게 차 오르는 먼지들 사이로 중천에 떠오른 태양이 날카롭게 햇빛을 쏘아낸다.

"좋아, 가지."

곽철인은 위검십객과 같은 피풍의를 뒤집어썼다. 얼굴을 푹 가린 채 그는 조용히 발걸음을 옮겼다.

꽃잔디 같은 구름이 호수 위를 자색으로 물들여 간다. 그 때문일까? 이 시간 때의 사람은 조금 감성적으로 변해 버린다. 또 이 시간은 눈이 어둠을 맞이하는 시간 때이기도 하다. 그 때문인지 소화문 앞의 두 수위무사가 꾸벅꾸벅 졸고 있다.

그들이 졸던 눈을 뜨게 된 것은 그들 눈앞에 선 흑색 경갑을 입은 사내 때문이었다. 그리고 몸의 반을 가리는 검은 망토와 신비스러운 가면은 그들의 마음을 묘하게 흥분시켰다. 그리고 사내의 몸에서 나는 비릿한 냄새는 그 흥분을 나쁜 쪽으로 돌렸다.

꾸욱! 수위무사 중 하나가 있는 힘껏 창을 꼬나 쥔다. 그들은 소화문 내 하급 무사다. 눈앞의 이 사내가 고수라면 끽소리도 못하고 죽는다. 그래서 다른 하나는 벌써부터 피리를 입에 물고 있다.

“……”

피리는 불리지 않았다. 사내는 서서 그들이 하는 양을 지켜볼 뿐이다. 그는 멀뚱멀뚱 소화문의 거대한 문을 구경하고 있다. 수위무사들은 사내를 다시 살폈다. 차림새가 화려하기는 하지만, 소화문의 적은 아닌 듯 보였다. 조금 더 자세히 보니 가면도 까맣게 칠해 신비로웠을 뿐이지 서툰 솜씨로 깎은 것이 역력했다.

한 가지 생각이 수위무사 둘의 머리에 동시에 떠올랐다.

‘이놈은 촌놈이다.’

몇 년이나 같이 굴렀던 사이라 그럴까? 둘의 생각은 글자 하나 틀리지 않고 똑같았다. 아니, 그렇지 않더라도 대문파의 자칭 수문장들께서는 화려한 차림의 촌놈들을 자주 보게 마련이었다.

사내 역시 차림만 위험해 보이는 촌놈이라고 생각했다. 그가 손을 쓰기 전까지는 아무래도 그랬다.

"그건 안 불 건가요?"

사내가 입을 썼다. 뭐, 이때까지는 괜찮았다. 자칭 수문장들께서는 촌놈이 입을 쓰든 머리를 쓰든 촌놈 이상으로 볼 생각은 없었기 때문이다.

그런데 그 목소리가 생각보다 듣기 좋았다. 게다가 자신들에게까지 존대를 하는 것을 보아 예의도 제법 있나 보다. 외모까지 제법 되었더라면 그냥 문을 열어줄지도 몰랐다. 몸에서 풍기는 분위기가 달콤하달까? 마치 현혹되는 듯한 기분을 느꼈다. 가면을 썼으니 외모는 별 볼일 없을 듯하지만.

피리를 입에 물던 사내가 다시 떼고 입을 열었다.

"음, 이건 적이 침공했을 때 부는 피리라 함부로 불 수 없는 거라네, 친구."

"그래요? 그럼 어느 정도 되어야 불 수 있는 거죠?"

마치 매우 궁금하다는 듯, 아니, 실제로 매우 궁금했는지 그는 발을 동동 구르며 물었다. 이 자칭 수문장들은 유쾌하게 웃음을 터뜨리고서는 한마디 던졌다.

"하하하, 뭐 이 문을 단번에 박살 내면 불어줄지."

수위무사가 가리킨 문은 단단한 거목을 여러 번 덧대어 만들었는지라 크고 견고하기 그지없었다. 그의 무공 실력으로는 꿈에도 부술 수 없는 것이 바로 이 문이었다. 그랬기에 그는 자신이 일개 문지기임에도 자랑할 수 있었다. 이런 견고한 문은 자신과 같다고.

그리고 그것은 단 한순간의 폭음과 함께 산산조각나 버렸다.

콰—앙!

피리를 가진 수위무사는 볼 수 있었다, 사내의 손이 폭죽의 불꽃처럼 붉게 일그러지더니 단숨에 문을 부수는 걸. 그러나 그사이는 보지 못했다. 아마 그 중간 과정을 볼 정도로 안력이 있었다면 그는 수위무사가 아니라 수호무사가 되었을 것이다.

"자, 그럼 불어주세요. 이래 봬도 바쁜 몸이거든요."

육포처럼 잘게 찢어진 나무 부스러기가 먼지와 함께 흩어지고 있었다. 그런 사내의 주먹이 자신의 얼굴 앞에 바싹 내밀어진 채 흔들거리고 있었다. 순간 오싹한 느낌이 등골을 따라 휘저어졌다. 그것은 단숨에 한 줌의 호흡으로 바뀌어 피리에 소리를 불어넣었다.

삐이이이— 익!

그것은 야율령이 분 휘파람과는 사뭇 다른 느낌의 소리였다. 조금 더 길고 호흡이 흐트러지는 것이 다급한 수위무사의 마음을 잘 반영한 것 같았다.

"무슨 일이냐!"

"제일검대는 정문으로 열을 맞춰가라!"

"적이다!!"

문 너머에서 산발적으로 목소리가 튀어나왔다. 수위무사는 조금 안도한 표정을 지으며 사내와 거리를 벌렸다. 다리가 후들후들 떨려왔다. 사내에게서 한 발자국 떼어놓는 것도 쉽지 않았다.

사내가 문지방을 밟고 넘어서는 짧은 시간 동안 소화문의 무사들이 모습을 보였다. 어림잡아 일백은 됨직한 수의 무사들이었다.

위급한 시기에 누구보다 빨리 모인 이들이다. 위에서부터 거드름을 피느라 느릿하게 나오는 몇 놈 빼면 이들이 가장 강한 이들일 것이다.

본래 그런 것이니까.

"네놈은 누구냐!"

되받아칠 산은 없는데 '누구냐!' 라는 외침이 메아리처럼 울려 퍼진다. 그것은 심후한 내공이 담긴 채 길게 늘어나 허공에서 잘게 부서진다.

사내는 눈을 감고 그 목소리를 음미한다. 아니면 그 안에 담긴 내공을 탐색한다고 할 수도 있었다. 어쨌든 사내는 사색하듯 눈을 감았고, 그동안 소화문은 아무런 말도 하지 않았다.

그 때문에 바싹 긴장한 것은 소화문의 일백 무사다. 뒤로 점차 늘어나기 시작하지만, 사내는 낙양제일문파의 대문을 박살 내며 들어왔다. 그리고 일당백의 상황에서도 전혀 기가 죽지 않았다.

꿀꺽!

누군가 침을 삼켰다. 시원하게 목구멍을 타고 내려가는 것이 아니라, 가래처럼 끈적한 것이 달라붙는 느낌이었다.

그들을 지휘하던 자들의 눈빛도 긴장한 듯 조금씩 떨리고 있었다. 아무것도 하지 않았음에도 그들은 마음에서부터 끓리는 무언가를 느꼈다.

무엇일까?

그들은 아주 잠시 동안 적을 앞에 두고 멈춰 생각했다. 그러한 일이 생긴 이유는 이곳이 전장이 아니었고, 그들이 병사가 아니었기 때문에 일어난 일이었다.

하지만 아쉽게도 사내는 그들처럼 무인이 아니었다. 그는 무사의 도리나 정의에 대해 잘 알고 있어, 때론 순응하며 거역할 줄 아는 이였다.

그리고 지금은 그것에 거역할 때였나 보다.

탕!

사내가 땅을 박찼다. 땅이 움푹 패며 사내의 신형이 앞으로 튀어나갔다. 그는 조금의 망설임도 없이, 가장 앞으로 나선

이의 복부를 향해 정권을 질렀다. 견고하게 만들어진 문조차 단숨에 먼지로 만든 주먹이었다.

쾅!

철판을 때려 치는 소리가 들렸다. 물론 사내가 철판을 때려 본 적이 있는지 알겠냐마는 그것은 결코 인간의 몸에서 날 만한 소리는 아니었다.

선두에 선 이는 줄 끊어진 연처럼 날아가 버렸다. 모두의 시선이 잠시 동안 날개 없이 날아가는 인간을 향했다. 빙글빙글 돌더니 머리부터 고꾸라지듯 떨어졌다.

퍽!

이번에는 수박 깨지는 소리가 섬뜩하게 울려왔다. 그리고 모두의 시선이 동시에 이 놀라운 광경을 만들어낸 사내에게로 돌아갔다.

그리고 일백의 무사는 알 수 있었다, 그들에게는 없고 이 사내에게 있는 묘한 이질감을.

강함.

단순했다. 하지만 어려웠다. 마치 선문답 같지만, 답은 의외로 간단했다. 이는 무공의 고하가 아닌 기질의 문제인 것이다. 조금 더 간단히 본다면 기가 세다고 볼 수 있었다.

그들 눈앞의 사내는 백 명의 무사 앞에서 조금도 기죽지 않고 그보다 더한 기세를 끌어낼 수 있는 자란 말이다.

'그것이 그저 오만함으로 끝낼 수 있으면 다행이지만……'

하늘에서 떨어지는 비를 인간이 막아낼 수는 없는 것이다. 그리고 그것이 비가 아니라 칼이 되면 막지 못함은 바로 죽음이 될 것이다. 기세 싸움에서 졌다고는 하지만, 실제로 백 명이 유리한 것은 틀림없었다.

눈앞의 사내가 날려 버린 자는 일백 무사의 대장이었다. 지금은 부대장이 차분한 마음으로 전열을 다듬었다. 허투루 생각했다가는 박살이 날지도 모른다는 불안감 때문이었다.

"네놈은 누구냐?"

부대장은 사내를 노려보며 대장과 다르게 한층 더 차분하고 무거운 목소리로 물었다. 그러나 말투는 조금도 바뀌지 않았다. 어찌 됐든 침입자에게 존대할 이유는 없으니 말이다.

사내는 발걸음을 한 걸음 내딛는다. 그에 맞춰 무사들 또한 뒤로 발걸음을 옮긴다.

"나는……."

한 걸음 내딛을 때마다 그는 입을 움직이기 시작한다. 그리고 더불어 몸에서 퍼져 나가는 투기는 배가되어 뿜어져 나오고 있었다.

살기는 상대방에게 절망감을 주지만 투기는 상대방에게 위압감을 느끼게 한다.

그 기라는 것이 무공에서는 내공과 직결된다. 내공의 양이 많다고 해서 무조건 강한 것은 아니지만, 무림에서 '강하다!'

라고 말해줄 수 있는 이들은 왜인지 모르나 내공이 많았다.

"일단 무명이라고 시작하죠."

그의 말과 동시에 투기도, 그에 파생되는 위압감도 싹 사라지고 말았다. 그리고 뒤이은 것은 사기가 바싹 오른 소화문 무사들의 공격이었다.

사내의 가면 속에는 어떤 얼굴이 지어졌을까?

부대장은 그러한 생각을 하며 통솔되지 않는 부하들을 붙들어 다시 진열을 다듬으려 애썼다. 하지만 그것은 쉽지 않았다. 공포로 억압되어 미쳐 버린 그들은 그것이 사라지자마자 정신을 채 차리기도 전에 본능적으로 달려들어 왔다.

백이라는 수는 잘 정렬이 된 상태에서 힘을 발휘하는 것이다. 그래야 차륜전이든 뭐든 써먹을 수 있는 법이다. 오합지졸은 그 수가 백이든 천이든 무용지물이다.

'지겠군.'

부대장은 쓰게 웃으며 단순히 그것으로 끝나기를 빌었다. 다행이라면 상대에게서 살기를 읽을 수 없다는 것이었다.

만약 살기를 감추고 단순히 살의만으로 사람을 죽이는 이라면…… 백이든 천이든 역시 무용지물이다. 개가 아무리 많다고 해도 배고픈 맹수 앞에서는 그 수에 의미가 없듯이.

쉬익!

바람 소리가 무사의 다리를 꿰뚫어 버린다. 아마 당한 무사도 시린 바람이 뼛속을 뚫고 들어왔다고 생각할 것이다. 하나 그것은 통풍(痛風)으로 바뀌어 죽을 만큼의 고통을 선사하리라.

사내는 무사들을 결코 죽이지 않았다. 뛰어난 무공으로 상대의 팔이나 다리를 부수거나 때론 기절시켜 제압하고만 있었다.

퍽!

둔탁한 소리가 귀에 거슬렸다. 하지만 공격을 앞두고 상황을 지켜보는 이들의 안색은 파리하게 질려갔다.

사내의 주먹이라도 맞는가 싶으면 무사들은 허리가 'ㄱ' 자로 굽혀진다. 다리를 다치면 그대로 뒤로 눕고, 팔을 다치면 뒹굴뒹굴 땅바닥을 굴러다닌다. 장난이 아니라는 것은 그들의 얼굴이 확인해 주고 있었다. 안면이 어떻게 일그러졌는지 살펴보면 그 고통을 알 수 있었다.

칠십여 명인가 팔십 명 정도가 쓰러지자 장내의 분위기가 다시 바뀌었다. 사내를 중심으로 단단하게 포위하던 형태가 조금씩 무너지고 점차 거리를 벌리기 시작했다.

한 발짝 두 발짝 옮기기 시작하다 보니 벌써 사내와의 거리는 십여 장 가까이가 되었다.

그 사이로 고통에 찬 얼굴로 쓰러진 동료들의 모습이 드러났다.

"좋아, 좋아. 이렇게만 가자고. 오백 명이라고 했나? 이 몸이 모두 눕혀주지."

처음 보였던 존대는 어디론가 사라졌다. 사내는 오만한 말투로 소화문을 내려다보기 시작했다. 그것도 압도적인 무위를 가지고 말이다.

한원의 움직임이 시작된 것은 폭음이 막 들려왔을 무렵이었다. 무언가가 와장창 부서지는 그 폭음은 길게도 뻗어 산산이 흩어져 갔다. 소리가 끝났을 무렵에 한원은 어느새 마부의 폐에 비수를 박아 넣고 있었다. 예리하게 갈아진 그것은 무른 땅을 헤집는 것마냥 너무도 쉽게 마부의 몸속으로 파고들어 갔다.

청년이 놀란 시선으로 한원의 뒤를 쫓을 때 폭음은 막 진정되기 시작했다.

"어, 아?"

청년은 아직도 상황을 이해하지 못했다. 폭음의 영향도 있었지만, 몸을 숨기기로 약속한 마당에 뛰어나간 한원의 행동이 의아했다.

청년은 한원을 따라 지붕에서 내려왔다. 제법 단단한 바닥인지라 찌릿한 고통이 발뒤꿈치부터 느껴졌다.

"어째서입니까?"

내려오자마자 다짜고짜 청년이 물었다. 한원은 간신히 숨만 헐떡이는 마부를 보며 입을 열었다.

"글쎄, 문주가 이곳으로 오기도 전에 소화문에서 저런 소란이 일어났다는 것을 알았으니 곧장 그곳으로 달려가겠지. 우리는 꽝이 되고 말이야."

"그럼!"

청년이 소화문을 향해 달려가려는 것을 한원이 가로막았다.

"지금 가봐야 상황은 종료다. 겨우 우리 둘이서 그가 일을 마친 다음에 약이 잔뜩 오른 소화문 놈들과 문주를 상대로 싸울 수는 없어."

한원이 얼굴을 굳히며 말했다. 그의 말처럼 지금 어설프게 쫓아가느니 차라리 여기서 기다리는 것이 훨씬 나을 것이다. 적어도 하나는 살 것이고, 잘하면 둘도 살 수 있으니 말이다.

마부는 서서히 죽어가고 있었다. 그의 가슴이 비수에 갈라져 피를 토해내고 있다. 무공을 익힌 듯하지만 그리 뛰어난 실력은 아닌 것 같았다.

"그리고 소화문의 마차에 구린 게 타고 있어."

한원이 씩 웃으며 마차를 가리킨다. 마차 주위에는 비린 냄새가 진동을 하고 있었다. 하지만 한원이 그것을 말하는 것은 아닐 것이다.

청년은 마부를 향해 시선을 돌렸다. 서늘한 땅에 온기를 뺏겨 몸이 조금씩 딱딱하게 굳어가고 있다.

"하지만 정말 소화문의 마차일까요?"

청년이 슬며시 의문을 제기했다.

"엉? 무슨 소리야?"

"굳이 구린 걸 대놓고 소화문 기를 달고 나타나는 이유를 모르겠어요. 차라리 다른 상가의 마차로 속여……."

"휴우—"

청년의 말에 한원은 길게 한숨을 토해냈다. 한숨만으로는 부족했는지 고개도 저었다. 청년은 한원의 그러한 태도에 상처를 받았는지 눈썹을 가운데로 모았다.

한원은 마부가 있던 곳에 털썩 앉으며 입을 열었다.

"조금만 생각하면 알 수 있는 것을… 정말 들키고 싶지 않은 것이 있다. 하지만 그것은 꼭 마차로 움직여야 하지. 상가의 것이라면 관병들이 그 내용물을 확인한다. 무림문파의, 그것도 이 낙양에서는 감히 손도 댈 수 없는 곳의 기를 단 마차라면 얼마나 안심이 되겠냐?"

한원의 말처럼 소화문의 마차 안에 무엇이 있든 그것을 감히 열어볼 용기를 가진 이는 적어도 낙양 안에는 없었다.

게다가 마차는 전체적으로 견고했다. 그 안의 내용물이 무엇인지는 짐작도 가지 않지만, 그 속이 비춰지지 않게 잘 가려져 있었고, 대부분이 금속제로 이루어져 있다.

한원은 단단한 마차의 문을 두드리며 다시 입을 열었다.

"문제는 남에게 들킨다는 건데, 어지간한 충격에 열릴 만큼 가볍지가 않다고, 이거."

문은 그가 두드릴 때마다 텅텅! 하고 비명을 질렀다. 그리고 그때마다 훅! 하고 비린 숨을 토해내곤 했다.

　이름있는 정파의 일문의 비리라 하면 보통 뇌물 수수 정도
나 이유없는 폭력과 살인, 그리고 사마외도와의 결탁 정도다.

　"그리고 본래 이 길은 문주가 자주 다니는 곳이라고 했지?"

　달칵!

　한원이 문 주위를 만지작거렸다. 마차가 기계음을 내뱉었
다. 그의 손을 따라 기둥에 네모난 홈이 깊숙하게 파였다.

　뚜욱! 뚜욱! 마차가 제 몸을 떼어내기 시작한다. 작은 막대
기들이 묵직한 소리를 토해내며 땅으로 떨어진다. 그 사이로
쇠사슬을 번데기처럼 꼬아 만든 것이 뚝 하니 서 있었다.

　그것은 끈적끈적한 액체를 끊임없이 토해내고 있었다.

　"이건…… 뭘까요?"

　청년이 마차를 향해 조금씩 다가가며 물었다. 번데기는 눈
곱같이 찐득거리는 무언가를 흘리고 있었다. 쇠사슬에는 갈
색으로 말라붙어 있었다.

　탁!

　번데기를 향해 가까이 다가가려는 청년의 목덜미를 한원
이 낚아챘다.

　"가까이 가지 마라."

　"예?"

　청년이 발걸음을 멈추었다.

　"젠장, 뭔가 있다."

촤르르륵!

쇠사슬이 풀어져 나가기 시작했다. 그 속에서 팔 하나가 삐죽 튀어나왔다. 범인의 두세 배쯤은 길어 보이는 팔이었다. 그것이 순차적으로 세 개가 더 돋아났다. 불쑥 솟아 오른팔 가운데 두 개의 머리가 드러났다. 엉망으로 산발이 된 머리카락 사이로 시커먼 눈동자 두 쌍이 부릅떠졌다.

닮은꼴의 두 사람이 등을 맞대고 있는 것이 아니었다. 하나의 몸에서 두 명의 여인이 모습을 드러냈다.

촤르륵!

그녀의 움직임에 쇠사슬이 흔들거린다. 그것은 그녀의 네 팔에 못으로 단단하게 고정되어 있었다. 손목에서 피가 꿀럭꿀럭 새어 나오고 있었다. 주륵 이어져 나온 피는 그대로 쇠사슬을 타고 그녀의 잿빛 동체를 붉게 물들이고 있다.

"빌어먹을…… 이런 것이 다 있어?"

청년이 작게 욕지거리를 내뱉었다. 신화에나 나올 법한 괴물이 눈에 들어온 것이다.

한원이 차분히 봉에 비수를 꽂았다. 그것은 금세 날카로운 날을 가진 창이 되었다. 그의 눈동자가 번뜩이며 괴물을 노려본다.

"어디서 나타났는지 모르지만…… 적임에는 틀림없지."

괴물이 천천히 그 몸을 일으키기 시작했다. 그림자가 조금씩 길게 늘어져 간다. 두 쌍의 팔과 머리를 가진 검은 그것은 서쪽을 향해 더욱더 길어져 갔다.

잿빛 괴물은 두 쌍의 눈동자로 사냥감을 찾기 시작하고, 외눈의 사냥개와 어린 강아지 하나를 발견한다.

"젠장……."

한원은 회색 괴물을 보며 이를 악물었다. 그의 눈동자에 비친 것은 사람이었다. 그가 괴물을 사람으로 보는 이유는 저런 몸을 가진 인간에 대해 들어본 바가 있었기 때문이다. 쌍둥이가 태어날 때 서로 몸을 떼어내지 못하고 나올 때가 있다고 한다.

잿빛 동체가 움직인다. 벌거벗은 여인의 모습은 요염하기보다는 두려움을 먼저 느끼게 했다.

괴물이 자세를 낮췄다. 힘없어 쓰러지는 것과는 다른, 좌식(坐式)의 무공과도 다른, 좀 더 야만적인 자세였다. 그녀는 그렇게 으르렁거리며 두 쌍의 눈동자로 한원과 청년을 동시에 바라보고 있다.

"싸울 준비를 해라. 적이다."

한원이 그녀를 향해 창을 움직였다. 눈빛이 차갑게 굳어간다. 청년 역시 왼팔의 붕대를 풀어내고 자세를 잡았다. 전에 진산 앞에서 보인 송권문의 기수식이었다.

하늘이 푸르게 물들어가고 있었다.

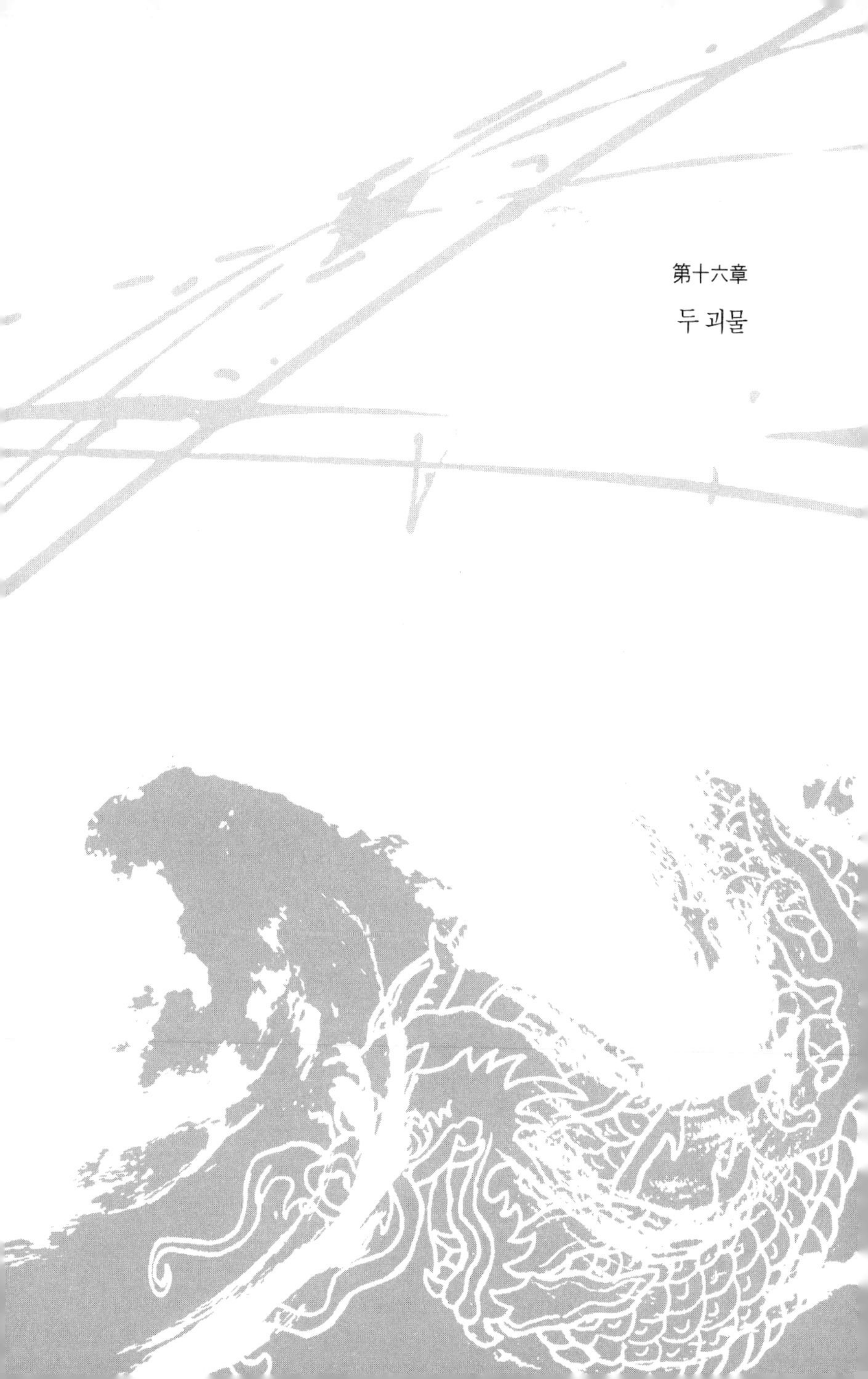

第十六章

두 괴물

쿵!

땅이 크게 울었다. 지붕 위의 먼지가 우수수 떨어져 내린다. 대리석으로 짜 맞춘 길 위에는 큰 족적이 만들어진다. 그 위에 검은 경갑에 가면까지 뒤집어쓴 진산이 홀로 서 있다.

무사들은 감히 그를 향해 가까이 가지 못하고 서 있었다. 그들은 검을 들고 진산의 주위만을 서성거릴 뿐 가까이 가지 못하고 있었다.

푸스스― 진산의 발 근처로 대리석 가루가 흩어졌다.

"……."

진산은 다시 발걸음을 옮겼다. 그가 움직이자 길이 열렸다. 포위망의 한곳이 순식간에 무너지며 길을 내준 것이다.

그는 그저 발걸음을 일직선으로 옮기고 있다. 무사들은 이렇다 할 공격을 하지 못하고 있었다. 그들은 일류무사라 불릴 정도로 강한 편이었지만 고수는 아니었다.

진산이 발걸음을 옮기는 곳은 대청 쪽이다. 대문에서부터 정면으로 걸어나가니 소화문의 핵이라 할 수 있는 건물에 가까워져 가고 있는 것이다.

"멈춰라!"

굵직한 저음의 목소리가 소화문 내로 퍼져 나갔다. 진산의 길 앞에 여덟 명의 사내가 모습을 드러냈다. 조금 떨어진 가로수에서 나뭇잎이 떨어져 내린다. 목소리에 담긴 내공이 적지 않음을 알 수 있었다.

"교두님이시다!"

"문주님 다음으로 최고 고수인 팔무(八武)님이셔!"

그들이 나타나자 주위의 분위기가 확연하게 변하기 시작했다. 떨어졌던 무사들의 사기가 다시 오르기 시작한 것이다.

가면 밑에서 섬뜩한 안광이 터져 나왔다. 시뻘건 혈광은 보는 이로 하여금 기가 죽게 만들었다.

"하! 어디서 사술을!"

팔무 중 가장 앞에 나선 이가 다시 목에 힘을 주었다. 내공이 가득 담긴 외침은 아군의 사기를 돋워주는 동시에 진산의 눈에서 나오는 혈광을 탁하게 만들었다.

진산은 팔무를 향해 걸어가기 시작했다. 그들은 고수라 불리는 부류였다. 단순한 기합만으로는 이길 수 없는 이들이었다.

"이놈! 감히 이곳이 어디라고 흙발로 들어오는 것이냐!"

가장 뒤에 서 있던 메기수염의 사내가 진산을 향해 뛰어들었다. 온몸이 강철 같은 근육으로 되어 있는 사내였다. 그는 강철로 된 장갑을 낀 주먹으로 있는 힘껏 내질렀다. 순간적으로 거리를 줄인 신법에 이은 공격은 매우 뛰어난 것이었다.

진산이 반걸음을 물러섰다. 목표보다 멀어졌어도 메기수염사내의 주먹은 멈추지 않았다. 그의 주먹에 담긴 기세는 단숨에 진산의 가슴을 뚫고 심장을 끄집어낼 것처럼 강맹했다.

진산이 몸을 빙글 돌렸다. 메기수염사내의 주먹을 넘어 그 뒤를 잡았다.

"잘 자라."

그것이 메기수염이 마지막으로 들은 목소리였다. 빠각! 하는 소리가 그의 관자놀이에서 터져 나왔다. 진산의 주먹이 그대로 틀어박힌 것이다. 메기수염의 몸이 그대로 주르륵 미끄러지며 쓰러졌다.

무사들의 얼굴이 창백하게 변해 버렸다.

"아, 아직 팔무님은 일곱 분이나 남아 계셔!"

"그, 그렇지? 제아무리 고수라 해도 다른 일곱 분을 이길 순 없을 거야."

무사들은 대청 앞에 서 있는 일곱 명의 고수를 보며 위안을
삼았다.

'막내를 한 방에 보내다니, 제법이군.'

'후후후, 이 몸도 그 정도는 할 수 있지.'

이번에는 두 명의 고수가 동시에 앞으로 나섰다. 팔무의 여
섯째와 일곱째였다. 그들은 소화문에서 전문적으로 키운 고
수들로 각각 채찍과 도끼를 수련하고 있었다. 메기수염과 같
이 우락부락한 근육을 가지고 있었다. 내공 공부도 공부지만
외공 공부가 적지 않아 보였다.

기절한 메기수염을 발로 툭툭 차던 진산이 다시 발걸음을
옮겼다.

"네 녀석 감히 막내를 때렸……!"

뻐억!

일곱째의 말이 채 끝나기도 전에 진산이 주먹을 날렸다. 복
부 깊숙하게 틀이박힌 주먹 때문인지 일곱째는 소리도 제대
로 내지 못하고 쓰러져 버렸다.

그것을 본 여섯째의 얼굴이 빨갛게 물들기 시작했다.

"이, 이 자식이!"

쐐액!

분노를 듬뿍 담은 채찍이 진산을 향해 날아들었다. 진산은
재빨리 바닥을 뒹구는 일곱째를 일으켜 방패로 삼았다. 기겁
한 여섯째가 급히 내공을 거두어들였다.

그럼에도 채찍은 여지없이 일곱째의 몸을 감쌌다. 짝! 하는 소리가 그들의 귀를 울렸다. 내공은 담겨 있지 않았지만, 쇠 심줄을 여러 번 꼬아 만든 채찍은 무척이나 질겼다.

"크윽!"

일곱째의 얼굴이 고통으로 일그러졌다. 숨 쉬기도 벅찼는데 이번에는 생으로 가죽이 벗겨지는 듯한 고통이 느껴졌다.

털썩!

일곱째를 간단히 버린 진산이 여섯째를 향해 발걸음을 옮기기 시작했다.

"쿨럭!"

여섯째가 피를 토해냈다. 갑자기 내공을 거두어들인 것이 화가 된 것이다. 내상을 입은 그의 얼굴이 더욱 빨갛게 물들었다. 진산이 그에게 다가갔다. 내공을 잔뜩 머금은 발이 여섯째의 가랑이 사이로 깊숙하게 들어갔다.

무언가 터지는 소리와 함께 여섯째의 몸이 푹 숙여졌다.

"끄으윽!"

여섯째가 말은 하지 못하고 길게 신음만을 토해내고 있었다. 울먹이는 그의 눈동자가 너무 안쓰럽게 보였다.

진산은 여섯째는 아랑곳하지 않고 대청을 향해 발걸음을 옮겨갔다. 현관에는 큼직하게 승룡전(乘龍殿)이라 쓰인 현판이 걸려 있었다.

다른 다섯 명의 팔무는 조금 긴장했다. 일곱째와 여섯째가 손도 제대로 못 써보고 당한 것 때문이 아니라 진산의 비겁함 때문이었다. 열심히 자신을 갈고닦으면서 고수가 된 그들이 비겁한 술법 따위를 알 리 만무했다. 물론 해남도에서 험하게 구른 진산도 비겁한 게 무엇인지 모른다.

전자는 방법을 모르는 거고 후자는 개념을 모르는 정도의 차이였지만 지금 그 차이는 매우 크게 작용하고 있었다.

"이 자식! 비겁하게!"

차례대로 다섯째가 먼저 튀어나갔다. 정파든 사파든 본래 머리가 커질수록 움직이지 않는 법이다. 그것을 그들은 충실히 따랐고, 그것은 진산에게 일 대 일로 싸울 기회를 주었다.

다섯째는 앞의 세 사제와는 달리 마른 몸을 가지고 있었다. 그러나 그의 무기인 사슬낫은 사제들의 것보다 훨씬 더 무섭고 잔인한 무기였다.

그는 진산을 향해 낫을 던졌다. 그 뒤를 따라 쇠사슬이 차르륵! 소리를 내며 날아갔다.

진산이 나직한 신음을 내며 몸을 움직였다. 옆으로 가볍게 반보 내디뎠다. 날카로운 파공음을 토해내던 사슬이 그가 있던 곳을 비켜 나갔다.

"하앗!"

다섯째가 사슬을 힘차게 끌어당겼다. 진산을 지나치던 낫이 다시 크게 원을 그리며 그의 뒤를 쫓았다.

"음!"

진산은 나직한 신음을 토해내며 무릎을 꿇자 그의 머리 위로 사슬낫이 스쳐 지나갔다.

촤륵!

다섯째는 낫을 하나 더 던졌다. 진산을 지나친 낫의 쇠사슬 반대편에 있는 낫이다. 그것은 소리도 내지 않고 살며시 진산의 목을 노렸다.

'호호호, 이 몸의 쌍겸(双鎌)은 그리 간단히 피할 수 있는 것이 아니라고.'

속으로 음산하게 웃은 다섯째의 낫이 진산의 목을 엄습했다.

팍!

낫이 대리석 깊이 파고들었다. 진산은 무릎을 꿇은 그대로 굴렀다. 그의 시선이 방금 전 자신이 있었던 곳으로 향했다. 그곳에는 두부처럼 뭉개진 대리석과 그를 노린 낫이 깊숙하게 박혀 있었다.

진산은 벌떡 자리에서 일어나 낫을 발로 밟아버렸다. 낫 하나를 움직이지 못하게 하려는 속셈 같았다.

다섯째의 얼굴에 조소가 그려졌다.

"후후후, 소용없다!"

다섯째가 있는 힘껏 당겼다. 카칵! 낫이 대리석에서 빠지며 다시 그의 손으로 돌아가고 있었다. 허무할 정도로 가볍게 뽑혀진 낫은 빠르게 다섯째의 손에 잡혔다.

그러나 그가 노릴 진산의 모습은 보이질 않았다.

척!

등 뒤에서 누군가 착지한 소리가 들렸다. 다섯째의 등에서 식은땀이 흘러내렸다. 그는 긴장과 두려움에 숨이 턱 하고 막혀오는 것을 처음으로 접할 수 있었다.

"하하, 이거 설마 뒤에서 공격하는 비겁한 짓은 안……."

'하겠지? 라는 말이 채 내뱉어지기도 전에 진산의 팔꿈치가 다섯째의 인중을 가격했다. 다섯째는 안면이 그대로 뭉개지며 쓰러졌다.

남은 팔무들의 얼굴은 사색이 되었다. 단숨에 넷이나 당하니 이제 공포가 피부로 느껴지기 시작한 것이었다.

팔무들은 단순한 고수들이지만, 진산은 산전수전 다 겪은 싸움의 고수였다. 비록 초식 쪽에는 서투른 모습을 보였으나, 전투에서만큼은 누구에게도 지지 않는다.

"으, 으으~ 이놈! 감히 내 사제를!!"

"사형! 우리가 본때를 보여줍시다!"

"그래!"

첫째부터 넷째고 동시에 진산을 향해 뛰어들었다. 그들은 각기 검, 도, 창, 철구를 들고 진산을 포위했다. 먼저 진산을 향해 날아온 것은 첫째의 검이었다.

쉬익!

팔무들의 대사형다운 날카롭게 선 검이 진산의 가면을 스쳐 지나갔다.

팟!

살짝 베어진 나뭇조각이 허공으로 튕겨 나갔다.

그 뒤로 용기를 얻은 둘째가 다리를 노리자 진산은 땅을 박차 뛰어올랐다. 그 순간 셋째의 창이 진산을 노렸다.

푹!

창은 아쉽게 진산의 망토에 막혀 버렸다. 그러나 진산은 셋째의 갑작스런 공격에 균형을 잃고 그대로 땅으로 떨어지고 말았다. 털썩 주저앉은 진산의 머리를 향해 거대한 철구가 그대로 내리찍어 갔다.

"큭!"

진산은 긴박한 신음을 토해내며 잽싸게 땅을 굴렀다. 쿵! 하고 그가 있던 자리에서 자욱이 먼지가 피어올랐다.

첫째가 다시 진산을 향해 검을 치켜들었다. 그의 검은 텅 빈 진산의 가슴을 노렸다. 그의 검은 단숨에 진산의 심장을 후벼 파버릴 것 같았다. 일촉즉발의 순간 진산의 눈에서 기괴한 빛이 토해져 나왔다.

쾅!

진산이 땅을 향해 일장을 내지름과 동시에 그의 몸이 허공으로 튕겨져 올랐다.

"흐앗!"

진산이 기합성을 토해내면서 넷째의 뒤로 떨어져 내리며

주먹으로 옆구리를 향해 화포처럼 쏟아져 갔다.

넷째의 얼굴이 시퍼렇게 변하더니 입에서 피거품을 물며 쓰러졌다. 땅에 널브러진 그는 부들부들 경기를 일으키고 있다.

"네, 넷째야!"

유독 넷째를 아꼈던 둘째가 도를 집어넣고 넷째에게 다가갔다. 걱정스런 표정으로 넷째의 안위를 살피려던 둘째의 턱에 그 순간 진산의 발이 틀어박혔다.

빠각!

그의 머리가 옆으로 휙 돌아갔다. 하나 그것만으로 진산의 힘을 다 소화시키지 못했는지 그대로 몸이 따라 돌아갔다.

허공에서 한 바퀴를 돈 둘째의 몸이 그대로 땅에 떨어졌다. 철푸덕! 소리를 내며 힘없이 떨어진 둘째를 보며 팔무의 첫째와 셋째의 안색이 파리하게 굳어가기 시작했다.

"마, 말도 안 돼."

셋째는 말을 더듬으며 중얼거렸다. 비록 동의맹과 은서각에서는 꿀리는 형편이지만, 팔무들은 일류라 불릴 정도의 고수다. 그들 중 여섯을 이렇게 간단히 제압할 이는 동의맹 내에서조차 찾아보기 힘들 것이다.

첫째는 슬쩍 뒷걸음질치기 시작했다. 그는 언제라도 셋째의 등을 밀어 미끼로 쓸 자세를 취하고 있었다.

뚜벅뚜벅!

진산의 발걸음이 크게 귀를 울리기 시작한다. 그가 조금씩 가까이 올 때마다 숨이 턱턱 막혀왔다. 온실 속에서 고이 자라온 그들이 처음 느낀 두려움이란 정신적으로 큰 타격을 주었다.

"뭣들 하나! 침입자는 하나뿐이다!"

첫째가 목청을 높였다. 그들 주위로 어느새 무사들이 사백여 명 가까이 모여 있었다. 사백의 숫자라면 제아무리 진산이라도 배겨낼 재간이 없다. 칼비 속에서 버틸 만한 인간 따위는 존재하지 않으니 말이다.

전의를 잃은 팔무들은 진산과 최대한 거리를 벌리려 애썼다. 그러나 무사들은 팔무들의 그러한 모습을 보기보단 혼자서 있는 진산을 바라보고 있었다.

'그래, 하나뿐이야. 손으로 하늘을 가릴 수 없듯 우리가 떼로 덤비면 그 하나쯤은 제압할 수 있을 거야.'

'제대로 전열을 맞추고 차륜전으로 나가면 언젠가 지치고 뻗을 테지.'

죽은 듯 누워 있던 무사들의 사기가 고개를 치켜들기 시작했다. 진산이 강해 보이기는 했지만, 그 역시 사람이라고 생각된 것이다.

무사들이 각대 대장들의 인솔에 따라 조금씩 전열을 맞춰, 진산을 포위해 나가기 시작했다.

그사이 팔무의 첫째와 셋째는 급히 자리를 피했다.

진산은 그들을 쫓아가기보다는 우직하게 발걸음을 옮겼다. 대청을 향한 발걸음은 그리 멀지 않았다. 그리고 그를 막는 이 하나 없었다.

"제압하라!"

누군가의 우렁찬 외침이 소화문 내를 헤집었다. 그것을 발단으로 무사들은 진산을 향해 달려들었다. 누구는 검을, 누구는 도를, 각자의 병기를 든 채 그들은 눈에 불을 켜고 공격해 왔다.

진산은 어깨의 경첩을 떼어내어 망토를 벗었다. 안은 철사로 겹겹이 짠 것이라 무게가 상당했다. 그것이 진산의 내공이 삽입되자 점차 몸을 펴갔다. 다 펴진 그것은 직사각형의 긴 철판이 되었다.

"음."

진산은 그것을 자신의 등을 노리고 달려드는 일련의 무리들을 향해 던졌다.

부우우우웅!

소름 끼치는 파공성이 망토에서 터져 나왔다. 망토는 무시무시한 속도로 무사들의 사이를 헤집었다. 앞사람 몇은 그것을 보고 몸을 숙이거나 굴려 간신히 피했지만, 밀집된 진형에서 모두 피해낼 수는 없었다.

퍼퍽! 퍽! 퍽!

요란한 소리가 들리며 무사들의 몸이 허공으로 날아갔다. 그 피해는 후반 대열에 있는 무사들일수록 더욱 컸다. 앞사람에 가려 미처 피하지 못한 것이다.

그렇게 맞은 이들은 뼈가 부러지고 정신을 잃는 등 순식간에 전투 불능이 되어버렸다. 묵직한 망토는 진산의 내공의 힘이 더해져 상상을 뛰어넘는 흉기가 된 것이다.

진산의 몸에서 다시 한 번 투기가 폭사했다. 그것은 단숨에 앞선 이들의 전의를 다시금 상실시키기에 충분했다.

"머, 멈춰!"

가장 앞서 나서던 대장들이 목청을 높이며 뜀박질에 제동을 걸었다. 뒤에서 그들을 따르던 무사들도 멈추려 애썼지만, 자신이 달리던 힘을 못 이겨내고 앞사람을 밀거나 깔아뭉개버렸다. 그들의 열이 파도치듯 쓰러졌다.

진산은 그들을 힐긋 바라보고는 대청 안으로 들어갔다.

'낙양제일문이라…… 겨우 이 정도로 어떻게 그런 명성을 쌓을 수 있었던 것일까?'

팔부들의 실력은 제법 뛰어났지만 낙양을 손에 쥐기에는 많이 부족했다. 그리고 소화문 무사들의 실력 또한 형편없었다. 침입자를 상대로 필사적인 각오로 막으려는 의지가 보이지 않았다.

문도의 수로는 일류문파라 할 수 있을지 몰라도 그 질로는 한참 부족한 곳이었다.

‘말이 나쁜데도 명성이 자자하다는 것은 장수가 매우 뛰어나다는 건가?’

문주 곽철인에 대해 떠올리며 진산은 발걸음을 옮기고 있었다. 그는 길을 따라 걷는 법이 없고, 무조건 앞으로 가고 있었다. 앞에 벽이 나오면 부수고, 사람이 나오면 쓰러뜨렸다.

상당히 무식한 방법이지만 문도 모두를 학살하는 것보다는 다소 피해가 적은 방법이었다. 또한 그만큼 어려운 방법이기도 했다.

‘문도가 허접해서 다행이야.’

진산은 미소를 지었다. 그것은 무언가 즐거운 듯한 웃음이었다.

깡!

불꽃이 튀었다. 한원은 재빨리 창을 빼내고 뒷걸음질쳤다. 회백색 피부는 강철이라도 덧씌운 듯 그의 창에 조금도 상처 입지 않았다.

그러면서 상대는 네 개의 팔로 한원을 공격해 왔다. 한원은 뒤로 공중제비를 돌며 그녀의 공격을 간신히 피해냈다.

“이거 위험한데…….”

너무도 쉽게 승승장구하는 진산과는 달리 이쪽은 상당히 애먹고 있었다. 눈앞에 거대한 몸의 그녀는 일초식도 쓰지 않음에도, 몸에서 뿜어져 나오는 사기만으로 한원과 청년을 압도하고 있었다.

너무 무리하게 공격을 감행했는지 주르륵 땀이 흘러내렸다. 슬쩍 고개를 돌려보니 청년도 많이 지쳐 보였다.

"하아, 하악…… 저런 게 어디서 나온 걸까요?"

청년이 가쁜 숨을 참으며 말했다. 두 개의 머리로 상대를 면밀히 바라보며 두 쌍의 팔이 공격을 한다. 거기서 나오는 괴력은 이미 내공, 외공 운운하기 이전의 것이었다. 그 증거로 한원이 던진 마부의 시체는 단숨에 찢어진 채 사방에 흩어져 있었다.

피부는 기를 일으켜 공격해도 흠집조차 나지 않았다. 전설 속의 금강불괴라 하는 것이 있다면 바로 눈앞에 있는 그녀가 아닌가 싶었다.

부웅!

그녀의 팔이 허공을 갈랐다. 길쭉한 팔은 한원이 든 창의 길이와 크게 차이가 나지 않았다. 그녀의 보폭 또한 넓어 신법의 유용함도 작용할 수 없었다.

"어, 어떻게 하죠?!"

청년이 그녀에게서 거리를 벌리며 외쳤다.

한원은 침착하게 마음을 가라앉히고 주위를 둘러보기 시작했다. 근처는 창고들이 많아서 그런지 제법 쓸 만한 것이 보였다. 하지만 그녀의 발을 묶거나, 움직임을 막을 만한 것은 보이지 않았다.

그는 뿌득! 이를 악물었다. 도저히 이길 방법이 떠오르질 않았다. 일단 그녀의 피부를 뚫을 만한 힘을 그들은 가지지 못했다. 강기를 뿜어내면 또 몰라도, 그만한 내공과 깨달음을 그는 얻지 못했다.

'그라면……'

한원은 머릿속에서 진산을 떠올렸다. 싱글벙글 웃다가도 무시무시한 살기를 태연하게 뿜어내는 진산. 머리가 좋은 그라면 무언가 방법이 있었을 것이다.

쾅!

그녀의 손에 엄한 문짝 하나가 그대로 날아갔다. 한원은 데굴데굴 굴러 간신히 그녀의 손에서 벗어났지만 뿌옇게 피어오른 먼지 때문인지 시야가 잘 잡히질 않았다.

거대한 그림자가 몸을 돌린다. 한원과 청년이 지금껏 이렇게 버틸 수 있었던 것은 그녀가 시력이 나빴기 때문이다. 이렇게 먼지가 한원의 몸을 가리게 되면 공격할 방법이 없었다.

그 때문에 한원은 조금쯤 숨을 돌렸다. 그녀의 공격은 매섭지만 또 집요했기 때문에 이 한숨이 매우 귀중했다.

"으악!"

그때 청년의 비명이 날카롭게 퍼져 나갔다.

'이, 이런!'

한원이 자리에서 벌떡 일어났다. 자신을 놓친 그녀가 노릴 목표가 무엇인지 그제야 떠오르고 만 것이다. 그것도 청년의 비명이 들린 뒤에나 말이다.

"빠각!"

한원이 그녀를 향해 달려갈 무렵 무언가 부서지는 소리가 들렸다.

"크학!"

그 뒤로 청년의 비명 소리가 들려왔다. 한원의 눈동자에 피를 토하고 나뒹구는 청년의 모습이 담겨졌다. 데굴데굴 굴러간 그는 팔이 기묘한 각도로 꺾어져 있었다.

"크흑!"

한원이 아랫입술을 깨물며 괴물의 등 뒤를 밟고 올라섰다. 청년을 향해 재차 공격을 가하려던 그녀는 한원의 갑작스런 움직임에 당황하는 모습을 보였다.

그의 창이 빠르고도 신속하게 두 개의 원을 그렸다. 그녀의 두 쌍의 눈에서는 긴 혈흔이 허공에 길을 만들어냈다.

"끼아아아아―!"

태어나서 처음 고통이라는 것을 맛본 그녀들은 커다란 목소리로 울부짖기 시작했다.

한원이 그녀의 몸에서 뛰어내려 청년을 향해 달려갔다. 그녀는 고통에 눈이 보이지 않음에도 마구잡이로 주먹질을 하고 있었다.

쾅! 쾅! 쾅! 쾅!

그녀는 닥치는 대로 부수고 있었다. 주위의 창고들이 벌집이 되어 속을 그대로 드러냈다.

한원과 청년은 그녀와 최대한 거리를 벌려둔 채 숨을 골랐다. 그녀와 접전 후 시선을 끌기 위해 끊임없이 공격과 후퇴를 한 한원이나, 그녀에게 한 방 먹은 청년의 몸 상태는 그리 좋지 못했다.

무엇보다 한원의 경우는 무리한 공격으로 내공이 고갈되어 심신이 지쳐 버린 상태로 숨 쉬기조차 부담스러웠다.

"누, 눈을 공격하신 건가요?"

"아, 그래. 겉은 금강불괴일지는 몰라도 속까지 그러한 법은 없다고 생각했지."

순간적인 판단과 분노, 그리고 그녀가 청년에게 시선을 빼앗겼을 상황이 절묘하게 맞물려 일어난 공격이었을 뿐이다. 아마 그전에 알았더라고 해도 그녀의 네 개의 팔에 의해 막혔을 게다.

한원은 미친 듯이 휘젓는 그녀를 바라보며 천천히 주위를 둘러보았다.

'속이라… 내 창으로는 그녀의 식도를 꿰뚫을 수 없어. 그렇다고 이자가 그녀의 내장을 파괴할 만한 권법을 가지고 있다고 볼 수도 없고.'

그녀가 마치 난공불락의 견고한 성처럼 보였다. 두텁고 단단한 외벽은 좀처럼 틈이 보이지 않아 뚫기 어려웠다. 문 또한 좁고도 꽉 막혀 있어 어지간한 공격으로는 그 안으로 들어갈 수 없을 듯했다.

한원이 턱을 괴고 날뛰고 있는 그녀를 차분히 관찰하기 시작했다.

'외벽이 단단한 성을 공략하기 위해 어떻게 했지? 먼저 벽 위의 궁수들을 공략하고, 사다리를 올리거나 투석기를 날리고, 그리고 불을 지핀…… 불, 불?

순간 한원의 눈동자가 반짝였다. 그는 재빨리 시선을 창고들로 돌렸다. 몇 개 부서진 창고가 흉하게 입을 벌리고 있었다. 그녀의 마구잡이식 공격을 피해 슬그머니 창고 안으로 들어갔다.

청년은 조금 떨어진 곳에 몸을 눕힌 채 멀뚱히 한원만을 바라보고 있었다.

창고 안으로 들어간 한원은 일각여 시간이 흘러서야 다시 모습을 드러냈다. 그는 기름 항아리를 잔뜩 들고 나왔다. 그것을 본 청년의 눈 또한 빛을 냈다.

"맞아, 몸속까지 금강불괴가 아니라면 죽일 수 있어!"

불은 몸뿐만이 아니라 그녀의 폐부까지 태워 버릴 것이다. 한원은 기름 항아리를 그녀를 향해 던졌다.

쨍그랑!

항아리에서 번들거리는 액체가 사방으로 비산했다. 그것은 그녀의 몸을 흥건히 적시고도 주위로 흩어져 내렸다. 그렇게 떨어진 기름들은 노을에 벌써부터 불이 붙었는지 빨갛기만 하다.

"그어어어어!"

그녀가 비명을 지르며 항아리가 날아온 곳을 향해 공격을 시작했다. 한원은 잽싸게 땅을 박차며 그녀의 공격을 피해냈다.

조금이나마 영리해진 그녀는 소화문의 무리가 담긴 초식들을 쓰기 시작했다. 위기에 봉착하자 한원의 움직임을 따라 하나둘 몸으로 펼쳐지기 시작한 것이다. 눈은 보이지 않았지만, 그녀의 공격은 점차 강해져 갔다.

한원이 그녀의 시선을 끄는 동안 청년이 다친 팔을 부여잡으며 불을 지피기 시작했다. 부러진 팔로 불을 지피는 것이 쉽지 않았다. 그는 품속에서 꺼낸 화섭자로 불을 붙이기 시작했다. 그러나 피에 젖은 화섭자는 쉬이 불이 붙지 않았다.

휘익!

한원의 신형이 허공에서 크게 돌았다. 그 사이로 그녀의 주먹이 떨어져 내렸다.

쿵!

요란한 소리가 들리며 땅이 깊숙이 파였다. 소화문의 초식이 하나둘 나오자 한원은 긴장하기 시작했다. 전의 공격이 일격에 전투불능이라면, 초식이 가미된 그녀의 공격은 일격필살이다.

한원은 이리저리 뛰어다니며 그녀의 공격은 피해내고 있

었다. 그러나 그것도 조금씩 힘에 부치기 시작한다.

"아직 멀었는가?"

콰직!

그녀의 손이 한원을 지나쳐 창고 벽 속으로 파고들었다. 그녀는 마치 하나둘 무공을 익혀가는 것처럼 시간이 지날수록 빠르고 강맹한 공격을 뿌려대기 시작했다.

한원의 목소리에 청년은 더욱 빨리 불을 지피기 위해 노력했다.

화악!

연기만을 뿜던 화섭자가 드디어 작은 불씨 하나를 토해냈다. 드디어 노력의 결실이 맺은 것이다.

"후— 후—"

청년은 불씨를 최대한 살리기 위해 바람을 불었다. 그의 바람대로 곧 불씨는 나무 위로 크게 번지기 시작했다.

"받으세요!"

한원의 몸이 청년의 목소리에 반응했다. 그녀를 향해 사나운 기세를 뿜어내던 그는 단숨에 청년이 날린 불붙은 나뭇가지 하나를 낚아챘다.

탁!

창고의 벽을 차고 그 위로 날아올랐다. 그녀는 한원을 잡기 위해 그의 뒤를 연신 공격을 했으나, 끝내 잡지 못하고 애꿎은 벽만을 때렸다.

“하아, 하아……..”

한원은 창고의 지붕 위에 올라 가쁜 숨을 가다듬기 시작했다. 아래에서 그녀가 사나운 시선으로 그를 노려보고 있었다.

그의 손에 들린 불붙은 나뭇가지가 그녀를 향해 날아갔다. 가볍게 떨어진 불씨는 그녀의 몸에 닿자마자 꽃으로 화하였다. 회백색 그녀의 몸 위로 붉은 꽃이 연신 피어올랐다. 단숨에 허공을 차고 오르는 불꽃은 장관이었다.

거뭇한 연기가 허공으로 치솟아오르기 시작했다. 점차 까맣게 물들어가는 하늘 위로 구름을 만들어냈다.

회백색 피부는 영향을 받지 않아 보였으나, 불은 차근차근 그녀의 폐부를 시커멓게 태워갔다. 그녀의 눈에서 검은 피가 토해져 나오기 시작했다.

“그어어어어!”

그녀는 고통에 괴성을 토하지만, 다만 그뿐이었다. 더 이상의 저항도 할 수 없이 그녀는 조금씩 죽어갔다.

한원은 몸 안에 남아 있는 내공을 한곳으로 집중시키기 시작했다. 창을 잡은 손이 부르르 떨리기 시작했다. 그리고 그것은 창으로 이어졌다.

떨리는 창이 하나둘 늘어갔다. 창은 자신의 잔영을 만들어내며 계속 늘어갔다.

“그어어어어!”

그녀가 다시 한 번 비명을 질렀다. 허공에 아직도 창이 늘어가고 있는데 한원의 신형만이 빠르게 튀어나갔다.

수십 개의 창이 단숨에 하나가 되어버린다. 그리고 그것은 더 이상 단단한 막대기에 쇠붙이 하나를 붙인 것이 아닌, 다른 무언가가 되어 있었다.

"그어어어어!"

그녀의 비명은 계속되었다. 내부가 타 들어가는 고통은 차마 무어라 말할 수 없을 정도의 것일 게다.

한원이 비명을 지르는 그녀의 입을 향해 창을 쑤셔 넣었다. 창은 그녀의 몸속으로 파고드는 순간 다시 수십 개의 창으로 퍼져 나갔다.

퍼퍼퍽!

그녀의 가슴 윗부분이 사라져 버렸다, 타 들어가는 불꽃과 붉은 피를 사방으로 비산한 채.

그녀의 피를 한껏 몸에 뒤집어쓴 한원이 타오르는 그녀의 몸에서 조금 떨어진 곳에서 모습을 드러냈다. 창날은 군데군데 금이 가 있고, 대는 당장이라도 부러질 듯 약해져 있었다. 또 그 창처럼 한원의 몸 또한 엉망이었다.

투둑!

그의 앞으로 무언가 굴러 떨어졌다. 그녀의 머리였다. 고통에 비명을 지르던 모습도, 인육에 미쳐 광기 어린 모습도 아니었다. 조금 슬픈 듯한 미소를 짓는 그녀의 얼굴은 괴물이라기보다는 그저 평범한 여인의 것이었다.

그것을 보며 한원은 그녀와 닮은 미소를 지어 보였다.

비틀!

한원의 몸이 크게 흔들렸다. 내공이 거의 고갈된 상태에서 큰 초식을 썼으니 몸의 상태가 엉망이 된 것이다.

"크윽!"

잔류한 기가 역류하기 시작했다. 주화입마의 초입이었다. 혈도가 가닥가닥 끊어지며 온몸을 칼로 난자한 듯한 고통이 엄습해 왔다.

한원은 재빨리 가부좌를 틀고 주저앉았다. 단전을 차단하고 역류하는 기의 흐름을 포착했다. 그리고 심장과 기타 중요 내장을 보호하기 위해 일부러 혈도를 끊었다. 입에서 주륵 피가 흘러내렸다.

몸 끝에서 내장을 향해 달려들던 기들이 길이 사라지자 다시 몸 끝으로 돌아가기 시작했다. 그리고 몸 끝에서 기가 충돌하기 시작했다.

그의 손과 팔 끝이 점차 부어올랐다. 그의 팔이 때로는 시퍼렇고, 또 때로는 시꺼멓게, 시뻘겋게 번갈아 변하기 시작했다.

주화입마가 점차 깊어졌기 때문일까? 한원의 몸에서 땀이 비 오듯 흘러내리고 있었다.

그가 주화입마에서 벗어나기 위해 상당한 시간이 필요할

것 같았다. 청년은 다친 몸으로 힘겹게 몸을 옮겨 그의 호위를 섰다.

"이 근처가 시끄럽다고 하여 달려왔더니만……."

피풍의를 뒤집어쓴 사내가 모습을 드러냈다. 청년은 바싹 긴장한 채 그를 살펴보았다.

사내는 두건으로 얼굴을 가리고 피풍의로 몸을 가려 그 속이 쉬이 보이지 않았다. 하지만 허리춤에 불쑥 솟은 검병이 보이는 것으로 보아 무림인에 틀림없었다.

청년의 일격필살의 권은 아직 살아 있었다. 사내는 혼자뿐이었으니 위급하다 싶을 때 하나쯤은 동귀어진이라도 해서 처리할 수 있었다.

그때였다.

파라락! 하는 소리와 함께 사내의 뒤로 열 명의 무인이 모습을 드러냈다. 그들 역시 피풍의를 깊숙이 뒤집어쓰고 있었다. 그들 역시 각자의 무기를 가지고 있었다. 또 그들이 풍기는 기세는 청년 자신과는 비교할 수 없을 정도로 강맹했다.

'열 명의 고수를 끌고 다니는 이라…… 젠장, 그런 녀석은 낙양에는 한 놈밖에 없지.'

바로 그 곽철인이었다.

소화문의 뒷담은 높고도 견고하다. 하늘을 가리는 그 장벽은 너무도 높아서 감히 신법조차 사용할 엄두가 나지 않게 만든다. 이와 같은 장벽이 낙양의 일부분을 삼킨 채 우뚝 서 있으면 누구나 기가 죽어버릴 것이다.

야율령은 말들을 쉬게 해두고는 진산을 기다렸다. 그가 어떤 신호든 해올 것이라 생각했다. 그리고 그녀가 기다렸던 것은 의외로 빨리 그녀에게로 다가왔다.

쩌적!

담벼락에서 작은 거미줄이 쳐졌다. 푸스스— 거미줄이 먼지를 내뱉는다. 야율령의 예민한 신경이 그곳을 향하여 날카롭게 쏘아진다. 거대한 기운이 한순간 그곳으로 웅집되는 것이 느껴졌다.

쩌적쩌적!

거미도 없는 거미줄 계속해서 커져 갔다. 급기야는 담벼락의 일부분을 모두 메워 버릴 정도로 커졌다.

쨍그랑! 하고 기와가 떨어져 내렸다. 마치 지진이라도 이는 듯 땅이 진동했다. 어느 순간 구멍이 뚫렸다. 엄지손가락 한 마디만 한 작은 구멍이었다. 야율령은 그것이 마치 작은 애벌레의 입과 같다고 생각했다.

꽈득! 꽈득!

애벌레가 점차 입을 크게 벌리기 시작한다. 담벼락에 쳐진 거미줄을 애벌레의 입속으로 빨려 들어간다.

꽈르릉!

애벌레의 입이 쫙 찢어지며 자욱한 먼지를 토해냈다. 담벼락의 일부가 산산이 부서져 땅으로 떨어졌다. 그리고 그 너머에는 검은 경갑을 꼼꼼하게 착용한 한 사내가 서 있었다.

'진산!'

야율령은 저도 모르게 숨을 죽였다. 그의 뒤로는 수백의 소화문의 무사들이 병장기를 든 채 서 있었기 때문이다. 다만 그들은 흉흉한 눈빛을 토해내기보다는 무언가 존경에 찬 눈빛이었다.

왜일까? 문의 문을 박살 내고 벽을 부수는 그에게서 그러한 눈을 보일 수 있는 걸까?

야율령은 그러한 의문을 떠올리며 마차를 이끌고 진산에게 다가갔다. 그는 어느새 가면을 던져 버리고 미소로서 그녀를 맞이하고 있었다.

"이분이십니까?"

머리에 붕대를 칭칭 감은 사내가 모습을 드러냈다. 부릅떠진 눈과 큰 머리, 상처가 가득한 얼굴은 매우 험악하게 생겼나.

야율령은 그를 보고는 눈에 이채를 띠었다. 그는 곽철인과 배다른 아우인 곽철군이란 사람이었다. 낙양에서 정의대협이라 이름을 날린 곽철인을 무척이나 존경하는 사람이었다.

야율령은 그가 진산에게 존칭까지 써가며 붙은 이유를 알 수 없었다. 곽철군은 소화문 내 팔무보다 수준이 높은 고수였다. 그리고 그는 형인 곽철인처럼 불의만 보면 참지 못하고 나서는 자였다. 그러나 그는 형만큼 모질지 못하여 되도록 문 내에서 일을 처리한다고 알려져 있다.

"그렇다. 이 녀석이 그런 분야에서는 전문가이지."

진산이 씩 웃으며 말했다. 야율령은 얼떨결에 곽철군에게 고개까지 꾸벅 숙이며 인사를 하고 말았다. 곽철군은 사나운 인상을 굳히며 꾸벅 숙여 그녀의 인사에 답하였다.

그렇게 벽을 뚫은 진산은 야율령과 함께 소화문 내로 들어섰다. 소화문의 무사들은 그들을 따라 우르르 움직였다. 곽철군이 수하를 시켜 야율령이 맡아둔 마차를 끌고 문 내로 들어갔다.

문 내로 들어선 그들은 곧 대청으로 발걸음을 옮겼다. 그 안으로 들어서자 소화문의 원로들과 함께 수위무사들이 정승같이 우뚝 서 있었다. 수위무사들의 얼굴은 시퍼런 멍과 붕대들로 제 얼굴이 반쯤은 가려져 있었다.

'이것도 이 인간의 짓인가?'

여기까지 오면서 소화문 내에서 고수라 불리는 이들은 진산에게 된통 얻어터진 듯싶었다. 그들 중에서도 팔무가 가장 심했는지 이곳에는 보이질 않았다.

야율령이 진산의 옆구리를 쿡 찔렀다.

"어떻게 된 거죠?"

그녀의 전음에 진산은 슬며시 웃으며 입을 굳게 다물었다. 그럼에도 그녀의 귀로는 진산이 보낸 전음이 들려왔다.

"처음에는 실력을 보여주었고, 두 번째에서는 신분을 보여주었지. 그리고 세 번째에서는 그들의 가주를 의심케 만들었다."

전음을 마친 진산은 그들이 모인 가운데에 의자 위 털썩 주저앉았다. 딱딱한 의자는 지금의 상황을 말하는 것 같았다. 소화문의 원로들의 시선이 그를 향해 쏟아졌다. 그들의 살기 어린 눈빛은 야율령조차 움찔 발걸음을 주저하게 할 정도로 매서웠다.

진산은 그들의 시선에 살짝 인상을 찌푸렸다. 그것이 야율령이 느낀 두려움인지, 아니면 자신을 건드린 데 대한 분노의 감정인지는 알 수 없었다. 다만 그가 불쾌하다는 사실만은 인지할 수 있었다.

야율령은 속이 쓰렸다. 진산이 평소에는 사람 좋은 얼굴에 미소까지 띠우고 자신을 낮추는 등의 좋은 면모를 보이려 했지만, 그의 성격이 더럽다는 사실을 그녀만큼은 잘 알고 있었다.

분위기는 매우 무거웠다. 하긴 자신의 문파 내 고수들을 모두 쓰러뜨리고 문주마저 부정하는 자를 앞에 두고 분위기가 좋을 리 만무했다. 야율령은 시선을 주위로 돌려 재빨리 탈출로를 찾기 시작했다.

"그럼 이야기를 시작하지."

진산이 입가에 미소를 띠었다.

그리고 그 미소를 본 야율령의 속은 더 쓰려왔다.

진산은 잠시 눈을 감고 상념에 빠졌다. 조금 전의 기억을 되짚어보는 것이었다.

하나, 그가 수백의 무사들 앞에서 기죽지 않고 고수들을 차례로 물리쳤고. 둘, 그가 신분을 증명할 무언가를 보였기 때문이다.

물론 그것은 그가 해남파에서 나올 때 문주가 준 것이 아니었다. 번참이라 새겨진 그 패는 중원에서 그리 큰 가치가 있는 것이 아니다.

진산은 그것 외에도 다섯 개나 되는 옥패를 가지고 있었다. 그것들은 청색이나 백색 등을 지닌 옥패인데, 그곳에는 오대세가의 이름과 그 문장이 새겨져 있었다. 보통 그러한 옥패는 세가에서도 제법 높은 신분이나 중요한 손님을 증명할 때 쓰곤 한다.

그 다섯 개의 패를 모두 소화문의 원로들 앞에서 드러냈던 것이다.

진산이 그것을 받게 된 계기는 당연히 오대세가의 장로들이 그가 황실의 사람이라 생각했던 것과 그의 능력 때문이었다. 그리고 오호삼화와의 사이도 좋았다. 만약 오대세가에 불화가 일어났을 때를 막아줄 수 있는 유일한 사람이기도 했다.

무공이 약한 것은 흠이 되었으나, 오대세가 정도의 무위라면 그러한 것도 모두 감싸고도 남았다.

오대세가는 유대감이 매우 강한 연합이지만, 동시에 서로 견제하기 바쁜 이들이었다. 다들 누가 머리 위에 있는 것을 싫어하는 사람들이었다.

만약 세가 중 하나가 진산을 잡는다면, 그리고 다음 대에 분열이 일어난다면 그를 잡은 세가가 유리하게 조율을 하게 될 것이다. 만약 그렇게 되지 못한다 하여도 진산은 놓치기 아까운 인재였다.

겨우 삼류표국 정도의 힘으로 이름난 녹림의 산적들을 상대하는 것은 불가능하다. 그러한 일은 제갈세가의 후계자 또한 불가능했다. 사실 거기에는 진산과 부단장의 무공 실력이 한몫을 했다. 하지만 그들의 무위를 모르는 오대세가로서는 뛰어난 심기를 가진 인물이라 생각한 것이다.

삼화를 가진 가문들은 조금 어유가 있었다. 하지만 남은 두 가문은 그야말로 똥줄이 탔다.

처음 진산을 부른 것은 신창양가였다. 진산에게 양가의 패를 건네준 이는 양리건이라는 이름의 장로로 장로들 중에서 제일 끗발이 낮은 자였다.

"다음에 우리 양가에 한번 들르게나."

양리건은 사람 좋은 미소를 지으며 그에게 적색의 패를 하나 주었다. 거기에는 수십 자루의 창이 버드나무처럼 흘러내리는 모양의 음각이 정교하게 새겨져 있었다. 세간에 알려진 양가의 비전이 바로 백창(百槍)이다.

백창은 말 그대로 창이 백 개로 늘어난다는 것이다. 환술이나 환검 등을 전문적으로 하는 문파에서 그러한 기술은 많이 드러났고 파훼법도 많았다.

다만 양가는 환보다는 실을 중시하며, 백창에서 내보이는 창은 모두 실이라는 사실이다. 단순히 환영이 아닌 백 개의 창이 단 하나의 창에서 뿜어져 나가는 것이다.

패에는 그 기술을 담아내고 있었다.

다음에 찾아온 것은 황보세가였다. 그 역시 패 하나를 주었다. 비취색이었다.

그 뒤 삼화를 가진 가문들도 찾아왔다. 두 가문이 하는 것을 어떻게 알아챘는지 몰라도 그들은 역시 비밀리에 진산을 찾았다. 그들은 삼화를 믿지 못한다기보다 도장을 확실하게 찍어두어야겠다는 생각 때문이었다.

눈치 빠른 제갈세가가 먼저 백색의 옥패를 내주었다. 하얀 옥패에는 신기제갈을 상징하는 붓과 승천하는 용이 각인되어 있었다.

그 다음은 팽가가 흑패를, 마지막으로 남궁세가가 청색 패를 줌으로써 진산은 오대세가 공동의 객이 되고 말았다.

마지막으로 한 것은 바로 이들의 문주에게 죄를 뒤집어씌운 것이었다.

"이 패들이 진품임을 확인했소."

가래가 끓는 목소리에 퍼뜩 상념에서 깨어났다. 진산의 눈 앞에는 어느새 한 노인이 크게 휜 허리를 두드리고 서 있었다.

진산의 눈이 잠시 이채를 발하더니만 금세 어둠 속으로 파고들었다.

"어떻소. 이제 나의 말을 믿겠소?"

진산이 다시 한 번 미소를 지었다. 소화문은 동의맹의 주구다. 동의맹 내에서 가장 강한 세력은 오대세가였다. 오대세가 중 일부가 아닌 그 모든 곳이 인정한 객이자 뛰어난 무위를 가진 이의 증명은 매우 무겁다.

그러나 겨우 그것만으로 문주를 불신할 수는 없었다. 진산을 바라보는 노인은 속으로 침을 꼴깍 삼켜냈다.

노인은 곽철인의 숙부인 곽대길이란 사람이다. 곽철인의 부친을 도와 소화문의 밑거름을 충실히 만들어온 사람이었다. 그리고 위검십객을 키운 위인이기도 한 자였다.

"자네의 말은 곽 문주가 사이한 이들과 내통한다는 말인데…… 여기까지 오는 도중 곽 문주의 소문 하나 들어보지 못했는가?"

　노인이 곽 문주라 함은 곽철인을 말하는 것이었다. 따로 존 칭을 붙이지 않는 이유는 문주가 없었기도 했지만, 그만큼 그 둘의 사이는 가깝기 때문이었다.

　"물론 들어보았소. 정의대협이라고 소문이 자자하더군."

　진산은 이 점에서는 솔직하게 말하였다. 그는 여기서 자신 의 패를 모두 보여줄 셈이었다. 자신이 얻은 정보 안에서만큼 은 아주 솔직하게 대답하였다.

　"하지만 그런 가면은 누구나 쓸 수 있는 법이야. 당신은 이 강호를 믿고 있나?"

　"쓰읍!"

　진산의 말에 노인은 입맛을 다셨다. 세상에 강호를 믿는 이 는 없을 것이다. 수많은 암계가 여러 번 중첩되어 펼쳐지며 단 한시라도 평화로운 적이 없는 곳이 강호다. 그러면서도 평 화를 가장하는 모습은 너무도 가소로웠다.

　힘을 가진 이들의 모임이 강호이다. 때문에 그들을 누를 힘 이 필요한 법이다. 진산은 해남도를 힘으로 누르는 것을 성공 했다. 그 때문에 해남도는 진정한 평화를 찾을 수 있었다.

　그러나 중원의 강호는 매우 크다. 홀로 독식한다면 배가 터 져 죽을 정도다. 그렇다고 둘이나 셋이 나누어 가질 수 있는 것이 아니다. 지존의 자리는 단 하나뿐이기 때문이다.

　진산이나 노인이나 그러한 무림의 종양을 잘 알고 있는 사 람이었다. 그렇기에 그들은 무림을 증오하고 싫어한다.

“강호의 말은 믿지는 않지만, 곽 문주는 믿는다.”

노인은 단호하게 말한다. 하지만 눈동자가 잠시 흔들렸다. 그는 곽철인의 누이에 대해도 알고 있으며, 곽철인의 부친이 곽철인에게 어떻게 죽어갔는지 알고 있다.

정의에 미쳐 자신의 부친마저 죽이고 어떤 짓이라도 서슴지 않는 그의 모습은 도리어 야차와 같은 모습이었다.

노인은 곽철인의 정의가 그릇됨을 알고 있는 유일한 자였다. 진산의 경우는 정의 따위를 믿지 않는 편이고.

“그러면 소화문의 비동을 열어보시오. 내 알기로는 문주에게는 폐관 수련을 위한 동 말고도 비밀 수련동이 하나 더 있다고 들었소.”

‘그런 것을 어디서!’

노인은 화들짝 놀랐다. 그의 말대로 곽철인은 두 개의 수련동을 가지고 있다. 하나는 익히 알려진 폐관 수련동이다. 밖과 차단되어 수련에만 임하기 위해 만들어진 것이다. 그리고 비밀 수련동은 바로 그 옆에 숨어 있다.

하지만 비밀 수련동은 말처럼 수련을 위한 곳이 아니었다. 남을 무너뜨리기 위한 곳으로, 수많은 고문과 살육이 되풀이되어 온 곳이다. 하루라도 피가 마를 날이 없는 곳이 바로 비밀 수련동인 것이다.

그 정체를 아는 이는 노인을 비롯해 몇몇 장로들뿐이다. 노인의 시선이 그 장로들을 향해 돌아갔다. 장로들이 한차례 몸을 부르르 떨었다.

좀처럼 웃지 않던 노인의 미소는 매우 따뜻했다. 솜사탕처럼 부드럽고 달콤하여 마음을 푸근하게 만들었다. 그리고 그것은 심장 언저리를 따끔따끔하게 만들었다.

노인 곽대길은 단 한 번도 그렇게 웃어 보인 적이 없는 사람이다. 항상 미소를 짓는 사람이지만 그것이 사람의 마음을 편하게 한 적은 없었다. 그것은 진산의 말처럼 가면이었다. 인상을 찌푸리거나 무표정보다는 미소가 그나마 사람을 상대할 때는 편하기 때문에 쓴 것뿐이다.

그런 그가 가면을 벗고 제 표정을 지은 것이었다.

"약한 놈들 괴롭히지 말고 일단 확인부터 하지요. 다른 문도들도 확인하지 않으면 당신들에게 크게 실망할 것 같은데."

진산이 문 내의 무사들을 들먹였다. 그들 대부분이 정의대협 곽철인에게 반하여 들어온 이들이었다. 그중 곽철군도 있었다. 그는 아무것도 모르는 문도들과 다르지 않았다.

노인은 식은땀을 흘렸다. 고문의 현장 같은 것은 문제가 되지 않는다. 그런 것은 조금 크다 싶은 문파에는 어떤 곳이나 있게 마련이다. 하지만 그곳에는 문서들도 있었다. 그간의 행적을 그대로 기록한 문서들이 말이다.

그 문서에는 그들의 정체가 빼곡하게 적혀 있었다.

그것이 밝혀지면 정의는 땅에 떨어질 것이다. 소화문뿐 아니라 동의맹의 정의까지 같이 짓밟히고 말게 될 거다.

소화문은 동의맹의 주구다. 다만 그들의 주인은 오대세가도 사대문파도 아니다. 맹주, 검왕이라고 불리는 단우극이 바로 그들의 숨통을 쥐고 있었다.

'너희 오대세가는 맹주를 버릴 속셈이냐?!'

단물을 다 빤 뒤에는 필요없다는 식의 계산이었다. 노인의 머리 위로 토사구팽이라는 말이 번개처럼 떠올랐다. 동무림 최고의 세가이자 문파인 사마세가를 멸하고 단우극과 함께 전대 맹주를 음해한 자들이었다.

오대세가는 이제 그때처럼 맹주를 베어버릴 속셈이다. 진산의 얼굴 위로 단우극의 얼굴이 겹쳐진다. 뛰어난 무공과 심계, 그리고 실력이 갖춰진 오만함은 맹주 단우극과 닮아 있다.

그는 아마 삼화와 혼인을 맺어 오대세가의 힘을 빌어 동의맹을 손에 넣을 것이다. 그 뒤는 동무림은 오대세가가 독식하는 것이 되는 것이 된다.

'그래, 그렇단 말인가.'

곽대길은 온몸에서 힘이 쭉 빠지는 것을 느꼈다. 피가 차갑게 말라가는 것 같았다.

노인은 말없이 검을 뽑아 들었다. 그는 더 이상 웃지 않았다. 진산은 이미 다 알고 온 것이다. 입을 놀릴 필요가 없었다. 그가 해야 할 일은 이제 막는 것뿐이다.

이 어린 후계자의 실력은 익히 보았다. 간결하고도 깔끔한 동작이다. 기초 중의 기초로 상대를 제압해 왔다. 하지만 너무 완벽해서 소화문의 무공은 모두 그에게 깨져 버렸다.

노인은, 아니, 곽대길은 천천히 내공을 끌어올렸다. 바싹 마른 몸이 팽팽하게 부풀어 오른다. 팔십은 되어 보이는 그의 외모가 순식간에 사십대 중반의 사내로 변모하였다. 기세 또한 바뀌었다.

"네가 제법 뛰어난 고수라고는 하지만 나를 이기기에는 역부족이다."

곽대길은 소화문의 절기를 익히지 않았다. 그는 단우극에게 종 노릇을 하며 한 수 무공을 전수받았다. 하지만 검왕이라는 이름이 가지는 무게처럼 그가 전수한 무공은 가히 일절이었다.

그는 단우극이 전한 무공을 끊임없이 닦는 것은 물론, 곽철인을 지킬 위검십객을 만들어냈다. 오랜 시간 수련해 온 그의 실력은 스스로 이제 구룡에 근접했다고 생각할 정도였다.

"훗!"

진산이 곽대길의 태도에 가소롭다는 듯 웃어 보였다.

그는 알까? 작은 듯한, 얇은 듯한 진산의 몸에 숨겨진 거력이 얼마나 큰지를.

무인의 피가 들끓는다. 귀신의 피가 울고 있다. 이 한없이 거대한 힘을 사용하고 싶어서 애타게 울부짖는다. 사람을 죽이는 쾌감은 이 거대한 힘을 사용하는 것에 대해 비교한다면 하찮을 정도로 작다.

노인은 그 스스로도 모르게 진산의 그러한 마음을 자극하고 있다. 덕분에 그의 마음에 잠든 귀신이 조금씩 눈을 뜨려 하고 있었다.

"내가 이기면 문을 열 열쇠를 주겠소?"

"물론. 하지만 자네는 나를 이기지 못할 것이야. 자네는 자신의 실력을 너무 과신하고 있어."

진산은 노인의 말에 대꾸하지 않고 몸을 돌렸다. 뒤편의 연무장으로 그들은 발걸음을 옮겼다. 항시 미소를 지었던 그들의 얼굴에서 미소가 사라졌다. 딱딱하게 굳은 얼굴은 마치 잘 깎아낸 가면을 연상시켰다.

타닥타닥 화토불이 불똥을 튀겨낸다. 연무장 위로 그림자가 화선지 위로 떨어진 한 방을 먹처럼 뿌옇게 번지고 있었다.

"검을 빌려다오."

신산이 야율령을 향해 손을 뻗었다. 야율령은 저도 모르게 검을 뽑아 그에게 건넸다. 그는 담담히 그 검을 받았다.

"그럼 시작하지."

어둠 속에서 두 개의 인영이 빠르게 하나로 겹쳐져 갔다.

뒤로 쥔 오른손이 불끈 주먹을 쥐었다. 이가 파르르 떨려온다. 눈앞의 상대는 꿈에서라도 보길 원한 원수. 사형제들을 모두 죽인 악마가 서 있다. 새삼 부러진 왼팔이 아파왔다.

"난리가 났군."

타닥타닥 불이 타고 있었다. 그녀의 몸을 태워 버린 불이 옮겨 붙어 창고도 불타고 있었다. 내상이 심한 한원이나 몸 하나 성한 데 없는 청년이나 그것을 끌 능력이 없었다.

곽철인이 손을 한 번 휘저었다. 그것이 신호였는지 위검십 객이 주위를 정리하기 시작했다. 그들은 우물에서 물을 길어 와 불을 끄고 부서지거나 쓰레기가 되었음직한 물건들은 따 로 길가에 치워두었다.

화재는 반 시진도 되지 않아 진압되었다. 이렇게 빨리 진압 된 이유는 본래 불에 잘 타지 않도록 진흙을 잘 발라두었기 때문에 크게 불이 나지 않은 덕이었다.

그들이 깨끗이 치워둔 덕분에 길 위에는 한원과 그녀의 전 투의 흔적이 고스란히 남아 있다.

곽철인이 회백색 인영을 향해 다가갔다. 속은 다 탔지만 그 겉만은 아직도 제 형태를 유지하고 있었다. 곽철인은 나신이 된 그녀의 몸 위로 자신의 피풍의를 걸쳐 주었다. 순간 그의 얼굴에 슬픈과 기쁨이 묘하게 뒤틀린 미소가 그려졌다.

그는 다시 그녀의 머리를 찾았다. 두 개의 머리 모두가 소 실된 상황이었다. 하나는 한원의 손에 박살이 났으니 남은 건 하나뿐이다.

휘이잉ㅡ!

곽철인이 문득 하늘을 바라본다.

"바람인가?"

갑자기 불어온 바람 한 점 무언가 데구루루 굴러온다. 둥근 그것은 산발을 한 사람의 머리였다. 기름기가 덕지덕지한 머리카락 사이로 갸름한 턱이 눈에 들어왔다. 도톰한 입매무새와 오뚝한 코가 시선을 가득 메웠다.

청년은 꼴깍 숨을 삼켰다. 괴물의 얼굴이라고는 믿을 수 없는 외모가 까만 눈동자 속을 가득 채웠기 때문이다.

'이런 얼굴이었던가?'

귀신인 줄 알았다. 그녀의 몸은 강철 같아서 때리거나 찔러도 부서지지 않았다. 그 힘은 인간의 것이 아니었고, 몸에서 나는 혈향은 절로 몸을 움츠리게 만들었다. 큰 키 때문인지 청년에게 머리는 보이지 않았다. 그녀의 손을 보며 피하기에 급급했기 때문이다.

데굴 구른 그녀의 머리가 곽철인의 발밑에서 멈추었다. 하늘을 바라보던 곽철인의 눈이 땅으로 떨어졌다.

"그, 그녀는 저 괴물의 머리로 살인이 아니라……."

"알아."

청년은 얼떨결에 입을 열었다. 곽철인 또한 그것에 대해 별 생각 없이 대답한 듯싶었다.

"……."

“…….”

둘은 제법 오랫동안 침묵했다. 이 무거운 침묵이 청년에게는 부담이 되었다. 마음에 무거운 추가 눌리는 기분이다.

무언가 꺼림칙했다. 계속 무언가 가슴을 누르는 것이 까먹은 게 있는 것 같았다.

그것이 무엇인지는 이러한 의문이 채 끝나기도 전에 알 수 있었다.

곽철인은 발걸음을 옮겨 부서진 마차의 잔해 쪽으로 발걸음을 옮겼다. 거기에는 세 조각으로 쪼개진 소화문의 문장이 있었다.

‘이런! 그녀는 곽철인의……..’

청년은 그녀가 소화문의 마차에서 나왔다는 사실을 상당히 뒤늦게서야 기억해 냈다.

떨리는 마음을 가다듬으려고 노력했다. 숨이 막혀오는 분위기에서 눈을 부릅뜨고 위검십객과 곽철인을 차례로 노려보았다.

‘씨발, 어차피 원수다. 내가 죽여 할 놈이야.’

시간이 흐를수록 마음이 다급해진다. 눈이 아파왔다. 왈칵, 눈물을 한 바가지 쏟아낼 것만 같았다. 두려움 때문이다. 그 두려움이라는 놈 때문에 몸은 바싹 굳어버렸다.

콱!

청년이 마음을 다잡기 위해 노력하는 동안 곽철인은 다른 생각을 하고 있었다.

‘빌어먹을 늙은이, 이게 당신이 말한 결과란 말이오?’

곽철인은 자신의 부친과 숙부를 떠올렸다. 그는 첩의 배에서 나온 자신의 누이를 인정하지 않았다. 그리고 이름조차 지어주지 않은 채 첩과 함께 창고에 가두어두었다.

곽철인이 누이를 처음 만났을 때 그의 나이는 불과 다섯 살이었다. 그 무렵 누이는 이렇게 괴물 같지도 흉포하지도 않았다. 그녀는 단지 남다른 몸을 가진 소녀였을 뿐이다.

다른 사람은 몰라도 적어도 곽철인에게는 그렇게 보였다.

그 다음 그녀를 만났을 때는 곽철인이 여덟 살 무렵이었다. 그는 검을 비롯해 권각창암 등 소화문의 무공을 수련하던 시기였다. 검을 하도 휘둘러 손에 물집이 하루가 멀다고 터져나가던 시기였다.

그 나이의 그녀는 아름다웠다. 거울을 보는 듯한 두 개의 얼굴과 상반신은 소년 시절의 곽철인에게 아무런 부담이 없었다. 아직 어렸던 곽철인은 그녀에게 처음으로 반하고 말았다.

‘그 다음은 언제였더라?’

곽철인은 이미 죽어버린 그녀의 과거를 떠올리고 있었다. 이미 그에게 청년과 한원 따위는 안중에도 없었던 것이다.

세 번째 만남은 열다섯의 무렵이었다. 그때는 맹주인 단우극과 함께 그녀를 만났다. 그녀의 외모는 더욱 화사하게 피어나고 있었다. 그러나 맹주와 전대 문주는 그녀를 한낱 노리갯 감으로밖에 보지 않았다.

소화문은 예전부터 동의맹의, 그것도 맹주 단우극의 개였 다. 단우극의 마음에 들지 않는 이들을 몰래 죽이거나 납치하 는 등의 일이 소화문의 일이었다.

단우극이 제압해 내공을 폐한 이들을 그녀와 싸우게 만들 었다. 피부가 단단하다고 하여 고통이 없는 것은 아니었다. 내공을 잃었다 하나, 검왕 단우극이 직접 제거해야 할 뛰어난 무인들을 상대로 그녀는 수없이 상처 입고 고통받았다. 그리 고 점차 흉포해지기 시작했다.

곽철인의 부친이자 전대 문주는 그때부터 그녀에게 인육 을 먹이기 시작했다.

'그때였던가, 내가 아버지를 죽이려고 마음먹었던 것이?

그리고 단우극을 배신하기로 마음먹었던 것이⋯⋯. 전자 는 쉬었지만 후자는 쉽지 않았다. 그 뒤 복수를 위해 필사적 으로 무공을 익히자 나이 열여덟에 그 아버지를 뛰어넘었다. 애초에 단우극의 밑에서 그의 발만 핥는 재주밖에 없던 자신 의 아비는 삼류밖에 되지 않는 무인이었다.

죽이기는 너무 쉬웠다. 심장 부근을 푹 찌르면 되더라. 철 철 피를 흘리며 죽어가는 아버지의 얼굴은 아직도 뚜렷하게 기억이 났다.

"주, 죽고 싶지 않아아아아아!!"

똥오줌을 질질 흘리며 그는 비명을 질렀다. 그는 무인으로서 삼류도 못 되는 인간이었다. 하지만 그와 숙부가 단우극에게 처바른 것이 있었는지 소화문은 낙양에서는 제법 성세였다.

곽철인은 낙양을 얻기 위해 온갖 시비를 내걸어 사파와 그 비슷한 무리들을 완전히 뭉개 버렸다. 몸에는 수많은 상처가 났지만, 실력은 나날이 올라갔다.

복수를 위해서는 힘을 키워야만 했다. 이제 적은 단우극 한 사람이었지만, 그를 상대로 소화문은 너무 작았던 것이다.

필사적으로 싸웠다. 정파와 낭인은 함부로 건드릴 수 없었다. 그 때문에 그들은 되도록 피하고 사파와 악인이라 소문난 이들을 척살했다. 대부분 그가 직접 나서 제거했다. 약탈은 하지 않았으며 모두 멸하는 것만을 목적으로 싸웠다.

그렇게 몇 년, 낙양제일문파로 거듭날 무렵 어느새 그를 정의대협이라 부르기 시작했다. 그를 지지하는 사람도 늘었다. 곽철인의 명성을 듣고 그를 따르는 사람들이 소화문에 입문하기 시작했다. 그 뒤로 소화문 커지기 시작했던 것이다.

"휴우―"

곽철인은 시간이 흐를수록 그녀를 대하는 아버지와 닮아가는 자신을 볼 수 있었다. 고통에 울부짖는 그녀를 보며 야릇한 쾌감을 느끼지 않았던가?

'그래, 아마도 나는 그녀를 사랑했던 것이다.'

그런 그녀를 죽인 이들이었다. 뜨거운 겁화 속에서 그녀는 타죽었다. 얼마나 괴로웠을까? 그것을 못 본 것이 너무 아쉽게만 느껴졌다.

그러나 어째서일까? 가장 사랑하는 이를 죽인 자에게서 이러한 감정을 느낄 줄은 몰랐다. 그녀에게 그러한 괴로움을 준 일행에게 딱히 원한 같은 것은 느껴지지 않았다.

오히려 겁에 질려 부들부들 떠는 청년의 모습이 안쓰럽게 보였다.

'뭐, 어차피 죽여야 하지만.'

가문의 문장과 그녀를 보고도 살려둘 수는 없다. 그러나 곽철인은 조금쯤 기다려 줄 생각이 있었다. 부상자와 주화입마에 이른 자를 상대하고 싶지는 않았기 때문이다.

그것은 어쭙잖은 정의감보다는 아직도 그가 강해지기를 열망하기 때문이다.

"도와주어라."

곽철인이 한원을 가리켰다. 위검십객의 일호가 직접 나섰다. 청년은 그의 발걸음을 막기 위해 움직였지만, 딱딱하게 굳은 몸으로 일호를 막을 순 없었다.

일호의 손바닥이 한원의 등에 얹혔다. 그의 몸에서 나온 정순한 내공이 주화입마에 빠진 한원을 도와주기 시작했다. 까

많게 죽은 한원의 얼굴에 다시 화색이 떠오르기 시작했다.

'무슨 이유냐……'

청년은 속으로 곽철인에게 의문을 던져 보았다. 송권문이 멸문하는 날, 곽철인에게는 인정이 없었다. 엄격했던 사부도, 자상하던 사모도, 믿음직했던 사형도, 귀여웠던 사매도…… 모두 지옥의 불구덩이 속으로 던져 버린 그가 무슨 이유로 이러한 호의를 베푸는지 알 수 없었다.

곽철인의 이유 모를 호의에 청년은 목이 말라갔다. 너무 긴장했다. 하지만 당장 죽지는 않는다는 사실에 두려움이 조금 거두어졌다. 뻣뻣하게 굳은 몸이 조금이나마 펴졌다.

"푸후우―"

한원의 입에서 뿌연 김이 새어 나왔다. 주화입마를 이겨낸 것이었다. 위검십객 일호의 얼굴은 땀투성이가 되었다. 남의 주화입마에 끼어든 덕분에 체력적이나 정신적으로 지쳐 버린 것이다.

"뭐야, 이것들은?"

자리에서 일어난 한원이 대뜸 입을 열었다. 그들의 눈에 들어온 것은 자신을 보며 실실 쪼개는 인간 하나와 그 뒤로 기립해 있는 아홉의 무사, 그리고 자신을 도와 주화입마를 물리쳐 준 사내였다.

청년을 향해 시선을 돌렸다. 그는 난해하다는 듯이 고개를 내저었다. 그런 그의 눈에는 두려움이 틀어박혀 있었다.

"그렇군. 이 녀석들이 우리 적이구나."

한원은 주위를 둘러보다가 죽창을 하나 주워 들었다.

"호오?"

곽철인은 한원의 기세에 놀랐다. 한원의 나이는 겨우 스물 중반도 넘어 보이지 않는다. 그런데 몸에서 나오는 기세는 역전의 노장이 가진 것과 닮아 있었다. 어린 나이에서 상당한 수의 전장을 겪어온 자라는 것을 알 수 있었다.

그는 한원의 모습에서 자신의 과거의 편린을 보는 것 같았다. 그가 가진 것은 미친 듯이 싸우는 야수의 눈빛이다. 그 무렵의 곽철인도 그러한 눈을 가지고 있었다.

"어이, 비켜. 당신은 내 상대가 아니야."

"……?"

한원이 곽철인을 밀치고 위검십객들을 향해 죽창을 들었다. 죽창이 크게 휘며 그의 손을 따라갔다.

"내 상대는 이놈들이야. 당신의 상대는 저 녀석이고 말이지."

한원이 누군가를 가리켰다. 자연 그곳을 향해 곽철인의 시선이 돌아갔다. 동시에 그가 인상을 찌푸렸다. 한원이 가리킨 곳에는 상처투성이의 청년이 꼿꼿하게 서 있었기 때문이다.

한원이 자신을 가리켰다는 사실도 인지하지 못했는지는 그는 하염없이 땅을 내려다보고 있다.

'내가 상대할 가치가 있는가?'

스릉!

그의 허리춤에서 검이 번뜩이는 이를 드러냈다. 달빛에 차곡하게 빛을 쌓아가는 그 검은 언뜻 보기에도 명검이라 할 수 있었다. 다만 피를 너무 머금어 옅게 핏빛을 띠고 있었다.

청년의 눈동자에 하늘에서 떨어진 엷은 월광이 곽철인의 검에 이어 비춰졌다.

'옛날 사부한테 이러한 이야기를 들었지. 열 명을 벤 검은 살인자의 검. 백 명을 벤 검은 망나니의 검. 천 명을 베어 넘긴 검은 마검, 혹은 요검. 왜 이러한 이야기가 기억나지 모르지만 옅은 혈향과 동시에 저 검에서 뿜어져 나오는 요기는 분명 평범한 것이 아니다.'

하나의 검이 천 명을 벨 수 있을까? 전쟁이 한창인 전쟁터에서라면 그럴 수 있을지 모른다, 하루가 멀다고 베고 베어나가지는 곳이 그런 곳이니까. 하지만 무림에서는 그러한 일은 극히 드물다. 원체 전쟁이 일어나기가 쉽지 않고, 일어나도 오래가는 일이 드물었기 때문이다.

만약 전쟁이 장기적으로 일어난다 해도 사람 천 명을 벨 만한 고수는 그만한 고수를 만나 사라져 버리게 마련이다.

'게다가 저 검은…… 사부, 아니, 나의 가족들을 죽인 검이다.'

뿌득!

온몸에서 무언가 들끓는다. 심장이 당장이라도 터질 듯이 피를 토해내고 있다. 부러진 팔은 어느새 통증이 사라져 있었다. 청년의 오른 주먹이 시뻘겋게 물들어간다. 그것은 당장이라도 확! 불을 토해낼 것처럼 열을 뿜어내고 있었다.

분노가 두려움을 날려 버렸다. 머리는 끓는 가마솥에라도 넣은 듯 아찔할 정도로 뜨거웠다.

"그래, 내 상대는 당신이다."

그의 눈이 빨갛게 물들었다.

청년이 나서자 한원이 알 듯 모를 듯한 미소를 지었다.

계란으로 천 번, 만 번 바위를 때려도 부서지지 않는다. 게다가 그것은 금강석이다. 천년만년 계란으로 두드려 봐야 흠 하나 나지 않는다. 거대한 파도는 어린아이의 물장난은 물론 그 아이마저 먹어버린다. 모든 것을 날려 버리는 태풍과 노인의 부채질 또한 마찬가지다.

진산과 노인의 싸움이 그러했다. 검을 뽑은 진산은 더 이상 내공만 많은 자가 아니었다. 그 순간 그는 괴물이었고 귀신이었다.

그가 가진 검은 노인의 장검에 비해 두 뼘 정도 짧았다. 단우극의 검이 다른 이보다 두 뼘 정도 길기 때문에 그에게 배운 노인 또한 그처럼 긴 장검을 드는 것이다.

하지만 진산이 검을 들자 그 짧았던 검이 태산처럼 거대해졌다.

눈에서 뿜어지는 기광이 달랐고, 몸에서 뿜어져 나오는 기세도 달랐으며, 검에서 토해지는 검기조차 달랐다.

패배는 너무도 선하게 눈에 보인 것이다.

"그아아앗!"

"호오옷!"

두 사람의 기합만이 허공을 메아리치고 있다. 야율령의 눈은 너무 놀라 감기지도 않았다. 그렇다고 그녀의 눈이 무엇을 담은 것도 아니었다. 너무도 빠른 결과에 그녀는 맥없이 허공을 바라보고만 있다. 때문에 귀만이 두 사람을 담고 있었다.

푸학!

몸에 사선으로 상처가 깊이 새겨졌다. 쩍, 하고 노송이 잘라지듯 노인의 몸이 베어졌다. 그의 검은 왼쪽 어깨부터 명치까지 단숨에 파고들었다. 검왕의 제자를 단숨에 잘라 버릴 만큼 그는 강했던 것이다.

'마, 말도 안 돼!'

야율령의 머릿속으로 뒤늦게 충격이 밀려왔다. 그녀는 쌍룡곤을 들고 있는 진산밖에 보지 못했다. 처음 보았을 때부터 그가 그것을 들고 다녔기 때문에 그의 무기는 쌍룡곤인 줄 알았다. 무식한 무공과 내공과 잘 어울리는 무식한 몽둥이라고 생각한 적도 있었다.

그런데 검을 든 진산의 모습은 그녀가 지금껏 봐왔던 생각을 송두리째 바꿀 정도로 대단했다.

빠르고 강하다. 그리고 춤을 추듯 현란하며 또한 아름다웠다. 단 일수였지만, 그것만으로 그는 자신의 실력을 충분히 보여주었다.

털썩!

노인의 몸이 연무장 위로 쓰러졌다. 소화문의 문도들은 사문의 존장이 쓰러졌음에도 수습할 생각을 하지 못했다. 바로 앞에 서 있는 진산의 존재가 너무 부담스러웠기 때문이다.

그의 무공을 제대로 본 이는 아무도 없었다. 심지어 야율령조차도 노인이 어떻게 베어졌는지 볼 수 없었다. 다만 그전까지의 움직임을 조금 보았을 뿐이다. 아마 여기에 있는 몇몇 고수들도 그 정도는 보았을 것이다.

검이 하늘을 뚫어버릴 듯이 솟는 그 경이로움. 떨어져 내릴 때는 대륙을 단숨에 무너뜨릴 것만 같은 그 힘의 굉장함. 만약 그 검을 받아낸 자가 사문의 존장이 아니라면 당장에 술한 병 들고 달려가 검에 대한 이야기를 꽃피웠을 자가 부지기수였다.

그가 움직였다. 찰칵! 하는 소리와 함께 검이 제집 속으로 빨려 들어갔다. 진산의 몸에서 뿜어지는 살기가 삽시간에 제모습을 숨겼다.

얼떨결에 야율령은 검을 받았다. 건네주었을 때보다 조금 더 무거워진 느낌이다.

"그럼 이제 내놔라."

진산이 소화문의 장로를 향해 손을 벌렸다. 방금 전 노인이 가리켰던 그자였다.

"알았소. 나를 따라오시오."

장로는 진산 일행을 이끌고 발걸음을 옮겼다. 다른 장로들은 문도들을 시켜 노인의 시신을 정리하도록 명했다. 남은 수백의 문도들이 곽철군과 함께 진산과 야율령의 뒤를 따랐다.

문주가 가진 비밀이 무엇인지 궁금했기 때문이다. 진산이 비리라고 못을 박아둔 이상 그들의 움직임을 거절할 명분이 없었다. 문도들을 막았다가는 되레 곽철인에게 비리가 있다고 폭로하는 바와 진배없다.

장로는 어쩔 수 없다는 듯이 발걸음을 옮겼다. 사실 그 역시 아는 바는 많지 않았다. 비밀동이 어디 있다는 정도만을 간신히 알 뿐 그 안에서 일어나는 일은 모르고 있었다.

'이것은 소화문을 바로잡을 기회가 될 수 있을지 모른다.'

전대 문주와 곽대길, 그리고 곽철인 문주만의 음습한 무언가가 있었다. 동의맹의 주구라는 사실 자체가 비밀이라면 그리 큰 문제는 아니다. 동의맹 자체가 동무림을 축소한 것이나 다름없으니 말이다.

다만, 그 주구가 되어 무언가 일을 저질렀다면 문제가 될 것이다.

'현재 소화문은 포화상태다. 문도 수가 오백 명에 가깝지만, 모두 곽 문주의 소문만 듣고 따라온 조무래기들일 뿐이다. 조금 쓸 만한 녀석은 팔룡 정도일 뿐, 그들도 낙양제일문파의 고수라는 간판에는 너무도 한심한 이들이다.'

인간사 새옹지마라 하지 않는가? 비 온 뒤 땅이 굳듯 이번에 진정한 문파로 거듭날 수 있을 것이다.

장로는 그렇게 속으로 자위를 하며 비밀동이 있는 곳으로 진산과 그 일행을 안내해 갔다.

비밀동의 위치는 문주의 거처가 있는 전각 바로 뒤편에 있었다. 거기에는 조상들을 기리는 묘가 있는데 그 안에는 폐관 수련동은 물론 비밀 수련동이 있었다. 그냥 길을 따라 가면 폐관 수련동이지만 문 위의 벽돌을 누르면 밑에 비밀 통로가 모습을 드러낸다.

그그긍!

장로는 오래된 기억을 애써 떠올리며 비밀동의 입구를 열었다. 지하 특유의 습습한 냄새가 났지만, 자주 이용해서인지 먼지가 풀풀 날리거나 하지는 않았다.

진산이 장로를 밀치고 그 안으로 들어갔다. 야율령이 조심스럽게 그 뒤를 따라갔다.

장로와 문도들이 뒤늦게 횃불을 들고 입구를 따라 내려갔다.

"속이 참 검은 놈들이란 말이야."

진산이 채 몇 걸음 내걷지 못하고 퉁명스럽게 말했다. 그 뒤를 따랐던 야율령도 마음에 들지 않은 듯 잔뜩 인상을 찌푸리고 있었다.

장로의 손에 들린 노란 불빛이 어둠을 지워내고 있었다. 시커먼 문이 그들을 가로막고 있었다. 거기에는 대륙의 온갖 귀신들이 새겨져 있어 어둠과 함께 흉흉한 분위기를 만들어내고 있었다.

악의가 가득한 조형물이었다. 무슨 이유에 소문난 정파의 비밀 수련동에 달려 있는지 의문이었다.

"우와아아!!"

"저, 저게 뭐야?"

"역시 뭔가가 있는 건가?"

뒤늦게 쫓아온 문도들이 이 괴이한 문을 바라보며 한마디씩 소감을 말했다. 그리고 그와 함께 곽철군의 얼굴이 조금씩 굳어갔다. 큰 문파에 비리 하나 정도는 있을 수 있다고 생각할 수 있지만, 형이 이끄는 이 소화문만은 그러지 않을 거라 생각했었다.

캉캉.

야율령이 검집으로 문을 두드렸다. 쇳소리가 지하 안에서 작게 울려왔다. 문의 재질을 파악한 그녀는 얼굴을 구긴 채 진산에게 다가갔다.

"만년한철을 이렇게 무식하게 쓰는 놈은 못 봤습니다."

단단하기로 말하자면 천하제일이라 불리는 금속이 만년한철이다. 녹는점도 매우 높아 어지간한 명인이 아니면 그것으로 무언가를 만든다는 것 자체가 불가능하다는 금속이었다.
그런 것이 거대한 문으로 만들어져 이 지하를 떠받치고 있다.

장로는 안도함과 동시에 내심 허탈했다. 이제 소화문의 비
리는 영원히 묻히는가 싶었다.

"부술 수는 없는 건가?"

"불가능합니다."

"그러니까 벽을 파서라든지."

"불가능합니다. 벽을 파면 이 지하는 그대로 무너지게 만
들어져 있습니다. 안에 담긴 것이 무엇이든 간단히 깔아뭉개
져 버릴 것입니다."

진산의 질문에 야율령은 단호하게 대답했다. 그녀의 말처
럼 이 비밀동은 언제라도 무너뜨리기 쉽게 만들어져 있었다.
특별한 열쇠가 있지 않는 이상 문은 열 수 없었다. 그리고 그
열쇠는 당연히 문주가 가지고 있다.

장로는 안도했지만, 문도들은 궁금했다. 이렇게까지 해서
숨기고 싶은 비밀이 있는 것인지 의문이 들기 시작한 것이다.

"문을 녹여도 무너질까?"

진산이 작게 중얼거렸다.

"부, 불가능해요!"

혼잣말에 야율령이 목청을 높여 외쳤다. 그녀의 목소리가
지하실 안을 쩌렁쩌렁하게 울렸다.

"아, 안 되는 건가?"

“당연하죠.”

진산이 깜짝 놀란 듯 드물게 더듬거리며 대답했다. 야율령은 그의 대답에 고개를 세차게 끄덕였다.

문을 녹이기 위해서 만년한철을 녹일 만한 화력을 가진 용광로를 끌어다 놓아야만 한다. 지하실에서 단숨에 산소 결핍으로 용해 작업을 할 수 없다거나, 뜨거운 열기 때문에 사람 몇 명은 죽어나간다는 문제가 아니었다.

그만한 화력을 가진 용광로를 이 지하에 넣을 수가 없다. 된다 해도 몇 개월에서 몇 년의 시간이 걸리는 작업이었다.

“될 것 같은데…….”

그가 갑주를 벗어 구석에 던져 두었다. 그리고 한 팔을 걷어붙여 한철로 만들어진 문 앞에 섰다. 그의 눈빛이 일순 달라졌다. 출렁 하고 대해의 파도가 밀려오듯 기의 파도가 그를 중심으로 퍼져 나갔다.

삼매진화는 순수한 내공으로 열기를 만들어내는 것이다. 족히 일 갑자 이상의 내공을 지닌 이나 가능한 기술이다. 그러나 그것 또한 한철을 녹일 정도의 열을 발산하지는 않는다.

치이익—!

공기가 타 들어가는, 그런 매캐한 냄새가 후각을 건드렸다. 팔꿈치서부터 손끝까지 진산의 손이 점차 붉은 빛을 토해내기 시작했다.

“삼매진화 따위로는 불가능하다니까요!”

야율령이 이번에는 악을 썼다.

진산의 손은 점차 하얗게 빛을 내고 있었다. 적광이 점차 옅어져 갈수록 온도는 더욱 급상승했다. 마치 용광로를 이곳에 들여놓은 듯한 뜨거운 열기가 멀리서도 느껴졌다. 다른 사람들의 목이 쩍쩍 말라갔다. 숨마저 턱턱 막혀왔다. 무공을 익힌 자들이었기에 그 외 큰 피해는 없었지만, 더 이상 그에게 가까이 가지 못했다.

급기야 그의 팔은 낮의 태양의 따가운 햇살을 만들어내고 있었다. 십이성 대성한 양강의 무공을 익힌 이라도 이 정도의 화력을 만들어낼 수는 없을 것이다.

"그만!!"

온도가 조금씩 더 높아져 가는 가운데, 야율령이 다시 외쳤다. 진산이 만들어내는 빛은 닿기만 해도 살을 태워 버릴 정도로 뜨거워져 버렸다. 이미 진산의 옷은 모두 까맣게 재로 변하여 흩어졌다.

장로를 비롯한 소화문의 문도들은 멀찍이 서서 목을 쭉 뺀 채 서 있다.

"왜? 역시 이런 방식으로는 불가능했던 건가?"

"아, 아니, 그렇지는 않을 거예요. 지금 그 온도라면 충분해요. 그리고 문 양쪽 기둥이 축이니까 문짝을 떼어버리든 녹여 버리든 문제가 되지는 않아요. 벽에만 충격을 주지 않으면……."

"좋아, 그럼 시작해 볼까?"

그녀의 말을 끊고 진산은 문을 향해 손을 뻗었다. 만년한철이 진산의 손을 중심으로 수면이 퍼지듯 빨갛게 물들어갔다.

부글부글! 한철이 끓기 시작했다. 두터운 문이 단숨에 그의 손에 따라 녹아내리기 시작했다. 진산이 반 시진에 걸쳐 문을 녹여냈다.

'이 정도면 된 건가?'

더 이상 한철이 잡히지 않는다고 생각되자 진산은 내공을 거두었다.

화아악!

빛이 순식간에 사라지고 어둠이 그들의 시력을 단숨에 앗아갔다. 너무 강렬한 빛을 바라보다가 그것이 순간에 사라지자 일어난 일이었다.

"옷."

진산이 눈을 비비는 야율령을 향해 손을 내뻗었다. 야율령은 예비로 가지고 있던 무복을 꺼내 그에게 건네주었다. 그 위로 다시 신산은 갑주를 입었다.

안에서 한철이 녹을 때 타버린 불순물의 매캐한 냄새와 함께 코를 마비시키는 혈향이 물씬 풍겨왔다.

"허어?"

진산이 흥미롭다며 발걸음을 옮겼다. 비밀 수련동의 구조는 간단했다. 방은 하나뿐이며 좌우 벽에는 책이 가득 꽂혀 있고, 정면에는 고문 기구들이 가득했다. 게다가 그것들은 끈적끈적한 살점을 묻히고 있었다.

이곳은 고문실이었다.

"겨우 이 정도였나?"

진산이 실망한 듯 혼잣말을 중얼거렸다. 장로나 곽철군은 내심 안도의 한숨을 쉬었다. 고문실이라는 것은 크든 작든 문파라 불릴 만한 곳에는 대부분이 가지고 있는 것이다. 사파에는 있고 정파에는 없는 그런 것이 아니었다.

야율령은 고문실 중간에 있는 두툼한 책자를 들었다. 표지가 없는 그 책은 사람의 껍데기를 벗겨 만들어진 듯 군데군데 채 뽑지 못한 털이 있었다.

'뭐야, 이건?'

기분 나빠하면서도 그녀는 슬쩍 책을 펼쳤다. 안에는 제법 큼직한 글씨로 최근에 있었던 고문 기록을 적어 내리고 있었다. 까맣게 굳어 있는 것이, 글이 모두 피로 쓰여 있다는 사실을 알 수 있었다.

그때 진산은 이미 죽어버린 시체 앞에 다가가 있었다. 그것은 죽은 시간이 제법 흘렀는지 살과 근육이 썩어 문드러져 있었다.

"어?"

야율령이 작은 탄성을 내뱉었다. 거기에는 의외의 이름이 적혀 있었기 때문이다.

　진산은 그녀의 반응에 의문이 들었는지 책을 슬쩍 들여다보았다. 거기에는 이 시체의 주인이자 소화문이 고문을 했던 자의 이름이 기록되어 있었다.

　사마진천(司馬震天).

　절대 있어선 안 될 단 네 글자의 글귀가 중원에 귀신을 불러들였다.

第十七章

악귀강림(惡鬼降臨)

스윽!

곽철인의 눈동자가 돌아간다. 그리고 그것이 청년을 향하는 순간 청년은 뱀 앞의 개구리처럼 꼼짝도 하지 못했다.

분노도, 증오도, 피도 단숨에 식어버렸다. 심장은 동면한 개구리마냥 더없이 천천히 뛰기 시작했다. 원초적인 두려움이 그의 사고를 멈추게 만들었다.

쉬익!

그사이 한원이 움직였다.

죽창이 크게 휜다. 채찍처럼 휘어지는 공격에 위검십객은 뿔뿔이 흩어졌다. 열 명의 고수가 검을 뽑아 들었지만 스륵!

그들의 옷자락이 잘려 나갔다. 방금 전 한원이 휘두른 창이 결코 만만히 볼 것이 아니라는 것을 깨달았다. 위검십객의 얼굴이 굳어졌다. 그리곤 조금 더 검을 굳게 잡고 자세를 잡는다. 숨이 막혀올 정도로 긴장된 분위기가 만들어졌다.

"하앗!"

누군가의 기합성에 열 개의 인영이 한꺼번에 움직인다. 한원이 빠르게 그들 사이로 파고들자 위검십객은 무겁게 검을 노려 그의 공격을 방어해 나갔다.

챙! 챙!

금속음이 허공 위로 날카롭게 스며들었다. 한원의 내공이 담긴 대나무가 강철같이 단단해지면서 휘릭! 하고 그의 몸이 위검십객들에게서 멀어졌다.

위검십객은 그의 뒤를 따라 검을 휘둘렀다. 한원의 그림자 위로 수많은 검영이 새겨졌다. 서격! 하고 한원의 팔에서 피가 터져 나오며, 그는 두어 걸음 더 뒤로 물러섰다.

죽창이 가볍다. 잘 휘기 때문에 공격이 한 박자 느리게만 느껴진다. 같은 창이라도 그가 썼던 창과는 너무도 달랐다. 적은 강했고 그 수는 아홉이나 되었다. 느긋하게 죽창이 익숙해지기를 기다릴 시간도 없었다.

결국 한원은 자세를 달리했다. 몸을 최대한 낮춘 채 창을 최대한 넓게 잡았다. 마치 투창을 준비하는 듯한 자세였다. 달라진 자세는 더욱 매서운 기운을 풍겨왔다. 강렬한 투기는 위검십객의 발걸음을 움찔! 멈추게 만들었다.

"제가 가겠습니다."

사호가 앞으로 나섰다. 그의 검은 방어, 호위를 위한 검. 방어력만큼은 십객 중 가장 뛰어난 이였다. 그러면 상대가 아무리 강하다고 하여도 몇 수 정도는 받아낼 수 있을 것이다.

하물며 일개 낭인의 허접한 공격 정도는 얼마든지 막아줄 수 있었다. 다른 사형제를 대신해 나선 것은 떠돌이 낭인 특유의 비겁한 암습을 걱정한 때문이다. 그 외 걱정할 것은 없었다.

원의 인상이 찌푸려졌다. 그가 해야 할 일은 위검십객의 발목을 잡는 것. 최소한 청년이 곽철인에게 한 방 먹일 때까지는 잡아두어야만 했다. 그런데 검 하나가 나왔을 뿐이다. 그래서는 다른 여덟의 검이 놀게 된다.

그는 창을 땅으로 축 늘어뜨렸다. 그리고 꼿꼿이 선 사호를 노려본다. 한원에게서 조금씩 투기가 옅어져 간다. 그가 눈을 번뜩이는 것과는 달리 싸울 의사를 포기하는 것 같았다. 반면 한쪽을 잘라내 민들이낸 죽창의 날이 점차 예리해져 간다. 마치 쇠붙이를 붙인 듯 그것은 한없이 날카로워진다.

멀리서 그것을 바라보는 일호의 몸에 소름이 토독토독 숫기 시작했다.

"당신 혼자로는 부족할 텐데?"

"그것은 검을 맞대봐야 아는 것이 아닌가?"

　한원의 말에 사호는 쉽게 흥분하지 않고 대답했다. 고요한 마음, 평정심. 그것이 방어 검의 시작이다. 적을 앞에 두고 그는 그 어떤 감정도 느끼지 않는다. 그에게 있어 낙엽을 쓸기 위해 빗질을 하는 것과 사람 하나 죽이는 것은 그리 다르지 않았기 때문이다. 그래서 그는 적을 앞에 두고도 떨리지도 흔들리지도 않는다.

　'위험해!'

　사호의 그러한 마음은 때로는 독이 되는 경우도 있었다. 지금과 같이 강한 자신보다 한두 수 높은 상대를 마주했을 때다.

　무공에서 완벽함은 전체적으로 부족함을 말하는 것과 같다. 무어 하나 약한 것이 없다는 것은 곧 무엇 하나 강한 것이 없다는 뜻과도 이어진다. 무공이란 하나가 부족함으로써 하나의 강함을 얻는다. 그리고 그 강함이 있기에 자신보다 고수인 자와 겨룰 수 있는 것이다.

　사호는 자신보다 동수나 하수에게는 월등히 강한 모습을 보인다. 하지만 고수에게는 약할 수밖에 없었다.

　죽창이 움직인다. 비 온 뒤의 지렁이처럼 꿈지럭거리며 움직이는 창의 동작은 사호는 물론 다른 위검십객도 알아차리지 못하고 있었다. 너무 느렸기 때문에 인지하지 못한 것이다. 차라리 빨랐더라면 몸이 반사적이라도 움직였을지 몰라도 느리기에 사호는 꿈쩍도 하지 않은 채 그의 공격을 기다리고만 있었다.

"큭!"

일호가 몸을 일으키려다가 다시 무릎을 꿇는다. 기가 들끓고 있었다. 현재 그의 몸은 내상으로 엉망이었다. 곽철인의 명으로 한원의 주화입마 치유를 돕기 위해 과도한 내공을 써 버렸기 때문이다.

하지만 덕분에 한원은 내상을 조금도 입지 않은 것 같았다.

슉!

죽창이 푸른 뱀처럼 갑자기 움직인다. 이미 지척에 다가온 그의 창은 단숨에 사호의 목을 물어버린다.

사호가 반사적으로 목을 뒤로 젖혔지만, 거리가 너무 가깝다. 그는 당장이라도 목에 피를 분수처럼 토해내며 쓰러져 버릴 것 같았다.

빠각!

창날이 아닌 창대가 사호의 목을 가격했다. 덕분에 뱀의 어금니에는 물리지 않았다. 대신 사호는 곰에게 맞은 듯한 충격을 받았다.

사호의 몸이 한원의 공격에 따라 그대로 나뒹굴어 버렸다. 무시무시한 경력이 그의 목을 때린 것이다. 저런 공격이라면 제아무리 고수라 해도 기절하지 않고는 배겨낼 수 없다.

"젠장, 공격해라!"

사제인 사호가 쓰러졌음에도 이호는 망설임없이 공격을

감행했다. 이호의 연검이 낭창낭창 움직였다. 채찍처럼 한원을 향해 연달아 공격을 감행해 왔다. 한원의 죽창이 순간 두 치 정도 짧아졌다. 이호의 공격에 죽창이 단창이 되는 순간이었다.

다른 사형제들도 움직였다.

삼호는 조금 더 묵직한 검을 휘두르는 자였다. 붕붕~ 검이 거세게 울부짖는다. 그의 검은 한원의 퇴로를 차단했다.

사호의 자리를 대신하는 오호의 검은 사호와는 상반된 살의 검이었다. 매섭게 공격해 오는 오호의 검은 사호와는 반대의 의미로 벽을 만들었다.

그 뒤로 육호와 칠호가 움직였다. 똑 닮은 그들은 그와 같이 합격술로 한원을 위협했다.

간간이 그들 뒤로 구호와 십호가 암습을 해왔다.

한원이 발걸음을 멈췄다. 진퇴양난. 도망갈 곳이 없었다.

"훗!"

무언가를 발견한 듯 그의 눈이 빛을 냈다. 한원은 죽창을 하늘로 던져 버리고 오호의 품속으로 파고들었다. 그의 검은 고슴도치와 같았다. 바짝 선 가시의 숲을 맨손으로 치워내며 다가갔다. 오호의 검이 한원의 움직임에 따라 검을 휘둘렀다. 검에선 진득한 살기가 풀풀 흘러나왔다. 한원이 그의 검면을 발로 차 허공으로 몸을 띄웠다. 그가 뛴 곳에는 어느새 죽창이 떨어져 오고 있었다.

탁!

한원이 창을 잡는 순간, 뇌전처럼 떨어져 내렸다.

"멍청한 놈이군! 하늘에서도 네놈의 발이 통할 것 같으냐!"

오호가 목청을 높이며 단숨에 그를 베어버리기 위해 자세를 잡았다. 그의 입가에는 득의양양한 미소가 그려져 있다.

한원이 다시 한 번 창을 버렸다. 아니, 오호를 향해 죽창을 날렸다. 단창에 가까운 그것은 벼락의 힘을 담은 듯, 번쩍이는 섬광과 함께 오호를 향해 떨어졌다.

"크윽!"

오호의 검이 허공에 수를 놓는다. 그에게는 최선의 방어가 공격이었다. 상대의 공격을 피하지 못하면 부수어서라도 막는 것이 그의 검도였다.

쩌—엉!

죽창과 검이 부딪쳤다.

아니, 그렇게 보였을 뿐이다. 그리고 들려오는 금속음. 쩍 갈라져 버릴 죽창을 생각했던 오호의 예상 대신, 그의 검은 허공을 날고 있었다.

툭! 하고 떨어진 창을 잡은 사내의 모습이 눈에 들어온다. 오른손으로는 창을 잡고 있으며 왼손으로는 언제 주워왔는지 모를 사호의 검이 들려 있었다. 그 검이 오호의 목젖을 앞에 두고 있다.

"크으으!"

오호의 귓가에 누군가의 신음 소리가 들려왔다. 그의 시선이 천천히 움직여 그 신음의 주인을 찾았다. 거기에는 사호가 쓰러져 있었다.

"이 노옴! 사제를 놓아주지 못할까!"

부우―웅!

삼호의 중검이 파공성을 토했다. 묵직한 검이 한원을 향해 파고들었다. 한원은 오호를 방패를 삼아 뒷걸음질쳤다. 삼호는 사제가 눈에 걸려 검을 휘두르지 못하고 물러설 수밖에 없었다.

일각 동안 침묵이 감돌았다. 사호가 잡혀 있어 위검십객은 함부로 움직이지 못했다. 곽철인은 이러한 상황이 재미있는지 입가엔 미소를 띤 채 그들을 바라만 보고 있다.

'나는, 나는 어떻게 해야…….'

청년은 상황을 살피며 자신이 해야 할 일을 짚어나갔다. 눈앞에는 원수가 있다. 그러나 감히 그를 해할 마음이 들지 않는다. 복수심이, 원한이 식은 것은 아니다. 다만 너무 두려웠다.

한원은 청년과 곽철인, 그리고 위검십객을 차례로 돌아보았다. 청년은 어깨를 축 늘어뜨린 채 서 있다. 의욕이 없어 보였다. 곽철인은 무엇이 그리 재미있는지 이쪽을 향해 흥미진진하다는 표정을 지으며 바라보고 있다. 위검십객의 일호는 가부좌를 튼 채 내상을 치료하고 있고, 사호는 발밑에 기절해 있었다. 남은 위검십객들은 사호가 걱정되는지 함부로 발걸음을 옮기지 못했다.

'유대감이 제법 강하군.'

한원은 속으로 중얼거렸다. 하긴 열 명뿐인 사형제이니 그 관계가 오죽하랴.

그는 다시 오호를 향해 시선을 돌렸다. 그는 어떻게 해서든 자신의 손에서 벗어나기 위해 골머리를 썩히는 것 같았다.

'죽여 버릴까?'

지금 이런 대치 상태는 곽철인이 싫증을 내면서 끝날 것이다. 위검십객은 사제인 오호를 베지 못한다. 그러나 주인인 곽철인은 단순한 수하인 위검십객을 벨 수 있다. 한원과 위검십객을 바라보는 그의 눈은 그렇게 말하고 있었다.

곽철인이 나서게 된다면 골치 아프게 된다. 현재 청년은 이미 무용하다. 도리어 짐이 될 가능성이 높다. 지금 상황에서는 조금이라도 적을 줄이는 것이 좋을 듯싶었다.

툭!

오호를 밀어냈다. 오호가 비틀거리며 앞으로 두어 걸음 옮겼을 때였다.

쉬릭! 하는 바람 소리가 들렸다. 그의 목에서 피가 옆으로 긴 선을 그렸다. 죽 나간 혈선은 허공에서 떨어져 버리고 그의 머리가 제자리에서 한 바퀴 돈다.

빙그르르—

투욱!

둔탁한 소리와 함께 오호의 머리가 땅으로 떨어졌다. 위검 십객은 잠시 동안 아무런 생각도 할 수 없었다. 생사고락을 같이한 아우의, 형의 죽음이 머릿속으로 쉬이 박히지 않았던 것이다. 그리고 그 틈을 한원은 놓치지 않았다.

그는 먼저 죽창을 던졌다.

쉭!

"크억!"

막내의 심장에 푸른 대나무가 심어졌다.

"막내야!"

삼호가 우렁차게 목청을 높이며 구호에게 달려갔다. 그사이 한원은 이미 쓰러진 사호의 어깨 위를 조금이나마 가볍게 해주었다.

청년의 눈이 점차 제 빛을 찾아가기 시작했다. 한원의 검술 솜씨는 매우 뛰어났다. 그전에 창술을 보지 않았더라면 검의 고수인 줄 착각해 버렸을 정도다. 십객을 상대로 부족하리라 여겼던 그가 선전하고 있다. 벌써 셋이나 제거한 것이다.

쾅쾅!

심장이 강하게 뛰기 시작했다. 얼굴이 벌겋게 달아올랐다. 두려움도 긴장도 어디론가 날아가 버렸다. 용기가 생겨나기 시작했다.

"곽철인! 나는 십여 년 전 네놈이 멸한 송권문의 후예다!!"

청년은 곽철인을 향해 호기롭게 외치고는 달려나갔다. 그의 주먹에는 전신으로 퍼진 내공이 하나로 뭉치기 시작했다.

일격필살(一擊必殺).

이것이 통하지 않으면 남는 것은 죽음뿐이다. 단 한 방뿐인 혼신의 일격! 그것이 바로 그가 익혀온 주먹이다.

온몸에 퍼진 기운이 점이 되어간다. 비스듬히 종이를 말아가는 것처럼 그 끝이 점점 날카로워진다. 그가 만든 작은 조약돌에 대기가 호수처럼 파문을 만들어내기 시작한다. 곽철인은 웃는 얼굴을 딱 멈췄다.

"죽을 생각이냐?"

기의 뒤틀림, 뒤집혀 버린 하늘[逆天]의 힘. 그것은 주화입마의 시초다.

곽철인은 결코 청년을 걱정해서 하는 말이 아니다. 하루살이처럼 단 일 격에 죽어버릴 전투의 순간이 안타까운 것이다. 그에게 있어서 싸움, 파괴는 길면 길수록 좋은 것이다.

"……."

청년은 곽철인의 물음에 침묵으로 답했다. 현재 그에게 입을 열 여유 따위는 없었다. 지금 그가 할 수 있는 것이라곤 목표를 향해 바라보는 것, 힘을 모으는 것, 그뿐이다.

굳게 입을 다문 청년의 모습에 곽철인은 고개를 저었다.

"어쩔 수 없군. 상대해 주지."

곽철인이 검을 쥐었다.

그 무렵 한원은 여섯 뿐인 위검십객과 대치한 채 검을 들고 있었다. 그들은 핏발이 선 눈으로 한원을 노려보고 있었다. 한원은 그것을 여유로운 미소로 받아주었다.

늑골이 세 개쯤 부러졌다. 내상은 일호의 도움으로 거의 다 나았다가 무리한 운행으로 다시 망가져 가고 있었다.

그녀를 상대하고 난 이후 애초에 여유 따위는 없었다. 필사적으로 싸우는 것이다.

온몸에 족쇄를 단 듯 무거웠다.

'쉬고 싶다. 쉬고 싶어. 눕고 싶고 잠들어 버리고 싶어.'

몸이 비명을 지른다. 마음도 그에 따라 흔들린다.

'안 돼!'

그 가운데 정신만은 제대로 서 있다.

곽철인과 청년이, 한원과 여섯뿐인 위검십객이 대치 한 채 움직일 줄을 모른다. 어느 누구 움직이는 순간 상대가 빈틈을 집어내어 공격할 것을 예측한 것이다.

시간이 흘렀다. 어둠은 점차 짙어지더니만 조금씩 물에 갠 듯 묽어져 가기 시작했다.

한원과 청년은 죽음을 앞두고 있었다. 땀은 모두 말라 버렸다. 기력 또한 쇠한 상태. 당장이라도 쓰러져 버릴 것 같은 몸으로 적을 앞두고 있었다.

한 걸음만 옮기면 지옥의 불구덩이 속으로 떨어져 버릴 것만 같은 느낌이다.

그때 바람 소리가 들려왔다.

파라락! 하고 그 소리는 빠르게 그들을 향해 다가왔다. 그리고 검은 새 한 마리가 그들 사이로 떨어져 내렸다.

쿵!

검은 갑주, 매캐한 탄 냄새와 혈향이 맡아졌다. 얼굴을 가린 가면은 무섭게 일그러져 있다. 그 안에 흑백이 달리한 눈동자가 광기 어린 모습으로 주위를 훑어갔다.

심장이 덜컥! 내려앉을 만한 사내였다. 갑옷을 건네준 자가 바로 한원이었음에도 그는 누군지 알아보지 못했다.

이토록 차가운 눈동자로 사람을 바라보는 이를 그는 모른다. 모든 것을 배척해 내는 바다의 기운이 느껴졌다. 거대하고도 웅장한 그것은 모든 이를 밀어낸다. 물에 몸을 담근 듯 숨 쉬기도 움직이기도 힘들어진다.

그가 뿜어내는 것은 사기(邪氣)다. 그것도 사파의 그것과는 달리 아주 더럽고 흉포한 성질의 것이었다.

"곽철인, 내가 왔다."

끼긱! 쇠를 긁는 듯한 음색이 귀를 거슬렸다.

"검을 내놔."

장난기 어린 평소와는 다른 무뚝뚝한 말투였다. 진산은 손을 내밀며 '명령'을 했고, 야율령은 말없이 검을 건넸다. 진산은 검을 들자마자 야율령이 가진 책자를 뺏어 들었다.

야율령이 어리둥절한 표정으로 사태를 파악하고 있을 때 진산이 입을 열었다.

"저 시신을 최대한 곱게 모셔가라."

"어디로 말입니까?"

"해남파. 만목상이라면 그들이 어디 있는지 정도는 알 수 있을 것이다."

진지하게 말하는 진산의 태도에 야율령은 꼼짝없이 따를 수밖에 없었다. 그녀는 살이 썩어 문드러진 시신을 깨끗한 천으로 곱게 싸안고 밖으로 나갔다.

밖의 하늘은 아직도 어둡다. 그녀는 무작정 발걸음을 놀리다가, 문도 하나를 잡아 그녀가 가져온 마차를 찾아 나섰다.

문도는 진산과 노인의 겨룸을 보았는지 일행인 야율령을 두려워하면서도 아주 깍듯하게 대했다.

그녀는 화물 마차 중 하나를 비워내고 시신과 함께 마차에 올라탔다. 그리고 홀로 떠나갔다. 그녀가 그 뒤의 소화문에 대한 이야기를 듣게 되는 것은 한참 시간이 흐른 뒤였다.

"……."

진산은 입을 굳게 다문 채 서 있다. 그의 눈동자만이 인피로 만들어진 서책을 훑고 있었다. 그것에 적셔 있는 것은 피부의 주인이 겪은 고문에 대한 기록이다. 잔인하게도 무엇을 어떻게 했는지 이 책에는 모두 적혀 있었다.

탁!

서책을 접은 그는 품에서 인피면구를 하나 꺼내 들었다. 한 장의 인피면구는 그의 형을 똑 닮아 있었다.

파라락!

책을 다시 펼쳤다. 그 안에 그려진 사람의 얼굴. 벗겨진 사람의 가죽은 이 인피면구와 일치했다. 사마진천이라 불린 자는 진산의 형인 진천임에 틀림없었다.

파락! 파라락! 진산은 몇 번이나 서책을 들춰냈다. 조금이라도 형이 아니라는 증거를 찾기 위해 그는 필사적으로 서책을 훑었다.

사마진천(司馬震天).

그러나 그가 확인할 수 있는 것은 넉 자뿐인 이름이었다.

"그대들인가, 내가 그토록 찾아 헤매던 형을 잡아둔 자들이?"

진산의 눈동자가 젖어들었다. 얼굴이 벗겨져도 살아만 있었으면 했다. 지독한 고문 속에서도 살아서 자신과 단 한 마디라도 이야기를 나누었으면 했다.

죽은 자는 말하지 않는다.

스릉!

푸르스름한 예기가 고문실 내부를 밝혔다. 은은한 혈광이 진산의 분노와 더불어 분노를 뿜어내기 시작했다.

"변명이 필요한가? 할 말이 있으면 해두는 것이 좋아."

고문실에서 나타난 형의 시신. 살가죽이 벗기고 힘줄을 끊는 등 진천의 몸은 소화문에 의해 온몸이 난도질되어 있었다.

명백한 증거가 눈앞에 있는 무슨 변명이 통할까?

진산의 살기가 한층 더 짙어졌다.

그 살기에 겁을 먹은 장로가 떨리는 발걸음을 힘겹게 옮겼다. 떨리는 턱을, 딱딱하게 굳어버린 혀를 억지로 움직여 말문을 열었다.

"우, 우리는 모르는 일이라네. 그러니 봐주게……."

스컹!

장로가 말을 채 이어나가기도 전에 머리의 일부분이 사라졌다. 사선으로 잘린 머리의 단면에는 누런 뇌수가 흉측하게 자리 잡고 있었다.

푸학! 하는 소리와 함께 그의 머리에서 피가 분수처럼 솟아올랐다. 진산은 그것을 굳이 피하지 않았다. 온몸의 피를 다 뽑아내려는지 장로는 이미 죽은 몸으로 비척이며 지하실 안을 돌아다녔다.

털썩!

장로는 지하실 내부를 자신의 피로 물들이고야 겨우 쓰러졌다.

그가 쓰러진 곳 바로 앞에는 아직 훈련생으로 보이는 문도가 하의를 축축하게 적셔내고 있었다. 핏발이 선 그의 눈동자는 당장이라도 뽑혀 나와 버릴 것 같았다.

"죽어."

퍽!

수박이 깨지는 소리가 들렸다. 진산의 손가락에서 날아간 강기가 그대로 훈련생의 머리를 박살 냈다. 시뻘건 물이 하얀 뇌수와 함께 섞여 흘러내리기 시작했다.

"으, 으, 으아아아아!!"

친구의 죽음이 충격이었는지, 방금 죽인 이와 동기로 보이는 훈련생 하나가 비명을 질렀다. 그는 반쯤 실성했는지 땅에 털썩 주저앉은 채 목이 터져라 괴성을 질렀다.

사실 다른 이들도 차마 비명이 나오지 않아서 그렇지 그와 별반 다르지 않았다.

'겁을 먹고 있다.'

지하실 내에서 유일하게 이성을 찾고 있는 자는 곽철군뿐이었다. 그 역시 갑자기 살수를 펼치는 진산이 두려웠지만, 마음까지 죽어버릴 정도는 아니었다. 그는 검을 빼 들었다. 지금 여기서 진산을 상대할 자는 자신밖에 없다고 생각한 것이다.

"어서 이곳에서 나가! 이자는 일단 내가 맡겠다!"

문 내 제일고수인 곽대길조차 일격에 보낸 이를 그가 어떻게 막겠다는 말인가? 그러나 이성을 반쯤 잃은 문도들은 그러한 의문보다는 간신히 부여잡은 희망을 놓치지 않기 위해 밖으로 달려나갔다.

그때 진산이 일 보를 내디뎠다. 땅이 단숨에 줄어드는 것 같았다. 어느새 그는 밖으로 나가는 입구에 서 있었다.

"형을 아프게 만든 이들은 모두 죽어야겠지."

검을 뽑자 사람이 달라졌다. 요기가 한층 충만해져 지하실 내부를 가득 메웠다. 답답하고 숨이 막혀온다. 문도들은 더욱 공포에 빠져 어찌할 바를 모른 채 헤매고 있었다.

그러다 지친 이들은 하나둘 절망에 빠져 죽음만을 기다리기 시작했다.

불과 일각도 지나지 않은 상황이었다. 진산의 몸에서 뿜어져 나오는 기운이 사람의 마음을 병들게 하고 있었다.

'어느 책에서 본 적이 있다. 고수는 기세만으로도 사람의 움직임을 봉하고, 심지어 죽일 수도 있다는 것을!'

곽철군은 어렸을 적 읽었던 무서를 기억해 냈다. 아마 그 뒷부분에는 그런 고수를 만났을 때의 상황에서 어떻게 해야 할지에 대해 나와 있던 것으로 기억된다. 그러나 아쉽게도 곽철군은 그 뒷부분을 읽지 않았다. 그때는 '이런 구라가 어딨어?!' 라며 책을 집어던졌던 것이다.

사실 그와 같은 고수라 하면 중원 무림을 통틀어 검왕, 마왕, 귀왕뿐이었다. 단 세 명을 상대하는 것도 아닌 피하기 위해 기술을 익히는 것이 꺼림칙했다.

'머리가 아프군. 그 때문인지 집중도 잘 안 돼.'

곽철군의 이성이 점차 마비되어 갔다. 정심한 공부로 어느 정도 사기를 물리칠 수는 있었지만, 결국 한계에 봉착해 버렸다. 꽉 막힌 지하실 내에서 진산이 뿜어내는 기운이 더욱더 농도가 짙어져 가 그들을 괴롭혔다.

슈각! 슈각!

진산의 검이 땅을 긁을 때마다 목이 허공으로 떠오른다. 대부분이 기에 쓰러져 버렸다. 진산은 단지 쓰러진 그들의 머리를 베어버릴 뿐이었다.

너무도 쉽게 사람을 죽이고 있었다. 일말의 망설임조차 없이 목을 자르는 그의 눈은 어느새 악귀를 닮아 있었다.

"크크큭!"

그의 입에서 웃음소리가 흘러나온다. 그는 사람을 죽이는 것을 즐기고 있었다.

곽철군은 힘겹게 몸을 일으켰다. 진정한 악인이 자신의 눈앞에 서 있는 것이다. 자신의 정의를 실천하고 싶었다. 악인을 쓰러뜨려 형인 곽철인과 같은 명성을 얻고 싶었다.

"젠장! 그게 무슨 생각이냐. 나는 명예욕이 아닌 내 정의를 위해 싸우는 것이란 말이다."

곽철군은 욕설을 한 번 내뱉고는 진산을 향해 달려들었다. 소화문의 절기인 풍절검법(風切劍法)이었다. 바람을 잘라내는 검이라는 말처럼 그의 검술은 단단하기 그지없었다.

부욱!

곽철군의 가슴이 뻥 뚫렸다. 좌측 가슴에 커다란 구멍 하나가 난 것이다. 진산의 손 위에는 한 손 크기의 심장이 두근두근 뛰고 있었다.

콰직!

심장이 그의 손에서 뭉개진다. 피가 폭죽처럼 튀어나갔다.

"크큭!"

그가 비틀어진 입매로 웃음을 흘려내고 있었다. 잔뜩 일그러진 그의 얼굴은 더 이상 호남이라 볼 수 없는 얼굴이었다. 피에 굶주리고 미친 듯이 웃어대는 그의 모습은 지옥도에서나 볼 수 있을 법한 귀신의 모습이었다.

우드득!

"끄어억!"

천근추의 묘리를 이용해 문도를 밟자, 그의 내장이 입으로 토해져 나왔다. 그는 천천히 죽어가는 문도들을 밟아 죽여가고 있었다, 마치 벌레를 장난삼아 짓밟는 어린아이마냥.

지하실 바닥에 피가 고이기 시작했다. 문도들과 장로들이 모두 죽었다는 것을 안 진산은 지하실 밖으로 발걸음을 옮겼다.

끼익!

계단을 올라 문을 열자 곽철군 일행을 기다리던 소화문의 원로들과 문도들이 있었다.

"무, 무슨 일이오!"

피칠갑을 한 진산의 모습에 원로 중 하나가 잽싸게 달려와 물었다. 그의 얼굴에는 곽철군과 문도들에 대한 근심이 가득했다. 진산은 그런 그를 향해 씨익 웃어주었다.

턱!

"읍!"

진산의 왼손이 원로의 입을 틀어막았다.

푸숙! 하는 소리와 함께 그의 검이 원로의 가슴 깊숙이 파고들었다.

진산은 주르륵 쓰러지는 원로의 시체를 밀어낸다. 그리고는 검에 묻은 피를 휘휘― 털었다. 피가 사방으로 튀어나갔다.

"이, 이놈이!"

문 내 고수라 불리던 자가 진산에게 검을 들고 달려들었다. 진산의 신형이 크게 휘청이며 땅바닥으로 쓰러졌다. 진산의 손에 든 검이 그를 따라 쓰러지며 큰 호선을 그린다.

스걱!

섬뜩한 소리와 함께 고수의 팔이 뚝 떨어진다. 피가 무너진 제방에서처럼 쏟아져 나오기 시작했다.

"끄으윽!"

고통 때문일까? 아니면 검을 쓰는 팔을 잃었기 때문일까? 그 고수는 신음을 토해내며 무릎을 꿇었다. 어느새 진산을 향해 토해냈던 기세는 시든 꽃처럼 사그라지고 말았다.

“한심해.”

진산이 다리에 내공을 한껏 담아 그의 머리를 차버렸다. 뻑! 하며 부서진 고수의 머리가 사방으로 비산했다.

소름 끼치는 광경이었다. 평소 전쟁을 겪어보지 못한 문도들은 다리를 달달 떨며 두려워했다. 하지만 곽철인을 따라 수많은 격전을 헤쳐 온 고수들은 조금이나마 여유를 가질 수 있었다.

지하실과는 상황이 달랐다. 지하실 내에서는 고수라 불릴 자가 장로와 곽철군 외에는 없었다. 그들은 그저 호기심에 따라간 이들일 뿐. 다들 그저 그런 피라미들뿐이었던 것이다.

“침착하게 대형을 짜라! 적은 하나다!”

대장으로 보이는 자가 지시를 내렸다. 소화문도는 명령에 하나로 뭉쳤다. 대열을 짜기 시작한 것이다.

진산은 그들이 하나가 되는 것을 묵묵히 바라보고만 있었다. 벌레가 몇이 되었든 범에게는 아무런 위협이 되지 않았다.

그의 어금니는 피를 듬뿍 머금은 채 먹잇감을 기다리고 있다.

“마음껏 발악해라, 무엇을 하든 너희들의 죽음은 정해져 있으니.”

*　　　*　　　*

오대세가의 회의실. 다섯 명의 가주와 해남파의 문주가 한 탁자 위에 앉아 있었다. 육각의 탁자는 각 변에 한 사람씩 자리하고 있었다.

오대세가의 주인들 곁으로는 수많은 가신들이 서 있었다. 하지만 해남파의 문주 곁에는 단 한 명의 여인이 서 있을 뿐이었다. 여인은 아름다웠다. 눈으로 만들어진 듯 하얀 피부에 그와 대비되는 검은 흑단의 머리는 사람들의 눈을 홀리기에 충분했다.

그러나 무사로서 그녀는 너무도 안타까웠다. 그녀가 지닌 병기의 수가 너무 많았기 때문이다. 허리에 둘, 등에 둘, 양 다리에 하나씩 총 여섯 개의 병기를 가지고 있었다. 한 우물만 파도 시원찮을 판에 여섯 개의 우물을 동시에 팠으니 그녀가 가진 무공의 깊이가 얼마나 얕은지 쉬이 상상이 갔다.

대락조의 위지선이 바로 그녀였다.

그녀를 비롯해 늙은 문주로 인하여 그렇게 해남파는 비웃음 속에서 오대세가와 함께 회의를 시작했다.

"격전지가 될 곳은 하북의 감리(監利) 인근일 것이오."

"흐음, 호수를 끼고 있군. 녀석들에게는 장강수로채 놈들이 있으니 쉽지 않은 싸움이 되겠는걸?"

하나의 지도를 두고 그들은 이야기를 나누기 시작했다. 해남파의 문주는 안중에도 없는 듯 단 한 번 묻지도, 상대하지도 않았다.

그럼에도 해남파 문주는 화를 내지 않았다. 보통 지방을 석권한 문파의 문주라면 우물 안의 개구리마냥 저 잘난 줄만 알고 떠들어댈 것이 틀림없었다.

그러나 해남파 문주는 여유가 있었다. 그것은 그 뒤에 있는 호위무사도 마찬가지였다. 아무것도 하지 않음에도 몸에서 무림의 여인답지 않은 기개가 흘러나왔다.

"하아～ 여기에 진 공자만 있었더라면……."

"그의 죽음이 애석하군."

가주들이 입을 모아 한숨을 내쉬었다. 그들은 이미 그가 조정의 사람이 아니라 해남파의 문도라는 사실을 알고 있었다. 하나 그가 아무리 변방에 있다고는 하나, 한 문파의 총대장직을 역임하고 있다는 사실에 그에 대한 욕심은 조금도 사그라지지 않았다.

잠시 진산에 대한 애도가 회의실을 메울 때 문주의 뒤에 서 있던 그녀가 한마디 입을 열었다.

"그분은 겨우 도적놈들 따위에게 돌아가실 분이 아닙니다."

갑작스레 들려온 그녀의 말에 주위의 분위기가 싸늘해졌다. 때마침 팽가의 자리에서 누군가 일어나 목청을 높였다.

"감히 어린 계집이 어디서 함부로 입을 놀리는가!"

호위무사로 나온 팽근해라는 사람이었다. 그는 팽가의 무공 중에서 박투에 심취해 있는 이다. 때문에 그는 마초와 같은 근육과 각진 얼굴을 가지고 있었다.

또 남여 차별이 약한 무림에서도 남여 차별 하기를 가장 심하다고 알려진 사내이기도 했다.

그러한 성격 때문인지 신성한 회의실에 그녀가 있다는 사실에 짜증 나다 못해 증오심까지 품고 있었다. 그녀가 동맹의 호위만 아니었더라면 당장 내쫓아 버렸을 정도로.

그라면 그랬기 때문이었을까? 그는 그녀를 늙어빠진 문주의 노리개라고 생각했다.

"당신 정도는 천이 와도 상대할 수 없는 분입니다."

그녀를 데려온 문주의 아미가 찌푸려졌다. 대락조의 조원들 중에서 그녀가 가장 침착해서 데려왔더니만, 진산의 이야기에 발끈해 버리고 말았다.

그녀는 해남도 내에서 누구보다 진산을 신뢰하는 사람이었다. 대락조에서도 부조장 직을 맡고 있으며 진산의 뒤를 따라 해남파에 입문하기도 하였다. 그리고 그에게 무공을 전수받아 여섯 개의 무기에서 나오는 그녀의 절기는 하늘을 쪼갤 듯 강했다.

'사고가 나지 않았으면 하는데……'

하지만 문주 또한 진산이 죽었을 거라고는 생각하지 않았다. 처음에 그의 사망 소식에 흥분해 달려오기는 했지만, 아무리 생각해도 석연치 않았다. '그' 진산이 겨우 도적 열 몇 명에게 죽임을 당했다는 사실이 이해가 되지 않았다.

산에서 호의호식하는 산적 놈들보다 해적이 더 무섭다. 특히 해남도의 해적은 사고 쳐서 도망 온 놈들이 많아서 무공도 대부분 뛰어났다.

그런 이들 위에 군림한 자가 진산이다. 검 하나 없어도 그깟 산적 놈은 눈 감고 손 묶고 싸워도 이길 수 있을 것이다.

그러나 그런 생각을 함부로 밝힐 만큼 문주는 어리지 않았다. 이미 팔십에 이른 나이. 남을 위해 고개를 숙여주는 정도는 얼마든지 할 수 있었다. 또 진산을 만나기 전까지 약소문파의 문주였던 그는 그러한 생활을 해왔기도 했고.

"뭐라고!"

결국 팽근해는 버럭 성질을 내고 말았다. 가주들도 해남파에 힘이란 걸 보여주고 싶은 마음인지 그를 막지 않았다. 장내의 시선이 모두 팽근해와 위지선에게로 향했다.

위지선의 무심한 눈동자가 팽근해를 향했다.

"꼭 두 번 말해야 알아듣는 겁니까?"

"이년이!"

팽근해가 자리를 박차고 위지선을 향해 신형을 날렸다. 그는 날아오르는 호랑이마냥 빠르게 달려들어 일권을 내질렀다.

쿵!

푸스스―

전각의 지붕에서 먼지가 한 줌 떨어져 내렸다.

팽근해는 놀란 눈을 감을 수 없었다. 오성의 힘으로 내질렀

다고는 하지만 나이 먹은 문주의 노리개가 막을 정도는 아니었
다. 그런데 자신의 일권을 그녀가 한 손으로 막아냈던 것이다.

"문주님, 공격이 들어왔습니다. 적으로 인식할까요?"

부우웅!

그녀의 몸에서 살기가 섶에 불 지른 듯 타오르기 시작했다.
순간 팽근해는 위지선의 몸이 수십 배로 커진 것 같은 환영을
보았다. 회의실 내 무사들이 그녀의 살기에 잔뜩 긴장했다.

장내의 모든 시선은 위지선을 향해서 조금도 뗄 수 없었다.
그녀가 어떻게 움직이느냐에 따라 그들 모두가 무기를 빼 들
고 그녀를 막아야 할 상황이었기 때문이다.

늑대들이 아무리 힘을 자랑해도 범 앞에서는 한낱 재롱에
그치지 않는다고 했는가. 위지선 앞 팽근해의 모습이 꼭 그러
했다.

"우리는 손님이다. 그러니 그만 해라. 그리고 네 잘못도 있
고."

문주가 타이르듯이 말했다. 그러자 위지선의 살기가 씻은
듯 사라져 버렸다. 가주들을 호위하는 무사들은 내심 한숨을
토해냈다. 목숨을 내놓을 필요가 사라진 것이다.

반면 가주들은 다른 의미로서 긴장했다. 그녀가 보인 기세
만 해도 능히 십대고수에 들 수 있는 실력이었다. 그런 그녀를
말 한마디로 제압하는 노인의 저력에 놀라지 않을 수 없었다.

'진 공자도 그렇고 저 여인과 문주도 그렇고, 해남파는 범

굴이란 말인가?

제갈가의 가주인 제갈경이 식은땀을 흘리며 생각했다. 저런 자를 한 줌의 무공도 없이 이끈 진산의 힘이 새삼 대단하다고 느껴졌다.

그녀가 살기를 한 번 드러낸 덕분인지 문주와 위지선을 향한 시선이 단숨에 바뀌었다.

"그럼 다시 시작하지요."

남궁세가의 가주인 남궁보에 의해 다시 회의가 시작되었다.

슥!

그때 말없이 해남파 문주가 손을 들었다. 제갈경은 자신이 밤을 새워가며 만든 비책을 발표하려다 문주에게 기회를 주었다.

"해남파의 문주님, 무슨 일이십니까?"

"우리 해남파가 선봉에 섰으면 좋겠구려."

문주는 조금 힘을 주어 말했다. 하나 무공을 심도있게 익히지 못한 그의 말소리는 매우 작았다.

"예?"

제대로 못 들었다는 듯 팽가의 가주인 팽영훈이 귀를 기울였다.

"말도 안 됩니다. 해남파는 가장 세력이 작습니다. 차라리 중앙과 함께 이동하면서 싸우시지요."

제갈경이 극구 반대했다. 괜히 졸을 앞으로 내세워 희생시킬 이유가 없었다. 졸이라는 것은 버리라고 있는 것이 아니다. 또 십대고수에 준하는 이가 있는 문파라면 더 말할 것도 없었다.

그러나 해남파 문주는 단호하게 고개를 저었다.

"격전지가 감리라 하였소? 지도를 보아하니 호수와 강에 인접해 있는 것이 산적과 수적을 동시에 가진 그들의 힘을 최대한 이용할 셈인가 보오. 특히 수군의 힘은 내륙에 있는 세가들에게는 큰 피해를 입히게 할 것이오."

문주는 마치 전쟁을 꿰뚫어 보듯 말했다. 세가의 가주들은 그의 말을 경청했다. 그의 말처럼 세가들은 따로 수력을 강화하지 않았기 때문에 적이 수적들을 몰고 나온다면 승패를 막론하고 큰 피해가 예상되었기 때문이다.

"하지만 우리가 나서면 문제가 없소. 이런 얕은 물에서나 놀던 수적 놈들과 바다에서 노는 우리와는 다르거든."

해남파 문주가 자신만만하게 말했다. 하지만 그의 말처럼 분명 거친 바다 쪽이 더욱 힘겨운 생활을 하는 것은 틀림없었다. 또 물 위에서 길이라도 한 번 잃어본 적 없는 수적은 모를 강한 마음 또한 그들은 가지고 있었다.

무엇보다 진산과 대락조가 키워낸 무력부대들은 일개 도적 나부랭이들에게 질 실력이 아니었다.

"우리가 선봉에 나서 적들을 혼란시키겠소. 그러면 그 뒤 오대세가가 나서주시오."

"위험합니다. 자칫하다가 해남파가 그대로 몰락할 수 있습니다."

제갈경이 조금 강경하게 말했다. 해남파는 그들이 생각하기에 아주 작은 문파였다. 진산이나 위지선 같은 인재가 있을지언정 역사와 전통, 그리고 무력으로는 오대세가의 발끝에도 미치지 못하다고 생각했다.

그 이유는 제대로 된 정보가 없었기도 했지만, 관심이 없었기 때문에 그런 것이다. 그것을 문주는 일부러 설명하고픈 마음이 없었다. 하지만 반드시 선봉으로 나서고 싶은 마음만은 간절했다.

해남파의 힘을 보여주고 싶었다. 진산이 자신있게 그가 건넨 패를 쓸 수 있도록 해주고 싶었다.

"허허, 위험하다 싶으면 도망가면 되니 걱정 말구려. 그들은 우리 배를 절대로 쫓아오지 못할 터이니."

문주는 제갈경의 말에 웃으며 대답했다. 물론 실제 그 상황에 이르렀을 때 해남파가 도망갈 리는 없다. 그렇게 배운 적도 없었다.

애초에 그러한 상황에 이른 적이 없었던 것이 가장 큰 이유였긴 했지만.

가장 위험한 선봉이 해남파로 정해지자 다른 부대 배치는 어렵지 않게 정해질 수 있었다. 회의가 끝나고 밤이 깊어갔다.

*   *   *

사내가 의자에 몸을 뉘이고 있었다. 화톳불 하나 세우지 않아 주위는 어둠에 물들어 있었다. 눈이 의지할 곳이라고는 말라비틀어진 몸으로 빛을 뿜어내는 달 하나뿐이었다. 몸을 축 늘어뜨린 진산은 멍하니 하늘을 바라보고 있었다.

뻥 뚫린 천장은 하늘을 가득 채우고 있었다. 서늘한 바람이 휭! 하고 지나가지만 그는 일어날 기미를 보이지 않았다.

"…죽일 놈이 더 없나?"

달빛이 조금씩 그가 있는 대청 내부를 밝히기 시작한다. 원 형태를 알 수 없는 시체들이 대청 곳곳에 널브러져 있었다. 사지가 잘리는 것은 기본이요, 가죽이 통째로 벗겨지거나 양강의 기운에 몸이 녹아버린 이도 있었다.

말처럼 피가 강을 이루고 시체가 산을 쌓을 지경이었다.

짙은 혈향 가운데 진산은 의자 하나에 몸을 걸친 채 여유롭게 달 구경이나 하고 있었다.

"녀석들이 나쁜 거야. 왜 죄없는 형을 괴롭히고 죽였냐고."

진산은 어디서 찾았는지 모를 술 한 병을 입 안으로 털어 넣었다. 목부터 위장을 싸한 것이 훑어갔다. 화끈화끈 온몸에서 열이 나는 것 같았다.

그는 다시 한 번 술을 입 안에 털어 넣었다. 텅 빈 술병은 공허함만이 가득할 뿐 술 한 방울 나올 기미가 보이질 않았다.

"빌어먹을."

쨍그랑!

그는 술병을 내던졌다. 술병이 땅에 닿자마자 산산이 부서졌다.

그것을 잠시 바라보던 진산은 다시 의자에 몸을 뉘었다. 몸이 무겁다. 마음이 찢어지도록 아팠다. 품 안에서 인피면구를 다시 꺼내 들었다. 형의 얼굴이었다. 처음 보았을 때는 몰랐는데 자세히 보니 주름이 많았다. 해남도를 나간 뒤로 고생을 한 바가지 했나 보다.

문득 슬픔이 그를 찾아왔다. 증오 뒤에는 보통 그런 감정이 오는 걸까? 무너진 미움 속에 그 눈물이라는 놈이 다시 한 번 찾아왔다.

주륵! 한줄기 눈가를 거쳐 물이 길을 만들고 있었다. 하나뿐인 물줄기이지만, 그의 감정이 고스란히 담겨 있는 물줄기였다.

진산이 천천히 두 손을 모았다.

"후우— 형, 이제 복수를 해야겠지? 나 힘낼게. 형의 복수를 위해서 중원 전체를 적으로 만드는 일이 있더라도 나는 반드시 복수를 하고 말 거야. 그러니까…… 꼭 기다려 줘."

진산이 자리에서 벌떡 일어났다. 시체들을 발로 툭툭 치워 내며 대청 밖으로 빠져나가기 시작했다. 대청 안에만 해도 일, 이백은 됨직한 시체들이 가득했다.

바깥으로 나가자 수백 명의 무사들과 식솔들이 제각기 다른 모습으로 죽어 있었다. 정문은 부서져 닫히지 않음에도 밖으로 도망간 이는 보이지 않았다. 아니, 도망가지도 못한 채 진산의 손에 죽었다는 것이 더 맞는다고 할까?

어쨌든 소화문 내에 살아 있는 이는 아무도 없었다. 잠시 외출한 문주와 위검십객, 그것도 사호와 구호, 오호를 뺀 이들만이 있을 뿐이다.

밖을 향해 발걸음을 옮기던 진산은 야율령이 가져온 마차를 발견했다. 진산은 대충 도화선을 끌어당겨서 불을 붙였다.

"좋아, 그럼 가볼까?"

할 일을 마친 그는 한원과 청년이 곽철인을 암습할 곳을 향해 신형을 날렸다. 그것은 결코 하루 내 오백 명을 죽인 자답지 않은 모습이었다.

치지직!

네 대의 마차로 이어진 도화선이 천천히 타오르고 있었다.

"지, 진산?"

한원이 얼떨떨한 표정으로 입을 열었다. 청년도 급히 기술을 거두고 진산을 바라보았다. 하지만 그는 진산을 알아보지 못했다.

그가 아는 진산은 이러한 기운을 풍기고 다니지 않았다. 미소라는 가면 속에 감춰진 그의 진정한 모습은 상당히 충격적이었다.

"네놈은 누구지?"

곽철인이 눈을 흘기며 말했다.

진산은 곽철인의 물음에 대답하지 않고 등을 돌렸다. 그의
발걸음은 여섯뿐인 위검십객을 향하고 있었다.

"비켜."

살기 어린 진산의 말에 한원은 저도 모르게 뒷걸음질쳤다.
진산은 위검십객을 향해 시선을 돌렸다. 그들은 진산의 등장
에 긴장하고 있었다. 몸에서 풍기는 기세가 만만치 않았기 때
문이다.

"흐아앗!"

삼호가 긴장을 떨쳐 내기 위해 기합을 내뱉었다. 땅을 박차
고 단숨에 진산에게로 검을 찔러갔다.

푸욱!

그것은 살 깊숙하게 파고들었다. 삼호의 몸이 부르르 떨렸
다. 그의 가슴 언저리에서 진산의 오른팔이 팔꿈치까지 튀어
나와 있었다. 삼호의 검은 어디서 부러졌는지 검병만을 남기
고 있었다.

진산은 왼손으로 삼호의 머리를 후려쳤다.

퍽!

삼호의 머리가 폭발해 버렸다. 사방으로 피와 뇌수가 비산
했다.

스르륵!

삼호의 신형이 땅으로 떨어졌다. 그는 먼저 죽은 세 명의 사제보다 온전하게 죽을 수 없었다. 진산은 이미 죽어버린 그의 시신을 발로 툭툭 차 밀어냈다.

남은 위검십객은 다섯. 일호도 있었지만 내상을 입은 그는 현재 아무런 도움이 되지 않았다.

'뭐, 뭐야, 저 사내는!'

이호는 혼란스러웠다. 갑자기 등장한 흑색 경갑의 사내는 아무런 기색도 없이 삼호를 너무도 간단히 죽여 버렸다. 진산은 다시금 검을 들었다. 그의 검은 피를 너무 많이 머금었는지 은은한 핏빛으로 물들어 있었다. 그것은 곽철인이 들고 있는 검과 비슷한 색이었다.

진산의 검이 이호를 향해 횡으로 그었다. 검이 닿지 않을 거리건만 그는 뭘 모르고 휘두른 것 같았다.

휘이익!

하나 바람 소리와 함께 이호의 상반신이 옆으로 주르륵 떨어져 내렸다.

진산의 검에는 실쭉한 검기가 서려 있었다. 짙은 혈광의 그것은 매우 사이한 기운을 뿜어내고 있었다.

"네놈! 죽어!"

다른 네 명의 사형제는 지체할 것 없이 진산을 향해 뛰어들었다. 합격술에 능한 육, 칠호가 먼저 진산을 공격했다. 두 개의 검이 어지러이 그의 눈을 괴롭혔다.

따당!

진산이 검을 휘두르자 육, 칠호가 재빠르게 물러섰다. 받아 낼 수 없는 경력이 검을 통해 그들에게로 전해졌기 때문이다.

"다음은 우리다!"

구, 십호가 검을 놀렸다. 하지만 그들은 육, 칠호처럼 합격 술에 능하지 않았다. 때문에 둘이 힘을 합하는 것보다 최대한 자신의 검술을 살려 진산을 공략해 나갔다.

진산이 몸을 크게 돌려 검을 휘둘렀다. 핏빛 아지랑이가 맺 혀 있는 검은 구, 십호의 검과 함께 그들의 몸을 동강 내버렸다.

"핫! 핫! 하앗!"

그는 곧 죽을 구, 십호의 몸을 잔인하게 난도질했다. 그들 몸 위로 붉은 거미줄이 그려진다.

"으, 으아악!"

후두둑!

십호가 절망 어린 비명과 함께 조각조각 잘려 떨어져 내렸 다. 피가 땅 위를 흥건하게 적셔냈다. 구호 역시 십호와 마찬 가지로 수십 개의 조각으로 잘려져 땅에 떨어졌다.

육, 칠호는 연이은 공격을 준비하다가 두 사제의 죽음에 발 걸음을 멈추었다.

"흥!"

진산이 일 보 내디뎠다. 그의 신영이 엿가락처럼 쭈욱 늘어 났다. 육, 칠호는 하얗게 질린 표정으로 진산에게서 멀어지기 위해 뒷걸음치기 시작했다. 그러나 진산과의 거리는 멀어지기는커녕 더욱 가까워져 갔다.

정신착란에 빠진 그들의 어설픈 신법보다는 진산의 축지법이 훨씬 뛰어났던 것이다.

"이제 죽어라."

진산의 다리가 그들의 머리를 빠르게 가격해 갔다. 시뻘건 혈광이 번개처럼 그들을 훑어갔다.

퍼벅! 하는 소리와 함께 피가 사방으로 튀었다. 육호와 칠호의 시신이 머리가 없는 상태에서 잠깐 서 있다가 천천히 무릎을 꿇었다.

그것을 바라보던 일호의 눈이 경악과 절망으로 물들었다.

'위검십객이라 하면 어디 가서도 고수란 소리를 듣는다. 십대고수와 어깨를 나란히 할 정도는 아니지만, 백대고수 안에는 들어갈 실력을 가지고 있다. 그런데 저리도 쉽게 죽어가다니……'

진산이 너무 쉽게 위검십객들을 죽이자 현실감이 상실되어 버리는 기분이었다. 분위기는 싸늘하게 식이비렸다.

곽철인 또한 더 이상 웃을 수 없게 되었다. 자신의 손, 발이 너무도 쉽게 잘려 버린 것이다. 아직 위검십객은 쓸 데가 많았다.

"무슨 짓이냐?"

곽철인이 살기를 어린 목소리로 물었다. 그의 눈은 이미 핏발이 가득 서 있었다.

"무슨 짓이냐고? 그건 내가 물어봐야 할 것이 아닌가?"

진산은 품에서 하나의 서책을 꺼내 들었다. 제목이 적혀 있지 않은 그것은 가죽으로 만들었다는 것을 한눈에 알아볼 수 있었다.

그것을 본 곽철인의 눈에 더욱 핏발이 섰다. 비밀동은 아무나 들어갈 수 없는 곳이다. 열쇠를 가진 이도 문주 자신뿐이니 그 서책을 훔쳐 낼 수 있을 리 만무했다.

"네가 무슨 짓을 했는지는 조금 뒤에 듣겠다."

진산의 입에서 작지만 뚜렷한 음색의 목소리가 들려왔다. 그의 목소리에서는 으스스한 한기가 느껴졌다. 곽철인도 그의 기에 눌려 한차례 몸을 부르르 떨었다.

팟!

진산이 땅을 박찼다.

곽철인이 제대로 자세를 만들기도 전에 진산은 그의 지근거리에 다가와 검을 휘둘렀다.

스걱!

검을 든 팔이 그대로 잘려 나갔다. 하나 이호처럼 몸이 이등분되거나 구, 십호처럼 조각조각 깨어지지는 않았다.

"네 녀석에게는 들어야 할 것이 산더미처럼 많으니까."

진산이 작게 중얼거렸다. 그러나 그것은 곽철인의 귀에는 뚜렷하게 들려왔다. 곽철인은 오른팔이 잘린 고통보다 뒤이은 그의 말이 더욱 두려웠다.

곽철인은 단 일수에 기가 죽어 진산의 손아귀에서 벗어나기 위해 발걸음을 옮겼다. 그가 낙양제일의 고수라고는 하지만 자신보다 몇 수 위의 상대와 싸우는 법은 알지 못한다. 그 또한 자신보다 약한 이들과만 겨뤄왔기 때문이다.

덕분에 패배를 몰랐으나 이제는 죽음으로써 알게 되었다.

퍽!

곽철인의 몸이 새우처럼 꺾였다. 진산의 주먹이 그의 복부에 틀어박힌 것이다. 단전을 가격한 진산은 그대로 곽철인의 단전마저 깨부수었다.

"끄아아악!"

단전이 부서지는 고통에 곽철인은 비명을 질렀다. 그 고통은 사지가 끊겨져 나가는 것보다 더 심했다. 오랫동안 쌓아왔던 내공이 단숨에 그의 몸 밖으로 빠져나가기 위해 그의 몸을 휩쓸어가고 있었다. 그 움직임으로 곽철인의 혈도가 가닥가닥 끊겨 버렸다.

한동안 너무 큰 고통에 비틀거리던 그는 끝내 무릎을 꿇고 말았다.

머리가 새하얗게 새어간다. 몸이 죽기 전에 그의 정신이 먼저 죽어가는 것이다.

"어이, 이봐, 그렇게 미쳐 버리면 안 되지."

퍽!

진산이 인정사정없이 곽철인의 얼굴을 가격했다. 그의 입에서 이빨이 우수수 떨어져 내렸다. 진산이 절묘하게 내공을 조절한 것이다.

툭!

진산이 그의 하반신 혈도를 짚었다. 순식간에 다리가 시퍼렇게 죽어간다. 혈도의 움직임을 막은 것이다. 이는 다리에서 얼마나 피를 흘리든 그가 죽지 않도록 할 것이다. 그렇다 하여 고통이 느껴지지 않는 것이 아니니 지금의 상황으로서는 가장 쓸 만한 혈도라 할 수 있었다.

그는 작은 소도로 곽철인의 다리를 해부해 가기 시작했다.

주욱! 소도가 그의 다리를 가른다. 정교하게 힘줄을 발라낸다. 고통에 곽철인의 얼굴이 잔뜩 일그러지지만, 그것을 진산은 미소로 대답했다.

그의 다리를 한참이나 만지작거렸다. 뼈와 근육을 발라내어 텅 빈 살만이 남겨졌다.

"자, 이제 우리 이야기를 시작해야겠지?"

진산이 다시금 미소를 지으며 물었다. 곽철인은 자포자기한 심정으로 진산을 바라보았다.

그 뒤에 서 있던 한원과 청년의 얼굴은 창백하게 질려 있었다. 가축을 상대로 하는 듯한 고문에 놀란 것이다.

"네가 아는 것은 하나도 빠짐없이 말해야 된다."

진산은 나긋나긋한 목소리로 말했다.

　　　　　＊　　　　　＊　　　　　＊

　“소화문의 멸문이라⋯⋯.”

　자신에게 전해진 서찰에 단우극은 흥미로운 듯 읽어 내려
가고 있었다. 자신의 주구가 소화문뿐이 아니었다. 소화문 하
나 잃는다고 하여 큰 타격을 입을 정도로 그의 세력은 약하지
않았다. 하지만 서찰의 내용은 그의 흥미를 자극했다.

　“마차 다섯 대분의 금지된 무기가 쓰여졌다? 이거 겨우 소
화문 하나를 없애기 위해 많이 애썼군.”

　금지된 무기라면 화탄과 그에 준하는 대량 살상 무기들이
다. 마차 다섯 대분의 무기들을 소화문에서 사용되었다면, 아
마 소화문은 그 터조차도 남아나지 못했을 것이다.

　문주는 서찰을 더 뒤적였다. 거기에는 용의자로 보이는 몇
명의 사내들이 그려져 있었다.

　그림 속에는 검은 경갑을 입은 사내가 있었다. 흉흉한 눈동
자에 몸에서 풍기는 기운이 범상치 않은 자였다. 단우극은 흥
미로운 듯 그를 바라보았다.

　“이번엔 어떤 고수가 세상에 나오셨는가?”

　중원은 넓은 땅이다. 속세를 잊고 무공을 익히는 이들이 한둘
이 아니다. 수련을 마치고 세상을 나온 이들은 대체로 강했다.
단우극에게 고수와의 만남은 마약과 같이 흥분되게 하였다.

　아니, 강자와의 겨룸에 흥분하는 것은 비단 단우극뿐만이

아니라 모든 무인이 마찬가지일 것이다.

"음… 아니, 이렇게 금지된 무기들을 한꺼번에 쏟아내는 것을 보아 세상을 등진 이는 아닌가? 제법 큰 세력이 뒤를 받치고 있다는 것이겠지."

단우극의 머리에 한 단체가 떠오른다. 자신의 세력에 반하는 이들. 비밀 조직으로 이루어져 있으며 그들과 함께 벌써 몇 대째나 내려오고 있는 조직이었다.

"청소부인가……."

다시금 싸워야 할 때가 온 것이다. 청소부라 스스로를 부르며 나타난 이들과 자신의 세력과의 싸움이…….

단우극이 서찰을 구기며 자리에서 일어났다. 불길이 일어나지도 않았는데 서찰은 재가 되어 날아갔다. 단우극의 신형이 순식간에 허공에 녹아버리듯 사라져 버렸다.

"그들에게 알려야겠어."

텅 빈 맹주실 안에 그의 목소리가 작게 울렸다.

『해남번참』 4권에서…

초등학생이 반드시 읽어야 할 좋은 책 49권

각 학년별로 초등학생이 반드시 읽어야할 좋은 책을 선정하여 통합논술의 기본이 되는 '올바른 독서법'을 일깨워 줍니다.

교과서와 함께하는 초등학교 통합논술

초등1학년 | 값 12,000원 / 초등2학년 | 값 9,500원 / 초등3학년 | 값 11,000원 / 초등4학년 | 값 9,500원 / 초등5학년 | 값 9,500원 / 초등6학년 | 값 11,000원

♣ 혼자 할 수 있어요.

엄마가 책 읽는 방법을 가르쳐 주어도 좋아요.
독서지도하는 선생님이 가르쳐 주어도 좋답니다.
"초등 교과서와 함께하는 **통합논술 시리즈**"는
아이 스스로 독서할 수 있도록 꾸며진 책이에요.
엄마와 선생님은 요령만 가르쳐 주시면 된답니다.

♣ 교과서의 중요한 내용이 총정리되어 있어요.

각 학년별로 중요한 교과 내용이 함께 수록되어 있어요.
초등학생은 교과서 내용을 충실하게 공부해야 합니다.
아울러 그와 병행한 독서가 대단히 중요하지요.
"초등 교과서와 함께하는 **통합논술 시리즈**"는
두 가지 방법 모두 알려준답니다.

♣ 이 책은 훌륭하신 선생님들이 함께 쓰신 책이랍니다.

동화작가 선생님들이 쓰셨어요. 소설가 선생님도 쓰셨답니다.
국어 논술독서지도 선생님들도 함께 쓰셨지요.
"초등 교과서와 함께하는 **통합논술 시리즈**"는
엄마의 마음으로 모든 선생님들이 함께 꾸민 책이랍니다.

입소문을 통해 아는 분은 다 알고 계십니다!
올 한해 공인중개사 최고의 화제작!

1~2권 합본 | 이용훈 지음
3~4권 합본 | 이용훈 지음
5~6권 합본 | 이용훈 지음
용 어 해 설 | 이용훈 지음
1~2차 문제풀이집 | 이용훈 지음

수험생 기본 필독서
만화 공인중개사

제목 : 만화공인중개사 쓰신 분에게 감사드립니다.

학원을 두달 다녔어요. 근데 과연 그 숫자 와우기 그렇게 몇 문제나 나올까 생각을 했어요.
아니라는 생각이 드네요. 학원강의를 뒤로 하고 서점을 갔어요. 내 머리에 가장 이해될 수 있는
책이 없나 하구요. 거기서 만화를 발견했어요. 무조건 세번 봤어요 . 3개월 걸렸어요 . 문제 잡음
보라고 했는데 그건 시행을 못했어요. 근데 합격을 했네요.

어떻게 감사의 말을 해야 될지…

도서관에서 만화책 들고 다니니까 사람들이 바웃더라구요. 만화책으로 공인중개사를 공부한
다고 미친사람처럼 보더라구요. 근데 그거 다 감수하고 했던 내가 자랑스럽습니다.

어떻게 감사의 말을 해야 할지 정말 감사합니다.

부디 행복하세요. 제 나이 41살에 좋은 스승을 만난 거 같습니다.

엎드려 감사드립니다.

－본사 홈페이지에 독자분이 올린 메일 中 에서 발췌－